Von den Feen geküsst

Ileandors Hoffnung

Johanna Tiefenbacher

Bibliographische Information der Deutschen Nationalbibliothek:
Die Deutsche Nationalbibliothek verzeichnet diese Publikation in der Deutschen Nationalbibliographie; detaillierte bibliographische Daten sind im Internet über dnb.dnb.de abrufbar.

© 2023 Johanna Tiefenbacher

2. Auflage

ISBN: 9798865121718

Johanna Tiefenbacher, Werlseestraße 57, 12587 Berlin

Dieses Werk, einschließlich seiner Teile, ist urheberrechtlich geschützt.
Die Verwertung ohne die Zustimmung des Autors ist unzulässig.
Das gilt insbesondere für die elektronische oder sonstige Vervielfältigung, Übersetzung, Verbreitung und öffentliche Zugänglichmachung.

*Für Hannah, Hannah und Emily.
Danke, dass ihr immer an mich glaubt
und mich ermutigt, neue Schritte zu wagen.*

In diesem Buch werden ein paar sensible Themen behandelt. Eine Aufzählung findest du auf Seite 439.

Prolog

»Weshalb sollten wir Frieden mit den Menschen schließen?« Die anderen Feen stimmten der Sprecherin zu, das Gemurmel wurde lauter und lauter. »Wieso sollten wir all unsere Hoffnungen in einen Menschen legen?«, warf eine weitere Fee ein.

Casiel, die Herrscherin der Feen, hob ungeduldig die Hand und brachte die anderen zum Schweigen. »Sowohl die unter uns, die in die Zukunft schauen können, als auch jene unter den Menschen prophezeiten diese Geburt. Ein Mensch, mit unglaublichen magischen Kräften gesegnet, wird dafür sorgen, dass Frieden zwischen unseren Völkern herrschen kann. Es ist ihr Schicksal, die Königin der Menschen zu werden. Sie und ihre Nachkommen werden die Brücke zwischen unseren Völkern sein.«

»Aber sie ist ein Mensch, sie wird niemals unsere Königin werden!«

Die Mehrheit der Feen stimmte diesem Ausruf lautstark zu. Casiel schüttelte den Kopf und seufzte.

Es würde viele Jahre dauern, ehe sie erfuhren, wer dieses Menschlein war, das soeben geboren wurde, und ob sie tatsächlich der Aufgabe, die ihr uralte Prophezeiungen zusagten, gewachsen war.

Die Feen würden abwarten und im rechten Moment ins Geschehen eingreifen. Casiel hoffte inständig, dass dieses Mädchen die Prophezeiungen erfüllen konnte, denn sonst stünde ihnen Jahre des Krieges bevor.

1. Aufbruch in ein neues Leben

Schicksal. Cassandra hörte dieses Wort fast täglich aus dem Mund ihrer Eltern. Es war ihr Schicksal, die Königin von Ileandor zu werden.

Ihr ganzes Leben lang wusste Cassandra, wohin ihr Weg sie führte. Alles war seit ihrer Geburt genau von ihren Eltern vorausgeplant worden. Cassandra war von klein auf zur Königin erzogen worden. Zwar war sie keine Prinzessin, ihre Eltern waren keine Könige oder Adlige, aber sie war etwas ganz Besonderes, so besonders, dass der König der Menschen sie sofort mit seinem Sohn verlobt hatte, nachdem sie zum ersten Mal ihre Magie benutzte. Sie war mit ihrer Mutter auf dem Markt gewesen und nachdem ihr zum wiederholten Male verboten worden war, eines der bunten Kissen an einem der Stände zu nehmen, hatte sie mit dem Fuß aufgestampft und alle Kissen in die Luft fliegen lassen. Sie waren in einem riesigen Haufen vor ihr gelandet und Cassandra hatte sich überglücklich darauf fallen lassen, während die umstehenden Menschen sie sprachlos gemustert hatten.

Natürlich hatten ihre Eltern zugestimmt und natürlich war es eine große Ehre. Es hatte ihnen durch diesen glücklichen Umstand nie an etwas gefehlt. Sie lebten in einem großen, einsamen Haus. Cassandra erinnerte sich nicht mehr, dass sie dem König begegnet war. Auch den Prinzen, ihren zukünftigen Ehemann, hatte sie noch nicht getroffen. Sie wurde ständig bewacht, weil es viele neidische Menschen gab, die Cassandras Kräfte für sich haben wollten oder die sie fürchteten und töten wollten.

Von den Feen geküsst. Vor der Welt verborgen. Zur Königin geboren und zu Großem auserkoren.

Es gab Prophezeiungen über sie. Sie sollte den Frieden in Ileandor wiederherstellen. Seit Jahrhunderten war kein Mensch mehr mit Magie geboren worden und die magischen Wesen im Königreich, vor allem die tückischen Feen, hatten den Respekt vor dem Königshaus verloren. Cassandra sollte das ändern.

Zwar hatte sie noch nie eine von ihnen getroffen, doch

alle hofften, dass die Feen sie als ihre rechtmäßige Herrscherin erkennen würden. Vor langer Zeit hatte der König der Menschen über alle Völker in Ileandor geherrscht, doch ohne Magie hatten die Feen die Menschen nicht mehr akzeptiert und gegen sie revoltiert. Alle hofften nun, dass Cassandra die alte Ordnung wiederherstellen konnte, damit endlich Frieden herrschte.

Cassandra lernte alle Traditionen, höfisches Benehmen und die Namen der Adelshäuser. Wenn sie nachts nicht schlafen konnte, rezitierte sie die Namen. Als ihre Mutter sie einmal dabei beobachtete, hatte sie gelacht. »Wie ich sehe, besteht nicht der Hauch einer Gefahr, dass du sie jemals vergessen wirst.«

Ihre Eltern waren stets an ihrer Seite und lehrten sie alles, was sie wussten. Der König sandte Lehrer zu ihr und Cassandra tat immer, was man von ihr verlangte. Sie versuchte sogar mehr zu leisten, als gefordert war. Ihre Lehrer lobten sie in den höchsten Tönen und schickten ihre Berichte an den König.

»Eine Musterschülerin und gewissenhafte junge Dame. Sie wird ihren Pflichten als Königin mehr als gerecht werden.« Das hatte einer ihrer liebsten Lehrer, Herr Hofenburger, gesagt, ehe er sich verabschiedete, weil er Cassandra alles beigebracht hatte, was er wusste.

Das Einzige, was sie keiner wirklich lehren konnte, war Magie. Sie las alle Bücher, die man für sie zu diesem Thema brachte und hörte allen zu, die Magie theoretisch studiert hatten. Man ließ sie Zaubersprüche ausprobieren, Tränke brauen und Runen zeichnen. Meistens funktionierten die Zauber, zumindest nach einigem Üben. Das korrekte Aufsagen von Zauberformeln erbrachte die gewünschten Ergebnisse, auch mit den richtigen Handbewegungen konnte sie Dinge durch die Luft fliegen lassen oder Feuer entzünden, doch Cassandra fühlte die Zauber nicht. Niemand konnte ihr erklären, was die Macht in ihr tatsächlich war, was Magie war, woher sie kam und weshalb Cassandra sie manchmal stark und manchmal fast gar nicht spüren konnte. All das Wissen über Magie, was man für sie von überall aus dem Königreich beschaffte, konnte ihr nicht dasselbe Gefühl vermitteln, wie wenn sie die Magie einfach fließen ließ. Doch das durfte sie nicht tun. Ihre Lehrer warnten sie immer wieder davor, wie unberechenbar Magie sein konnte, und dass sie sich stets strikt an die Regeln aus den Büchern halten solle, damit ihr nichts geschehen konnte.

Als sie noch klein gewesen war, hatte sie manchmal sterbende Blumen in den Vasen wiederbelebt. Cassandra konnte sich noch gut an das berauschende Glücksgefühl erinnern, das sie dann durchflossen hatte. Die Luft hatte sich elektrisch angefühlt und es war, als hätten die Blumen zum Dank gesungen.

Einmal hatte ihr damaliger Lehrer für Magie, Herr Mühlenberg, sie dabei gesehen. Daraufhin hatte sie sich zwei Stunden lang einen Vortrag darüber anhören müssen, wie gefährlich Magie war. »Es sind unberechenbare Kräfte, mit denen Menschen in Gefahr gebracht werden können«, hatte er sie mit seiner hohen, rauen Stimme gewarnt und dabei einen Zeigefinger auf sie gerichtet. »Wie willst du etwas aufhalten, was sich einmal Bahn gebrochen hat? Wie willst du ein Unheil stoppen, ohne dabei selbst zu Schaden zu kommen? Nein, Cassandra, meine Liebe, sei stets vorsichtig und vergiss niemals, wie gefährlich Magie auch für dich sein kann.«

Sie hatte sich seine Worte zu Herzen genommen und es nicht mehr versucht. Cassandra tat, was man ihr sagte, die Erwachsenen hatten schließlich mehr Erfahrung als sie. Es war pures Glück gewesen, dass ihr als Kind nie etwas passiert war, wenn sie mit Magie gespielt hatte.

Bald würde sie den Prinzen treffen. Sie war mit ihren siebzehn Jahren fast schon eine Frau und deshalb konnten sie bald heiraten. Cassandra freute sich darauf, ihr zu Hause zu verlassen und in den Palast zu ziehen. Sie wollte endlich die Welt hinter den hohen Mauern ihrer Heimat sehen, sie wollte den Mann sehen, dem sie ihr privilegiertes Leben verdankte, und mit dem sie den Rest ihres Lebens verbringen würde. Sie wollte seine Mutter treffen, die ihr so viele liebe Briefe geschrieben hatte. Sie wollte ihre Eltern stolz machen und endlich ihre Bestimmung erfüllen. Cassandra wusste alles, was man sie lehren konnte, und sie war mehr als bereit, endlich zu erleben, wie es wirklich war, am Hof zu sein. Sie wollte Menschen treffen und Freunde finden.

Ihre Mutter war gerade dabei, ihr zu helfen sich für ihr erstes Treffen mit der königlichen Familie fertig zu machen. Leider würden ihre Eltern sie nicht begleiten, ihr gesellschaftlicher Stand war nicht hoch genug, um dem König entgegenzutreten, doch sie hatten Cassandra erklärt, dass das ihren Wert nicht mindere und es besser sei, wenn man sie in der Öffentlichkeit nicht zusammen sah. Sie war zu Höherem auserkoren und ihre Eltern waren stolz auf sie.

Auch wenn Cassandra es albern fand, rote Farbe auf ihre Lippen aufzutragen und ihre Wangen rosiger zu machen, ließ sie ihre Mutter gewähren. So gehörte es sich nun einmal und sie musste schließlich ihren ersten Auftritt meisterhaft hinlegen.

»Du siehst so wunderhübsch aus, meine süße Kleine.« Die Stimme ihrer Mutter klang gepresst und Cassandra ahnte, dass sie den Tränen nahe war, während sie ihr das lange, blonde Haar gekonnt hochsteckte. Als ihre Mutter ihr das Korsett fester schnürte als sonst, stöhnte Cassandra leicht. »Das wird deinen ersten Eindruck noch verbessern. Der Prinz soll doch sofort hin und weg von dir sein.« Sie hauchte Cassandra einen Kuss auf den Kopf.

Cassandra fühlte sich nicht mehr, wie sie selbst, aber das war gut, denn es machte sie auch weniger nervös. Sie konnte sich hinter der Fassade des bildschönen Mädchens im Spiegel verstecken. Sie sah, wie ihre Mutter sich verstohlen die Tränen aus den Augenwinkeln wischte und dann lächelte.

»Ich bin so stolz auf dich, Cassie. Du wirst es so viel besser haben, als dein Vater und ich und du wirst eines Tages eine ganz zauberhafte Königin sein, das weiß ich.« Sie küsste ihre Wangen so viel, dass Cassandra sich Sorgen machte, ihre gerade erst aufgetragene Schminke könnte gleich wieder verwischen.

Sie warf einen letzten Blick in den Spiegel. Die Frisur

saß, das schlichte, elegante, roséfarbene Kleid stand ihr und schmeichelte ihrer Figur. Nur ihr Gesicht wirkte zu ernst. Cassandra setze ein leichtes Lächeln auf und machte sich dann auf den Weg.

Bis zum Gartentor wurde sie von ihren Eltern begleitet. Dort warteten bereits uniformierte Männer, die ihr salutierten und das Tor für sie öffneten. Während sie zu einer wartenden Kutsche geführt wurde, blickte sie noch einmal über ihre Schulter. Ihre Eltern lächelten ihr zu und winkten.

Auch wenn sie wusste, dass sie sie schon bald wiedersehen würde, fühlte es sich doch so an, als wäre dies ein Abschied für immer. Nach dem heutigen Tag würde Cassandras Zukunft die Gegenwart werden. Sie konnte nur hoffen, dass der König seine Meinung nicht noch einmal ändern würde, wenn er sie sah.

Einer ihrer Begleiter half ihr in die Kutsche, dann schlossen sie die Tür und Cassandra lehnte sich in den weichen Sitzen zurück. Die Kutsche sah sehr hübsch aus, auch von innen. Die Polster fühlten sich weich an und der Stoff glänzte leicht. Cassandra war allein. Der ausladende Rock ihres Kleides hätte es auch für jeden weiteren Fahrgast sehr eng gemacht. Sie wusste nicht sicher, wie weit sie fahren würden und wie lange es dauerte. Es war etwas stickig, doch sie durfte die Fenster nicht öffnen, weil das gefährlich für sie sein könnte. Jemand könnte sie mit etwas bewerfen, oder versuchen, zu ihr ins Innere der Kutsche zu klettern. Aufgrund der Nervosität und der stickigen Luft in der Kutschte begann sie in ihrem Kleid zu schwitzen und das Zufächeln von Luft mit ihrem Fächer brachte gar nichts. Außerdem konnte sie in ihrem eng geschnürten Korsett sitzend kaum atmen und hatte schon bald das Gefühl, nicht mehr genug Luft zu bekommen. Sie bat jedoch um keine Pause und sagte auch sonst nichts. Was würde der Prinz von ihr denken, wenn sie nicht einmal eine Fahrt in einer Kutsche überstand?

Nach einer gefühlten Ewigkeit hörte sie, wie sich das Rattern der Kutschräder veränderte. Sie mussten die Straße verlassen haben. Cassandra spürte, wie der Weg vor ihnen holpriger wurde und hüpfte ungewollt in ihrem Sitz leicht auf und ab. Ihr Atem beschleunigte sich vor Aufregung. Das bedeutete sicher, dass sie bald da waren.

Kurz drauf hielten sie tatsächlich mit einem Ruck an und die Tür zu ihrer linken wurde geöffnet. Ein Mann in Uniform, den sie noch nicht kannte, lächelte ihr zu und half ihr hinaus.

Sie atmete erleichtert die frische Frühlingsluft ein. Im Stehen atmete es sich trotz Korsett wieder besser, auch wenn es sie auch weiterhin unangenehm einschränkte. Cassandra ließ sich mit einem höflichen Lächeln zu einem Haus führen, das allein am Waldrand stand. Der Palast war für ihre erste Reise zu weit entfernt gewesen, sodass der König arrangiert hatte, dass sie sich hier trafen. Es handelte sich um eines der Häuser, die die königliche Familie zu Jagdausflügen bewohnte. Es war in einem strahlenden Weiß gestrichen und die große Eingangstür in einem tiefen Schwarz. Man führte sie hinein, jeder, der ihr begegnete, verbeugte sich tief und sie lächelte allen zu und nickte leicht, wie man es sie gelehrt hatte. Das mussten alles Bedienstete sein, die Adligen würden sich nicht vor ihr verneigen. Bis zu ihrer Hochzeit stand sie noch tief unter ihnen.

Das Haus war so viel größer als das, in dem sie aufgewachsen war, doch sie wusste, dass es nicht der Palast war. Das hieß, es gab Häuser, die noch prunkvoller waren. Allein der Anblick der kunstvollen Inneneinrichtung dieses Hauses raubte ihr den Atem. Die Beine von Tischen und Stühlen waren nicht schlicht und gerade, sondern elegant geschwungen. In das Holz der hohen Schränke an den Wänden waren Muster eingraviert worden. Selbst die Fußböden hatten in jedem Raum andere Muster, meist Blumen oder andere pflanzliche Motive. Cassandra wusste nicht, wohin sie zuerst schauen sollte, während man sie durch einen langen Flur führte. Sie wollte durch jede offene Tür schauen, zwang sich aber, nicht zu langsam zu laufen, oder gar stehenzubleiben.

In einem großen Salon ließ man sie allein. Eine Wand war komplett von Bücherregalen eingenommen, ein großer Kamin befand sich auf der gegenüberliegenden Seite. Auch wenn die Bücher sie reizten, ging sie zunächst unsicher durch den Raum und betrachtete die Gemälde an den Wänden. Sie zeigten vergangene Könige, das erkannte Cassandra, und waren in chronologischer Reihenfolge aufgehängt worden. Der jetzige König war ebenfalls unter den Gemälden und auch ein junger Mann mit braunen Locken, den sie nicht erkannte. War das der Prinz?

Sie betrachtete das Gemälde genauer. Es hatte ihr noch niemand ein Bild des Prinzen gezeigt. Der König hatte einmal einen Maler zu ihr geschickt, um für seinen Sohn ein Bild von ihr zu malen, doch für Cassandra sollte es schließlich nicht wichtig sein, wie der Prinz aussah. Es war Ehre genug für sie, dass sie seine Frau werden würde.

Der junge Mann in dem Gemälde lächelte leicht, seine braunen Augen wirkten freundlich und er sah nicht schlecht aus. Er war groß, schlank und hatte ein schmales Gesicht. Cassandra konnte kleine Grübchen darin erkennen. Als die Tür hinter ihr sich öffnete, zuckte Cassandra zusammen und fuhr herum. Sofort fasste sie sich wieder und stellte sich gerader hin. Es war albern von ihr gewesen, so zu erschrecken, immerhin war sie ja zu Recht hier und erwartete auch Gesellschaft. In der Tür stand ein Mädchen. Sie hatte krauses, dunkles Haar und trug die Uniform der Dienstmädchen. Als ihre Blicke sich trafen, verneigte sich das Mädchen sofort und schaute zu Boden.

»Verzeiht mir, ich wusste nicht, dass jemand hier sein würde«, sagte sie leise und unterwürfig. Cassandra wusste nicht so recht, wie sie sich verhalten sollte. Das hieß, eigentlich wusste sie es schon, doch irgendwie konnte sie sich nicht dazu durchringen, das Mädchen zurechtzuweisen, weil es ihr gar nicht so schrecklich unhöflich vorkam, dass sie hereingekommen war, und sie sich außerdem auch schon so zu schämen schien.

»Es ... das ist in Ordnung, aber du solltest später wiederkommen?« Sie hatte sehr viel unsicherer geklungen, als sie wollte. Dabei hatte sie doch so oft geübt, wie man sich Menschen welchen Standes gegenüber zu verhalten hatte, in welchem Ton man sprechen sollte, wen man anschauen durfte und zu wem man besser gar nicht sprach.

Das Mädchen hob überrascht den Kopf und ihre Blicke

trafen sich erneut. Dieses Mal etwas länger. Der Blick des Mädchens war nun weniger scheu und Cassandra konnte sich gut vorstellen, dass sie anderen ihres Standes gegenüber sogar recht frech sein konnte. Der Schalk blitzte aus ihren dunkelbraunen Augen.

Schritte im Gang hinter dem Mädchen ließen sie zusammenzucken. Sie schenkte Cassandra noch ein entschuldigendes Lächeln, ehe sie sich schnell wieder entfernte.

Kaum war die Tür geschlossen, wurde sie auch schon wieder geöffnet. Ein Diener hielt sie auf und zwei Männer und eine Frau traten ein.

Cassandra versuchte ruhig zu wirken und auf ihre Körperhaltung zu achten. Vorsichtig lächelte sie die Königsfamilie an. Der König hatte bereits graues Haar und ein sehr strenges Gesicht. Die Königin hingegen lächelte sanft, als sie auf Cassandra zutrat.

»Cassandra! Es ist schön, dich endlich kennenzulernen.«

Cassandra hatte sich leicht verneigen wollen, doch die Königin zog sie in ihre Arme und drückte sie herzlich.

»Es ist mir eine Ehre, Hoheit«, stammelte sie, noch etwas überrascht von der unerwarteten Nähe.

»Bitte, nenn mich Elena, wir sind ja praktisch schon

Familie.« Die Königin trat zur Seite.

Cassandra nickte, noch immer benommen, und verneigte sich dann vor dem König, der ihr ein knappes Lächeln schenkte, was irgendwie nicht so recht in sein hartes Gesicht zu passen schien. »Majestät, es ist mir eine Freude.«

»Siehst du, mein Sohn. Es gab keinen Grund zur Sorge, sie ist tatsächlich so schön wie auf dem Gemälde. Vielleicht sogar noch schöner.« Er richtete die Worte an den jungen Mann, der hinter ihm stand.

Als der König zur Seite trat und den Blick auf seinen Sohn freigab, konnte Cassandra ihre Nervosität kaum noch verbergen und versuchte, ihre zitternden Hände still zu halten. Das war er. Der Prinz. Ihr Verlobter. Er sah genau so aus, wie auf dem Gemälde. Einige Maler verschönerten die von ihnen dargestellten Menschen gern noch ein wenig, doch bei ihm war das nicht nötig gewesen. Er lächelte sie scheu an, bevor er leicht den Kopf neigte, auf sie zutrat und ihre Hand ergriff. Er musste spüren, dass sie zitterte, als er behutsam einen Kuss auf ihren Handrücken hauchte, doch er ließ es sich nicht anmerken. Er hob den Kopf und schaute ihr in die Augen.

»Schön, dich endlich kennenzulernen, Cassandra. Es wurde ja langsam Zeit.« Er zwinkerte ihr zu und sie spürte die Röte in ihre Wangen schießen.

»Die Freude ist ganz meinerseits, mein Prinz.« Sie neigte den Kopf und unterbrach so den Blickkontakt. Auf einmal war sie nicht mehr sicher, ob es unhöflich war, ihn so lange anzusehen.

»Setzen wir uns!« Die Königin ergriff Cassandras Arm und zog sie resolut zu einer Sitzecke, wo sie nebeneinander Platz nahmen. Der König und der Prinz ließen sich ihnen gegenüber nieder. Beide musterten sie eingehend und Cassandra wurde ganz unbehaglich zu Mute.

»Nun, dann lass doch mal etwas Magie sehen«, sagte der König schließlich, woraufhin ihm seine Frau gegen das Schienbein trat und ihn missbilligend anschaute. Cassandra konnte einen überraschten Ausruf gerade noch unterdrücken. Sie hatte nicht damit gerechnet, dass die Königin sich ihrem Mann gegenüber so grob verhalten würde. »Was? Wir müssen uns doch von ihrem Talent überzeugen, oder etwa nicht?« Der König schien von der Reaktion seiner Frau verärgert zu sein.

»Lass ihr doch etwas Zeit, sie hat eine lange Reise hinter sich. Wir sollten den Tee einnehmen.« Die Königin warf dem König einen Blick zu, der keine Widerrede duldete und klingelte dann mit einer kleinen goldenen Klingel, die auf dem Tisch stand. »Das ist eine magische Glocke.

Sie hat ein Gegenstück in der Küche, was ebenfalls läutet, wenn ich diese hier bewege. Praktisch, nicht wahr?«, erklärte sie Cassandra, während Bedienstete mit Tabletts hereinkamen und Tee und Gebäck auf dem Tisch verteilten.

Cassandra nickte stumm und versuchte, weder den Prinzen noch den König anzustarren oder eines der Dienstmädchen, die nun den Tee einschenkten. Es gehörte sich nicht, aber jetzt wusste sie nicht, wo sie hinschauen sollte. Sie starrte also auf ihre Hände und wartete ab, ob jemand das Wort an sie richten würde.

Das Dienstmädchen, was ihren Tee einschenkte, beugte sich zu dicht über sie und streifte Cassandras Arm. Sie konnte den Reflex aufzublicken nicht rechtzeitig stoppen und schaute in die Augen desselben Dienstmädchens, das vorhin in den Raum geplatzt war. Cassandra spürte, wie sie rot wurde und wandte den Blick schnell wieder ab.

»Ich bitte vielmals um Entschuldigung«, murmelte das Dienstmädchen leise.

»Mira, wie kannst du es wagen!« Die Königin klang auf einmal gar nicht mehr freundlich und Cassandra konnte nicht verhindern, dass sie zusammenzuckte. »Belästige unseren Gast nicht! Geh!«

»Ja, Eure Hoheit«, flüsterte das Mädchen, verneigte

sich hastig und verließ den Raum.

Cassandra versuchte, ihr nicht nachzuschauen und sich keinerlei Gefühlsregung ansehen zu lassen. Ihr war unbehaglich zu Mute, ihre Wangen fühlten sich heiß an und ihr Herz schlug schneller als gewöhnlich.

»Es tut mir sehr leid, Mira ist manchmal etwas ungeschickt«, erklärte die Königin ihr höflich und legte ihr eine Hand auf den Arm. Cassandra nickte und erzwang dabei ein Lächeln. Sich richtig zu benehmen war so viel schwieriger, als sie sich das beim Üben vorgestellt hatte. Aber sie sie wollte um keinen Preis den Unmut der Königsfamilie auf sich ziehen. Nur zu gut erinnerte sie sich an die Schläge, die ihre Lehrer ihr verpasst hatten, wenn sie eine dieser wichtigen Regeln vergaß.

2. Der Feenkuss

Sie sprach beim Tee nur, wenn eine Frage an sie gerichtet wurde, und versuchte ansonsten, sich nicht anmerken zu lassen, wie unangenehm ihr die Blicke ihrer drei Gastgeber waren. Anschließend entschuldigten sich der König und die Königin und der Prinz führte Cassandra in den Garten. Sie schritten in gebührendem Abstand nebeneinander zwischen Blumenbeeten hindurch. In einiger Entfernung folgten ihnen zwei Wachtposten.

Cassandra liebte Gärten. Bei sich zu Hause war sie oft zwischen den Gemüsebeeten hindurch spaziert und hatte all die schönen Blumen betrachtet, die überall gepflanzt waren. Dieser Garten war noch viel größer und so viel schöner. Die Rosenbüsche, an denen sie gerade vorbeigingen, waren einfach unglaublich. Ein süßlicher Geruch erfüllte die Luft um sie herum und auch die Farben wirkten so viel kräftiger als bei allen Rosen, die sie zuvor gesehen hatte. Cassandra war so eingenommen von dem Anblick, dass sie erst bemerkte, dass sie stehen geblieben war, als der Prinz hinter ihr sich höflich räusperte.

»Gefallen dir die Rosen?« Sie drehte sich mit einer Entschuldigung auf den Lippen um, doch der Prinz sah nicht verstimmt aus, er lächelte sie aufmunternd an. »Wenn du sie dir etwas näher anschauen möchtest, kannst du das jederzeit tun. Ich zeige dir den Garten schließlich.« Dann trat er an ihr vorbei zu dem Busch, vor dem sie stehengeblieben war, und zog ein Messer aus seinem Gürtel. Er schnitt ihr eine Rose ab und entfernte vorsichtig die Dornen, bevor er sie ihr mit einer leichten Verbeugung überreichte. Sie nahm sie an und ihre Wangen glühten.

»D-danke, Eure Hoheit«, hauchte sie. Ihre Stimme schien ihr nicht so recht zu gehorchen.

Der Prinz legte eine Hand an ihre Wange und blickte ihr tief in die Augen. »Du musst mich nicht so förmlich ansprechen. Wir werden bald heiraten. Nenn mich einfach Ben.«

Sein Name war Benedikt, doch Cassandra widersprach nicht. Wie hätte sie das auch wagen können? Sie nickte leicht und spürte noch immer die sanfte Berührung auf ihrer Wange.

Ben schaute sie liebevoll an und Cassandra begann sich zu fragen, ob er sie küssen würde. Durfte er das? Das gehörte sich nicht. Sie waren verlobt, aber noch nicht verheiratet. Und warum bewegte er sich nicht? Je länger der Augenblick anhielt, desto mehr begann Cassandra zu spüren, dass etwas nicht stimmte. Die Luft wurde kälter, Bens Blick wirkte auf einmal starr und sie konnte keine Vögel mehr zwitschern hören. Auch der Wind schien verstummt. Vorsichtig trat Cassandra von Ben zurück und blickte sich um. Sie befand sich noch im Garten und der sah auch noch genauso aus wie zuvor, doch es war, als wäre die Zeit um sie herum stehengeblieben. Nichts bewegte sich. Die beiden Wachen, die ihnen gefolgt waren, standen da wie Statuen. Genau wie Ben. Als sie nach oben blickte, sah sie Vögel, die im Flug erstarrt waren und still in der Luft zu hängen schienen.

Panik stieg in ihr auf. Was ging hier vor sich? Hektisch blickte sie sich um, doch nichts rührte sich. Hatte sie das getan? Sie hatte nichts von ihrer Magie gespürt. Wer sonst könnte verantwortlich sein?

Ein leises Kichern ließ sie einen erschrockenen Schrei ausstoßen und als sie sich herumdrehte, flatterten drei kleine grüne Wesen vor ihr in der Luft.

Es mussten Feen sein. Sie hatte noch nie welche gesehen und es gab nur wenige Augenzeugenberichte über sie, doch Cassandra hatte trotzdem keine Zweifel daran, dass die drei Feen waren.

»Sieh an, sieh an, sie hat wirklich magische Kräfte«, keckerte die eine Fee. Ihre Stimmen waren hoch, fast etwas piepsig, doch sie ließen Cassandra erschauern. Sie klangen gehässig.

»Und das Königreich hofft, dass wir ihr folgen? Sie ist noch ein Kind!« Die zweite Fee zeigte anklagend auf Cassandra und die anderen beiden nickten zustimmend.

»Was willst du schon gegen uns ausrichten, Mädchen?« Die dritte Fee flog direkt vor Cassandras Gesicht und kniff ihr in die Wange. Sie trat zurück und versuchte den Feen auszuweichen. Was sollte sie tun? Niemand hatte ihr gesagt, wie man mit Feen umging.

»Warum so schweigsam, Kleine? Haben wir dich etwa erschreckt? Fürchtest du dich vor ein paar kleinen Feen?«, spottete die Fee, die sie gekniffen hatte.

»Ich ...« Cassandra wusste, dass sie etwas sagen musste, aber ihr Kopf war wie leergefegt, ihr fiel nichts ein, was sie nun tun konnte.

»Hör zu, Mädchen. Du solltest wissen, dass wir uns nicht einfach jemandem fügen, weil er magische Kräfte hat. Du musst dich uns beweisen. Wenn du unser nicht würdig bist, dann werden wir fortfahren wie bisher. Wir sind ein stolzes Volk und lassen uns nicht unterwerfen!« Die drei Feen umschwirrten sie und begannen, an ihren Haaren und Kleidern zu ziehen. Sie machten sich über sie lustig.

Cassandra versuchte, sich zu konzentrieren, und hob langsam die Hände. Als eine der Feen direkt vor ihr war, schloss sie blitzschnell die Hände um sie und webte ein Netz aus Magie. Die Fee konnte sich nicht aus ihrem Griff befreien.

»Wie kann ich euch beweisen, dass ich würdig bin, euer Volk zu führen?«, fragte sie. Die anderen beiden Feen waren wieder vor ihr in der Luft und beobachteten die strampelnde Fee in ihrer Hand. Das magische Netz hinderte sie daran, sich mit Zaubern zu befreien und Cassandras Griff war fest genug, um sie nicht entkommen zu lassen. »Ich mag noch jung sein, doch ich weiß alles über Magie, was man mir beibringen konnte.«

Die Fee biss ihr in die Finger und Cassandra ließ vor Überraschung los. Die drei lachten schallend.

»Du bist ein naives Ding. Du weißt rein gar nichts über Magie, denn es gibt dafür keine Gebrauchsanweisung«, höhnte eine der Feen. Cassandra konnte sie nicht auseinanderhalten. Schon gar nicht, während sie sie wieder umschwirrten.

»Du magst große Kräfte haben, doch wir akzeptieren dich nicht! Du bist nicht würdig.«

Cassandra wurde schwindelig, so schnell umschwirrten die Feen sie. Und sie begann zu ahnen, dass sie Magie um sie wirkten.

»Denk daran, Mädchen. Wir mögen dich nicht erreichen können, wenn du von ihren Mauern umgeben bist, doch wo auch immer du hingehst, wir werden in der Nähe sein. Und solange du dich uns nicht beweisen kannst, gehörst du uns!«

Die drei stießen gleichzeitig auf sie herab und küssten sie auf die Wangen und die Stirn. Cassandra wurde schwarz vor Augen und sie spürte, wie sie zu Boden fiel.

»Cassandra!« Starke Arme zogen sie hoch und hielten sie behutsam fest. Sie wurde zu einer Bank geführt und daraufgelegt. Jemand hielt sie fest und fächelte ihr Luft zu.

»Cassandra, was ist passiert? Ist alles in Ordnung?«

Es war Ben. Er bewegte sich wieder und mit ihm der Rest der Welt. Cassandra fühlte sich benommen und ihre Zunge war unnatürlich schwer. Die Feen wollten offensichtlich nicht, dass sie über sie sprach. War es weise, sie noch mehr zu verärgern? Aber was hatten sie damit gemeint, sie würde jetzt ihnen gehören? Sollte sie nicht den

Rat der Königsfamilie oder von deren Beratern einholen?

»Können wir hineingehen?«, flüsterte sie heiser. Die Feen hatten gesagt, sie kämen nicht zu ihr, wenn sie von Mauern umgeben war. Sie wollte so schnell wie möglich in Sicherheit sein.

»Aber natürlich.« Ben half ihr auf die Füße und führte sie langsam zum Haus zurück. Cassandra fühlte sich elend. Niemand hatte sie darauf vorbereitet und ihr gesagt, dass die Feen sie als Königin akzeptieren mussten. Es hatte immer so selbstverständlich geklungen, so als müsse man nur Magie besitzen, um die Königin für das gesamte Reich und alle Lebewesen darin zu sein.

Sie wurde von Ben und einem ihrer Wächter die Treppen hinaufgeführt und zu einem Schlafgemach gebracht. Dort wies Ben sie an, sich auf das Bett zu legen und anschließend verließ er mit dem Wachmann den Raum. Kurz darauf kehrte er mit zwei Dienstmädchen zurück.

»Ihr muss schwindelig geworden sein, helft ihr aus ihrem Kleid und lasst sie sich dann ausruhen«, wies er die Mädchen an, dann wandte er sich an Cassandra: »Ich werde zum Abendessen nach dir schicken lassen, meine Liebe. Ruh dich bis dahin aus.« Sie stimmte benommen zu und Ben verließ nach einem kurzen Nicken und einem aufmunternden Lächeln den Raum.

Die beiden Dienstmädchen verneigten sich tief vor ihr. Cassandra erkannte Mira wieder. Das andere Mädchen hatte sie vorher noch nicht gesehen. Ihre roten Haare wären ihr sonst sicher aufgefallen.

»Wie fühlt Ihr Euch?«, fragte das Mädchen vorsichtig. »Könnt Ihr Euch aufrichten? Wir müssen Euer Korsett aufschnüren.«

Cassandra nickte stumm. Sie war noch immer so schrecklich benommen und ihre Wangen und ihre Stirn brannten an den Stellen, wo die Feen sie geküsst hatten. Die beiden Mädchen schienen nichts in ihrem Gesicht zu sehen oder erwähnten es zumindest nicht, doch Cassandra spürte es. Was bedeutete es, dass die Feen sie geküsst hatten?

Von den Feen geküsst zu sein war eine Redensart. Es hieß, dass man mit Magie geboren war. Was bedeutete es jedoch, wenn man tatsächlich von den Feen geküsst wurde? Sie hatten ihr die Magie nicht genommen, denn Cassandra konnte ihre Kraft in sich noch spüren. Hatten sie sie irgendwie verflucht?

Mira stützte sie, als sie sich aufsetzte und das andere Mädchen begann die Schnüre in ihrem Rücken zu lockern. Mira half ihr, ließ aber einen Arm auf Cassandras Schulter, um ihr Halt zu geben, wofür sie sehr dankbar war.

»Die Schnüre sind so fest, es ist kein Wunder, dass Euch schwindelig geworden ist. Wie konntet Ihr darin überhaupt atmen?« Mira klang besorgt.

»Mira!« Das andere Mädchen stieß ihr in die Seite. »Entschuldigt bitte vielmals, Mira ist etwas vorlaut, sie meinte es nicht so.«

»Es ist schon in Ordnung«, murmelte Cassandra. Sie hörte den beiden nur mit halbem Ohr zu. Ihre Gedanken drehten sich noch immer um ihre Begegnung mit den Feen.

»Nein, es tut mir wirklich leid, ich muss mich besser benehmen«, sagte Mira mit ernster Miene, während sie an Cassandras Korsett zog, um es zu entfernen. Die beiden Mädchen halfen Cassandra aus ihren Gewändern, und während das rothaarige Mädchen das Kleid in den nächsten Raum brachte, reichte Mira ihr ein Nachthemd. »Braucht Ihr meine Hilfe dabei, es anzuziehen?«

Cassandra schüttelte erschöpft den Kopf und griff nach dem Nachthemd, doch sie konnte es nicht festhalten. Ihre Hände zitterten noch zu sehr und der Stoff floss einfach aus ihrem Griff. Mira lächelte und bückte sich rasch, um das Nachthemd wieder aufzuheben. »Ich helfe Euch schnell.«

Etwas an Miras Blick ließ Cassandra erröten. Sie wusste

nicht, was es sein konnte, schließlich war das nicht das erste Mal, dass ihr jemand beim Umkleiden half. Mit Miras Hilfe zog sie ihr Unterkleid aus und schlüpfte in das Nachthemd. Dabei streifte Mira mehrfach Cassandras Haut. Diese Berührungen fühlten sich warm an und machten Cassandra nervös. War das normal oder stellte Mira sich ungeschickt an? Es wirkte eigentlich nicht so.

Mira half ihr schließlich noch in das riesige Himmelbett und stellte ihr eine kleine goldene Glocke auf den Nachtschrank. »Ich trage das Gegenstück bei mir. Wenn etwas sein sollte, zögert nicht, mich zu rufen.«

Cassandra nickte und nachdem Mira den Raum verlassen hatte, lehnte sie sich in den weichen Kissen zurück und schloss die Augen. Ruhe fand sie jedoch nicht. Die Feen verließen ihre Gedanken keinen Augenblick und sie begann, sich ernsthaft zu sorgen.

Waren die Küsse eine Drohung gewesen? War sie tatsächlich verflucht worden?

3. Ein Test

Cassandra stand nach einiger Zeit wieder auf und ging zum Fenster. Sie starrte hinaus in den Garten. Die Feen waren irgendwo da draußen und sie hatten ihr gedroht. Sie akzeptierten sie nicht als Königin und Cassandra musste sich ihnen beweisen, aber wie sollte sie das anstellen? Und irgendetwas hatten sie mit ihr gemacht. Sie wollte gar nicht wissen, was für einen Fluch die Feen über sie ausgesprochen hatten.

Sie fühlte sich nicht mehr benommen und auch das Zittern kehrte nur zurück, wenn sie sich die Geschehnisse wieder vor Augen rief. Es war wohl eher ihrer Furcht zuzuschreiben. Würde sie krank werden oder gar sterben? Wie lange würde es dauern, bis der Fluch der Feen wirksam werden würde? Sie fragte sich, was geschehen würde, wenn sie jemandem davon erzählte und ob sie dazu überhaupt in der Lage war. Sie befürchtete, dass es ihr nicht möglich war, denn das letzte Mal, als sie es in Betracht gezogen hatte, war ihre Zunge bleischwer geworden und dabei war definitiv Magie im Spiel gewesen.

Unruhig lief sie vor den großen Fenstern auf und ab. Allein in diesem großen unbekannten Zimmer zu sein, machte sie nervös. Zwar hatten die Feen gesagt, sie könnten nicht zu ihr, solange sie sich hinter Mauern befand, aber sie fühlte sich trotzdem so verletzlich. Sie sehnte sich Bens Anwesenheit zurück. Sie könnte nach ihm schicken lassen. Es standen sicher Wachen vor der Tür. Doch es schickte sich nicht, ihn in ihr Schlafgemach einzuladen. Sie konnte sich nicht ankleiden und nach draußen gehen, weil das Mädchen ihr Kleid mitgenommen hatte. Ein Blick in den benachbarten Raum zeigte ihr, dass sich dort Schränke befanden, als sie diese jedoch öffnen wollte, fand sie sie alle verschlossen vor. Wenn ihr Kleid in einem der Schränke war, kam sie nicht allein daran. Und selbst wenn sie es gefunden hätte, war es unmöglich für sie, es ohne Hilfe wieder anzuziehen.

Als sie zurück in das Schlafzimmer ging, fiel ihr Blick auf die Glocke, die Mira ihr dagelassen hatte. Sie konnte ihr beim Ankleiden helfen und wenn Mira herkam, dann wäre Cassandra auch nicht mehr allein. Sie nahm die Glocke und klingelte leicht damit. Dann wartete sie unruhig und ging weiter auf und ab.

Die Tür wurde geöffnet und Cassandra konnte sich nur gerade eben noch davon abhalten, Mira freudig entgegenzustürzen. Das Dienstmädchen blickte sie besorgt an. »Fehlt Euch etwas?«

»Nein, ich ... hilf mir mich anzukleiden, ich will hinuntergehen. Zum Prinzen.«

Mira sah sie entschuldigend an und senkte dann wieder den Blick. »Es tut mir leid, aber der Prinz hat uns angewiesen, Euch nicht aus Euren Zimmern zu lassen. Er macht sich Sorgen um Euch und möchte, dass Ihr Euch ausruht. Zum Abendessen könnt Ihr nach unten gehen.«

»Aber ich ...« Sie konnte dem Willen des Prinzen nicht widersprechen. Sie hatte kein Recht dazu und musste seine Befehle befolgen. »Danke, Mira.«

Cassandra wandte sich dem Fenster zu, weil sie Tränen aufkommen spürte und es sich für sie nicht gehörte, vor Anderen Schwäche zu zeigen. Sie wartete darauf, dass Mira das Zimmer verließ, doch sie hörte keine Schritte, auch nicht das Klicken der Tür. Stattdessen legte sich eine warme Hand auf ihren Arm. »Kann ich Euch sonst irgendwie helfen? Möchtet ihr Euch trotzdem ankleiden?«

Mira durfte sie nicht anfassen. Es gehörte sich nicht.

Nicht einfach so, nur wenn es erforderlich war. Sie musste das wissen und trotzdem tat sie es. Sollte Cassandra sie zurechtweisen? Sie musste es tun. Doch diese kleine Geste half Cassandra, sich weniger einsam zu fühlen. Sie wollte gar nicht, dass Mira ihre trostspendende Hand fortnahm. Langsam drehte sie sich zu dem Mädchen um und nickte. »Ja, hilf mir trotzdem mich anzuziehen. Dann werde ich auch bereit sein, wenn man nachher nach mir schickt.«

Mira führte sie in das Ankleidezimmer. Mit einem kleinen Schlüssel, den sie in ihrer Schürze verstaut hatte, schloss sie einen der Schränke auf und holte ein Kleid heraus, das nicht Cassandra gehörte. »Ihre Majestät, die Königin, hat sich die Freiheit herausgenommen, für Euch Gewänder anfertigen zu lassen, damit Ihr bei Eurem Aufenthalt hier für jeden Anlass die richtige Kleidung zur Hand habt.« Sie präsentierte Cassandra das Gewand. »Entspricht dies Euren Wünschen oder soll ich ein anderes heraussuchen?«

Es war dunkelblau und mit feinen silbernen Stickereien verziert. Es sah umwerfend aus und Cassandra konnte nur staunen. »Das ist perfekt, danke.«

Mira nickte stumm und half Cassandra aus ihrem Nachthemd und in ein frisches Untergewand. Wieder hatte Cassandra das Gefühl, dass Mira sie mehr als nötig berührte, doch jetzt verstand sie die Geste als das, was sie war. Mira musste merken, wie einsam sie sich fühlte, und versuchte, ihr beizustehen.

Als Mira ihr Korsett schnürte, legte sie eine ihrer Hände an Cassandras Rücken. »Es sollte immer eine Hand Platz zum Atmen bleiben«, erklärte sie, während sie die Schnüre festzog und ihre Hand vorsichtig herauszog, ehe sie sie festband. »Man muss Euch auch wirklich nicht einschnüren, Eure Figur ist schon so perfekt.«

Cassandra errötete und wusste nicht, ob sie dazu etwas sagen sollte. Unter den Adligen bedankte man sich für Komplimente und gab sie zurück. Aber Bedienstete hatten keine Meinung über das Aussehen ihrer Herren zu haben. Also schwieg sie. Mira war entweder noch sehr ungeübt in den höflichen Gepflogenheiten, oder aber sie scherte sich nicht darum und spielte somit ein gefährliches Spiel.

Nachdem Cassandra fertig angezogen war und Mira ihr die Frisur wieder gerichtet hatte, standen sie unsicher im Raum. Cassandra wusste, dass Mira nun gehen sollte. Sie hatte sicherlich noch genügend Pflichten zu erfüllen, aber sie fühlte sich schon jetzt wieder allein.

Mira musste auch wissen, dass sie gehen sollte, schien aber auf etwas zu warten.

»Vielen Dank. Ich will dich jetzt nicht länger aufhalten.«

Mira nickte und hob kurz den Kopf. In ihren dunklen Augen lag Sorge. »Wenn Ihr noch etwas benötigt, dann zögert nicht zu fragen.«

Cassandra hätte zu gern noch eine weitere Aufgabe für das Mädchen gehabt, um nicht allein bleiben zu müssen, doch ihr fiel nichts ein und sie wollte Mira auch nicht von ihrer eigentlichen Arbeit abhalten. »Danke, das wird nicht nötig sein. Ich bin sicher, ich habe dir bereits genug Zeit gestohlen und du hast noch viele andere Pflichten.«

»Oh, nein, Ihr habt mir keine Zeit gestohlen. Ich bin jederzeit für Euch da«, versicherte sie ihr, verneigte sich tief und ging dann zur Tür. Dort zögerte sie einen Augenblick, als erwarte sie, dass Cassandra sie zurückrufen würde, doch das tat sie nicht und so verließ Mira den Raum.

Cassandra stand verloren da und starrte auf die geschlossene Tür. Die Tränen kehrten zurück, als hätten sie nur darauf gewartet, dass Mira endlich verschwand. Cassandra richtete sich auf und atmete tief durch, doch sie konnte den Kloß in ihrem Hals nicht zurückdrängen. Sie sehnte sich danach, am nächsten Tag wieder zurück nach Hause zu fahren. Gleichzeitig fürchtete sie sich davor, sich ins Freie zu wagen, die Feen konnten ihr dort jederzeit auflauern.

41

Die Zeit bis zum Abendessen verstrich schleppend langsam und obwohl Cassandra versuchte, sich mit einfachen magischen Übungen die Zeit zu vertreiben, kam es ihr wie eine Ewigkeit vor. Sie ließ eine Kerze entflammen und löschte das Licht wieder und ließ ein paar Kissen durch die Luft fliegen. Schließlich klopfte es jedoch und das rothaarige Dienstmädchen trat ein.

»Oh, Ihr seid bereits angekleidet«, stellte sie überrascht fest, fasste sich aber schnell wieder. »Sehr gut, dann werdet Ihr jetzt nach unten begleitet.« Sie trat zu Seite, sodass Cassandra das Zimmer vor ihr verlassen konnte. Auf dem Flur wurden sie von zwei salutierenden Wachmännern empfangen, die sie die Treppe hinunter in ein Esszimmer führten.

Die Königin und der Prinz saßen bereits am Tisch und erhoben sich, als sie eintrat. Sie lächelte Cassandra besorgt an. »Ich hoffe, du hast dich erholen können, mein Kind. Wie fühlst du dich?«

»Danke, Eure Hoheit, äh ... Elena, es geht mir schon besser.« Das war nicht gelogen, aber entsprach natürlich auch nicht ganz der Wahrheit. Sie konnte aber nicht über die Feen sprechen. Wenn sie nur daran dachte, fühlte es sich bereits an, als würde ihre Zunge gelähmt sein.

Ben nahm sie beim Arm und führte sie zu einem Platz

neben sich. Aber noch ehe sie sich dorthin setzen konnte, trat der König ein und sie alle neigten den Kopf vor ihm. Cassandra hatte sich schon gewundert, wo er war. Vermutlich hatte er sich um wichtige Regierungsangelegenheiten kümmern müssen.

Erst, als der König sich gesetzt hatte, zog Ben für sie den Stuhl zurück und half ihr, sich ebenfalls niederzulassen. Nachdem sie alle am Tisch saßen, kamen Diener herein und tischten den ersten Gang auf. Mira war nicht unter ihnen.

Das Essen verlief recht schweigsam. Cassandra empfand die Stille als sehr angenehm. So konnte sie sich ganz darauf konzentrieren, bei ihren Tischmanieren keinen Fehler zu machen.

Nachdem alle ihr Essen beendet hatten, wurde Cassandra in ein angrenzendes Zimmer geführt, wo sich alle auf gemütlichen Sofas niederließen.

Der König klatschte in die Hände und schaute Cassandra auffordernd an. »Nun hattest du etwas Zeit, dich zu erholen. Wie sieht es denn jetzt mit einer Demonstration deiner Kräfte aus?«

Cassandra spürte, wie sie rot wurde und ihre Handinnenflächen wurden feucht. Schüchtern nickte sie und kam dann der Aufforderung nach. Die Blicke der andere spürte sie stechend auf sich. Sie vollführte ein paar einfache Zauber, ließ eine Flamme in ihrer Hand erscheinen, verwandelte eines der Sofakissen in eine Taube und wieder zurück und ließ alle Lichter erlöschen, nur um sie mit einem Fingerschnipsen wieder zu entzünden.

Die Königin klatschte begeistert und der Prinz schaute sie bewundernd an. Der König verzog keine Miene. »Man hat dich gut unterrichtet, Cassandra. Aber all das sind nur Kunststücke. Sag mir, wie sicher beherrschst du deine Kraft? Könntest du dich in einem Kampf verteidigen?«

Die Königin stieß ihrem Mann erbost einen Ellenbogen in die Seite. »Wann sollte sie das denn tun müssen? Jag dem armen Kind keine Angst ein.«

»Viele trachten danach, ihre Macht zu besitzen und sie zu kontrollieren. Ich will nur sicher gehen, dass sie sich im Notfall auch verteidigen könnte.« Der König blickte Cassandra auffordernd an.

»Ich weiß es nicht, Eure Majestät. Ich bin niemals in der Situation gewesen, mich verteidigen zu müssen. Es hat mich auch niemand Kampfkunst gelehrt.«

Das war nicht, was er hatte hören wollen, er zog verärgert die Augenbrauen zusammen. Daran trug sie jedoch keine Schuld, wenn er gewollt hätte, dass sie so etwas lernte, dann hätte er ihr Lehrer dafür schicken müssen. Das hatte er ja auch für alles andere getan, was sie seines Erachtens wissen sollte. Müsste ihm nicht geläufig sein, was man sie gelehrt hatte?

»Sie wird sich sicher noch einiges aneignen können, Vater«, meldete der Prinz sich zu Wort. »Es wird ja wohl hoffentlich auch niemals zu einem solchen Fall kommen. Cassandra wird schließlich stets gut bewacht sein.« Er legte beruhigend seine Hand auf Cassandras und lächelte sie an. »Sobald wir verheiratet sind, werde ich persönlich dafür sorgen, dass sie immer gut behütet ist.«

Cassandra wurde warm ums Herz, als sie in seine Augen blickte, schaute aber schnell verschämt zur Seite, als der Blickkontakt zu lange anhielt.

Als sie nach ein paar Stunden immer wieder gähnen musste, erhob die Königin sich und reichte ihr die Hand, um ihr aufzuhelfen.

»Ich denke, der Abend war lang genug. Cassandra hat morgen wieder eine weite Reise vor sich und sollte sich nun ausruhen.« Der König und Ben nickten zustimmend und erhoben sich ebenfalls. »Ich werde meine zukünftige Schwiegertochter zu ihren Gemächern begleiten«, sagte die Königin und führte Cassandra auf den Gang. Dort schlossen sich ihnen zwei Wachmänner an, als sie die Treppen hinaufstiegen.

»Lass dir von meinem Mann keine Angst einjagen. Du hast nichts zu befürchten und wir werden immer gut für dich sorgen, Cassandra«, versicherte ihr die Königin, während sie den spärlich beleuchteten Gang zu ihren Schlafgemächern entlang schritten. Vor der Tür verabschiedete sich die Königin von ihr und wünschte ihr mit einem Kuss auf beide Wangen eine gute Nacht.

Einer der Wachmänner postierte sich neben ihrer Tür und der andere folgte der Königin weiter den Gang entlang. Cassandra war froh, dass die Königin sie zu mögen schien, und hoffte, dass sie Freundinnen werden würden.

Als sie ihr Zimmer betrat, ging sie sogleich zu der kleinen Glocke auf ihrem Nachtschrank. Sie würde Hilfe beim Ausziehen brauchen. Kaum hatte sie sie läuten lassen, hörte sie Schritte. Überrascht wollte sie sich umdrehen, doch starke Arme legten sich um sie und jemand hielt ihr den Mund zu. Ihr Schrei wurde erstickt und man zog sie in Richtung Tür.

Panisch strampelte Cassandra und versuchte, sich aus dem festen Griff zu winden. Ihr Rock riss, als sie sich mit den Beinen am Bett festhalten wollte und jemand trat ihr gegen das Schienbein, damit sie losließ. Der stechende Schmerz trieb ihr die Tränen in die Augen. Es waren also mindestens zwei Angreifer. Es war jedoch zu dunkel, um es genau zu erkennen und alles ging so unglaublich schnell! Cassandra wehrte sich weiter und versuchte, zu schreien. Tränen liefen ihr über die Wangen und als sie ihrem Angreifer in die Hand biss, wurde sie unsanft zu Boden geworfen. Eine Männerstimme fluchte leise. Cassandra versuchte, sich aufzurappeln und zur Tür zu rennen. Sie schrie laut um Hilfe und stolperte über ihren Rock, was sie wieder zu Boden warf. Ein Fuß trat auf ihren Rücken und hinderte sie am Aufstehen. Sie spürte eine kalte Klinge an ihrem Hals.

Es war aus. Vorbei. Cassandra schluchzte leise.

Sie wollte nicht sterben.

In einem letzten, verzweifelten Versuch richtete sie sich so weit auf, wie sie konnte, und warf Feuer in die Richtung, wo sie die Angreifer vermutete. Die Flammen erhellten den Raum und Cassandra traf. Es waren drei Personen, die nun hektisch versuchten, die brennenden Stellen an ihrer Kleidung zu löschen.

Cassandra nutzte ihre Chance und riss die Tür auf. Sie stürmte auf den Gang und erstarrte augenblicklich schockiert.

Der König war dort, begleitet von Wachmännern. Sie alle standen da und machten keinerlei Anstalten, ihr zu Hilfe zu kommen. Etwas weiter hinten im Gang stand Mira mit gesenktem Kopf. Einer der Wachmänner versperrte ihr den Weg.

Langsam regte der König sich. Er betrachtete Cassandra und das Zimmer hinter ihr ausgiebig und begann dann zu klatschen. Er applaudierte ihr. Das war ein Test gewesen! Schockiert und empört starrte sie ihn an. Der Schreck steckte ihr noch immer tief in den Gliedern und hinter ihr begannen die Männer, die sie angegriffen hatten, laut zu schreien. Sie hatte den Raum in Brand gesetzt!

Geistesgegenwärtig stürmte sie zurück in das Zimmer. Sie schloss die Augen und versuchte, die Flammen zu ersticken. Sie hatte es noch nie mit so viel Feuer auf einmal versucht und es kostete sie alle Kraft, die sie noch hatte. Erschöpft sank sie zu Boden, als es um sie herum dunkel wurde. Ihre Beine waren zu schwach, um sie noch aufrecht zu halten.

Die Wachmänner kamen in den Raum und brachten die drei verletzten Männer hinaus. Sie wurde auf die Füße gezogen und sah sich dem König gegenüber. Er nickte ihr zu. »Das war sehr beeindruckend, Cassandra. Ich hoffe, du entschuldigst diese kleine Prüfung. Ich musste mich vergewissern, dass du mehr als Tricks beherrschst und auch in unerwarteten Situationen handeln kannst.«

Cassandra nickte schwach. Sie zitterte am ganzen Körper und fühlte sich unendlich erschöpft.

»Mira! Bring Cassandra in ein neues Zimmer und hilf ihr dort, sich fertig zu machen. Das hattest du ja ohnehin vor.« Damit wandte der König sich ab und ging ohne ein weiteres Wort fort. Die meisten der Wachmänner folgten ihm.

Cassandra drohten die Beine erneut wegzuknicken, sie fühlte sich unendlich schwach. Mira legte ihre Arme um sie und führte sie auf den Gang und eine Treppe hinauf. Zwei Wachmänner folgten ihnen und öffneten eine Tür für sie. Als die Tür sich hinter ihnen wieder schloss, konnte Cassandra sich nicht mehr halten. Sie brach schluchzend auf dem Boden zusammen.

»Schh, ganz ruhig, es ist alles gut. Ihr seid sicher.« Mira zog sie hoch und führte sie zum Bett, auf das sie sich fallen ließ. Mira kniete vor ihr nieder und umfasste ihre Hände. »Schaut mich an! Ganz ruhig. Einatmen und ausatmen. Seid Ihr verletzt?«

Cassandra schüttelte den Kopf. Außer ein paar Prellungen fehlte ihr nichts. Aber sie konnte nicht aufhören zu schluchzen. Ihr Herz pochte noch immer schmerzhaft in ihrer Brust, sie atmete stoßweise und hatte das Gefühl zu ersticken.

Mira setzte sich neben ihr auf das Bett und begann, an den Schnüren ihres Korsetts zu ziehen. Cassandra bekam das kaum mit, Tränen rannen ihr noch immer über die Wangen und sie fühlte sich so schrecklich hilflos. Nach einer Weile zog Mira das Korsett fort und warf es zu Boden. Cassandra holte erleichtert keuchend tief Luft. Warme Hände legten sich auf ihre Arme und zogen sie wieder hoch.

»Ihr solltet Euch hinlegen.« Mira schob sie behutsam auf das Bett und zog ihr dann das Kleid aus. Als Cassandra nur noch ihr Untergewand trug, deckte sie sie zu und drehte sich dann mit dem ruinierten Kleid um, um den Raum zu verlassen.

Cassandra schniefte noch immer, fühlte sich aber bereits etwas ruhiger. »Kannst du noch ein wenig hierbleiben?« Sie fragte aus Verzweiflung, weil sie wusste, dass sie jetzt nicht allein bleiben konnte, aber sie wusste auch, dass es sich nicht gehörte und dass Mira sicherlich längst zu Bett hätte gehen können, wenn Cassandra nicht wäre.

Mira schien kurz zu zögern, doch dann legte sie das Kleid auf einem Stuhl ab und kam zu Cassandra zurück. In einigem Abstand vom Bett blieb sie erneut stehen. »Was kann ich für Euch tun?«

»Lass mich einfach nicht allein«, flüsterte Cassandra. Sie hatte bereits wieder Tränen in den Augen.

Mira nickte und holte einen Stuhl an die Seite des Bettes. Sie ließ sich darauf nieder und lächelte Cassandra beruhigend zu. »Ich bin hier. Ihr müsst Euch keine Sorgen machen.«

4. Das Schwert

Obwohl Cassandra es nicht für möglich gehalten hatte, musste sie schließlich doch eingeschlafen sein. Als sie die Augen aufschlug, begann es bereits zu dämmern. Ein Blick auf den Stuhl neben ihr zeigte, dass Mira nicht mehr dort war. Auch wenn sie das vermutet hatte, war sie dennoch enttäuscht, das Mädchen nicht mehr neben sich vorzufinden.

Dann hörte sie gedämpfte Stimmen aus dem Nebenraum. Alarmiert spitzte sie die Ohren. Dank ihrer Magie konnte sie ihre Sinne verstärken und erkannte eine Frauenstimme. »- Bett war leer und jetzt finde ich dich hier? Was hast du dir nur dabei gedacht, Mira?« Die Frau klang aufgebracht und musste sich offenbar sehr Mühe geben, nicht lauter zu werden.

»Sie hat mich gebeten bei ihr zu bleiben, was hätte ich

denn machen sollen? Du hast sie nicht gesehen, ich konnte sie nicht allein lassen!«

»Oh doch, das konntest du! Denn selbst du hast das Recht, einen Befehl zu verweigern, wenn du dafür etwas Ungehöriges tun musst.«

»Sie war einsam und hat sich gefürchtet. Warum ist es ungehörig, ihr Gesellschaft zu leisten?« Mira klang aufgebracht.

»Du weißt, dass sie dich bereits im Auge haben. Ein falscher Schritt deinerseits und es könnte dein letzter sein. Wie kannst du nur so leichtsinnig sein, Mira? Es wird dich noch den Kopf kosten!«

»Ich -« Nun klang verzweifelt. »Ich wollte ihr nur helfen. Ich wollte nicht ... ich habe nicht ... es hat damit nichts zu tun.«

»Das mag ja sein, aber im Zweifel wäre ich die Einzige, die dir das glaubt. Denen ist doch egal, wofür sie dich einsperren, solange sie nur irgendwelche Beweise haben.«

»Ich weiß, Mutter. Es tut mir leid, es wird nicht wieder vorkommen.« Miras Stimme klang leiser und rauer als gewöhnlich.

»Das will ich hoffen.«

Schritte entfernten sich, eine Tür wurde geöffnet und geschlossen und dann konnte Cassandra nicht länger hören, was die beiden sagten.

Es war also Miras Mutter gewesen, die sie schalt, weil sie bei Cassandra geblieben war. Hatte sie Mira in Schwierigkeiten gebracht? Das hatte sie nicht gewollt. Aber es klang auch nicht so, als wäre dies der einzige Grund für den Zorn ihrer Mutter gewesen. Anscheinend benahm sich Mira oft nicht so, wie es sich gehörte. Cassandra hatte das ja bereits vermutet. Es war nur verständlich, dass ihre Mutter sich Sorgen machte.

Cassandra konnte nicht mehr weiterschlafen und war froh, als endlich das rothaarige Mädchen in ihr Zimmer kam und ihr beim Ankleiden half. Sie benahm sich im Gegensatz zu Mira ganz genauso, wie es sich gehörte und sprach kaum ein Wort. Anschließend wurde Cassandra von zwei Wachmännern zum Frühstück geführt, wo sie nur die Königin vorfand. Die stand augenblicklich auf, als Cassandra durch die Tür trat, und eilte auf sie zu.

»Wie geht es dir, mein Kind? Mir wurde berichtet, was mein Mann gestern für dich vorbereitet hatte. Es tut mir so leid, ich hatte keine Ahnung! Geht es dir gut?« Sie umarmte Cassandra fest und es kostete diese einige Mühe, sich nicht einfach in ihre Arme zu werfen und erneut zu weinen. Aber sie schaffte es, gefasst zu bleiben und lächelte nur dankbar.

»Es ist alles in Ordnung, Eure – Elena. Ich habe es ja gut überstanden.«

»Starkes Mädchen«, sagte die Königin zufrieden und führte sie zum Tisch. »Ich hoffe, es ist dir recht, nur mich als Gesellschaft zu haben? Ich wollte meinen Mann heute Morgen nicht sehen und außerdem auch einmal etwas Zeit mit dir allein verbringen.«

Cassandra nickte höflich. Sie mochte die Königin, sie war nett zu ihr, herzlich und verständnisvoll. Doch wenn sie ehrlich war, dann wollte Cassandra eigentlich nur noch nach Hause. Sie fühlte sich elend und konnte es kaum erwarten, den ganzen Schrecken zu entkommen und zurück in die schützenden Mauern ihrer Kindheit zu fliehen. Sie wollte von ihren Eltern in die Arme geschlossen werden und nicht mehr stark sein müssen.

Nach dem Frühstück holte Ben sie ab und machte noch einen Spaziergang mit ihr durch den Garten, aber es machte Cassandra nervös, draußen herumzulaufen, wo sie jederzeit Feen überfallen konnten. Wenn sie zu Hause war, musste sie unbedingt mehr über Flüche von Feen in Erfahrung bringen. Vielleicht fand sie etwas in ihren Büchern, oder konnte unauffällig einen ihrer Lehrer befragen.

Ben führte sie schon bald wieder zurück und zu einer bereits wartenden Kutsche. Er küsste zum Abschied ihre

Hand und lächelte sie an. »Es war mir eine Freude, Cassandra. Wir sehen uns ja bald zu unserer Hochzeit wieder.« Sie nickte und verabschiedete sich förmlich von König und Königin. Der König versprach, rechtzeitig nach ihr zu schicken, sobald alles für die Hochzeit bereit war. Wenn es nach Cassandra ginge, könnte das ruhig noch etwas dauern, doch das sagte sie natürlich nicht.

Mira sah sie nicht mehr. Die hielt sich vermutlich von ihr fern, um nicht noch mehr in Schwierigkeiten zu geraten. Cassandra verstand das, auch wenn sie sie gern noch einmal gesehen hätte. Sie ließ sich in die Kutsche helfen und winkte zum Abschied, bevor die Kutschentür geschlossen wurde. Mit einem Ruck setzten sie sich in Bewegung und Cassandra lehnte sich nervös in ihren Sitz zurück. Sie konnte nur hoffen, dass sie die Reise gut überstand, sie hatte wirklich genügend Abenteuer erlebt.

Allerdings war ihr das nicht vergönnt. Als sie bereits fast wieder zu Hause war und die Erleichterung sich in ihr breit machte, hielt die Kutsche plötzlich mit einem Ruck an. Draußen hörte sie die Pferde wiehern, als laute Stimmen ertönten. Dann klirrte Stahl auf Stahl, Männer brüllten Befehle, deren Bedeutung im allgemeinen Stimmgewirr unterging. Was geschah draußen? Weshalb war ein Kampf entbrannt? Cassandra versuchte, nicht in Panik zu verfallen. Sie wollte die Tür öffnen, doch ein Wachmann schob sie zurück in die Kutsche und brüllte: »Bleibt drinnen, dort seid Ihr sicher!« So saß sie mit klopfendem Herzen in der Kutsche und lauschte angespannt auf den Kampf, der draußen stattfand. Sie fühlte sich in der Kutsche nicht sicher, sondern eingesperrt. Es gab Türen auf beiden Seiten und jederzeit konnte dort jemand hereinkommen, dem sie im engen Innenraum der Kutsche kaum würde ausweichen können.

Die Geräusche von draußen wurden leiser und schließlich klang es, als sei der Kampf vorbei. Die Frage war nur, wer diesen Kampf gewonnen hatte. Die Angreifer oder Cassandras Beschützer?

Als beide Türen der Kutsche gleichzeitig aufgerissen wurden und sich zwei maskierte Männer auf sie stürzten, beantwortete sich ihre Frage. Man drückte ihr einen feuchten, seltsam riechenden Lappen ins Gesicht und Cassandra wurde schwarz vor Augen.

Sie kam in der fahrenden Kutsche wieder zu sich. Man hatte ihr die Hände hinter dem Rücken gefesselt und den Mund mit einem Lederband zugebunden, ihr Kopf tat weh und als sie sich benommen umblickte, sah sie einen Mann in schwarzer Kleidung mit einer schwarzen Maske ihr gegenübersitzen. Seine Jacke und Hose waren aus Leder und sahen wie für einen Kampf gemacht aus. Sie erkannte einige Kerben und Kratzer, die ihr zeigten, dass ihr Gegenüber sie auch dafür einsetze. Die Maske verbarg sein gesamtes Gesicht, nur die Augen konnte sie erkennen, ansonsten gab es nichts, anhand dessen sie diesen Mann hätte identifizieren können.

Erschrocken versuchte sie sich aufzurichten und zu einer der Türen zu gelangen, doch der Mann griff seelenruhig nach ihr und drückte sie zurück in den Sitz.

»Es tut mir sehr leid, kleines Fräulein. Du musst mir glauben, wir wollen dich nicht verletzen, aber wir werden es tun, wenn du nicht gehorchst. Verstanden?«, sagte er mit einer tiefen, rauen Stimme, die durch die Maske gedämpft wurde.

Cassandra nickte zitternd. Was sollte sie tun? Sie war entführt worden. Das, wovor man sie immer gewarnt hatte, war eingetreten. Wer auch immer diese Menschen waren, sie führten nichts Gutes im Schilde und wollten ganz sicher ihre Magie für sich nutzen. Deshalb hatten sie sie noch nicht getötet. Ohne ihre Hände bewegen oder sprechen zu können, konnte sie keine Zauber wirken. Sie konnte sich nicht befreien.

Die Kutsche hielt an und die Tür wurde aufgerissen. Ihr Begleiter stieß sie unsanft nach draußen, wo sie von einem anderen, ebenfalls maskierten Mann gepackt und fortgezogen wurde. Man führte sie in ein heruntergekommenes Haus und dort Treppen hinab in den Keller.

In einem leeren, dunklen Raum ließen sie sie allein und schlossen die Tür hinter ihr zu. Weinend ließ sie sich an der Wand hinabgleiten. Würde sie denn nie wieder nach Hause kommen?

Sie hatte keine Ahnung, wie viel Zeit vergangen war, als die Tür wieder geöffnet wurde. Zwei von den maskierten Männern zogen sie hoch und schleppten sie die Treppe hinauf.

In einem großen Raum warteten bereits mindestens zehn maskierte Personen und umringten sie in einem engen Kreis, als man sie zu Boden stieß.

Sie starrten sie an, dann trat einer der Maskierten vor

und blickte auf sie herab. »Cassandra, das Mädchen, das von den Feen geküsst ist. Als einzige seit hunderten von Jahren.« Sie blickte zitternd zu ihm auf. »Du siehst überhaupt nicht so gefährlich aus, nur wie ein kleines Mädchen, hübsch noch dazu.« Er kniete vor ihr nieder und nahm ihr Gesicht in seine Hände. »Wirklich hübsch.« Graue Augen fixierten sie aus der Maske heraus. Sein Atem roch scharf und sie kniff die Augen zu, als er sein Gesicht direkt vor ihres brachte. »Du wirst uns helfen, Cassandra.« Er ließ sie los und stand auf. »Bringt das Schwert her!«, befahl er jemandem und Cassandra konnte Schritte hören. Sie öffnete die Augen und blickte sich panisch um. Wollten sie sie doch töten?

Eine maskierte Gestalt reichte dem Mann ein riesiges Schwert. Es glitzerte im Licht der untergehenden Sonne, die durch ein schmutziges Fenster hereinfiel. »Das ist ein Schwert aus Feenstahl«, erklärte er ihr. »Doch die Magie, die es einst besaß, ist verbraucht. Du wirst es wieder mit Magie versorgen, damit es seinen Zweck erfüllen kann.«

Er kniete vor ihr nieder und legte das Schwert zwischen ihnen auf den Boden, dann nickte er jemandem hinter ihr zu und sie wurde gepackt. Man legte ihr eine kalte Klinge an den Hals und jemand entfernte das Lederband von ihrem Mund.

»Du solltest besser keine Tricks versuchen, Cassandra«, warnte der Mann. »Wenn du versuchst, uns zu täuschen, werden wir dich töten, verstanden?« Cassandra starrte ihn ängstlich an. »Hast du verstanden?« Sie spürte, wie die Klinge dichter an ihren Hals gepresst wurde.

»Ja«, hauchte sie.

»Sehr gut.« Der Mann tätschelte ihr den Kopf. »Brauchst du deine Hände, oder reicht deine Stimme aus?«

Cassandra schluckte. Sie hatte keine Ahnung, was genau die Männer von ihr verlangten, aber ihre Stimme allein würde in keinem Fall ausreichend sein. »Ich brauche meine Hände.«

Auf ein Zeichen des Mannes band man ihr die Fesseln los und sie rieb erleichtert ihre steifen Handgelenke.

»Denk daran, wenn du versuchst, zu entkommen, werden wir dich töten.«

Zitternd betrachtete Cassandra das Schwert. Der Mann ihr gegenüber behielt sie genau im Blick. Sie griff nach der Waffe und blickte sie unsicher an. »Ich ... ich weiß nicht, was ich tun soll«, flüsterte sie schließlich verzweifelt.

Der Mann kniff wütend die Augen zusammen. »Du sollst dieses Schwert mit deiner Magie wieder aufladen. Es ist eine verzauberte Waffe, die einen unbesiegbar macht.«

»Ich weiß nicht, wie ich das machen soll.« Cassandra stiegen Tränen in die Augen.

Er verpasste ihr eine schallende Ohrfeige. »Was für eine Zauberin bist du denn?«, fuhr er sie an. »Willst du zurück in den Keller und etwas Zeit, dir zu überlegen, was du tun musst?« Sie schüttelte weinend den Kopf. »Dann los, mach endlich!«

Sie umfasste den Griff des Schwertes und legte ihre andere Hand auf die Klinge, dann schloss sie die Augen und versuchte, ihre Magie zu rufen. Ohne Zauber und Anweisung, so, wie sie es nicht machen sollte. Aber was für eine Wahl hatte sie denn, wenn sie überleben wollte? Vorsichtig ließ sie Magie in das Metall fließen. Es wurde heiß und begann zu leuchten. Um sie herum wurden bewundernde Rufe ausgestoßen. Sie ließ ihre Magie noch ein wenig länger fließen, dann unterbrach sie den Strom und ließ das Schwert schließlich los. Es glühte noch leicht nach.

»Fesselt sie«, befahl der Mann und hob dann das Schwert auf. Man riss ihr die Arme wieder nach hinten und auch das Lederband wurde ihr wieder vor den Mund gebunden. Dann verschwand die Klinge von ihrem Hals und Cassandra sank in sich zusammen. Sie fühlte sich ausgelaugt. Es war eine ganze Menge ihrer Kraft in das Schwert geflossen. Besorgt beobachtete sie nun, wie der Mann es probeweise schwang und dann barsch sagte: »Holt unseren anderen Gast.«

Zwei der Maskierten verschwanden und kamen kurz darauf mit einem der Wachmänner des Königs zurück. Sie erkannte ihn. Er hatte sie begleitet.

Die Menge machte Platz und man warf ihm sein Schwert vor die Füße. Cassandra wurde ebenfalls zurückgezogen.

»Kämpf gegen mich!«, befahl der Mann mit dem Schwert dem Wachmann. Der blickte ihn zweifelnd an, hob aber seine Waffe auf. Der maskierte Mann hob das magische Schwert und griff an. Die ersten Hiebe blockte der Wachmann ab, doch obwohl er ein geübter Soldat sein musste, wenn man ihn als ihren Schutz losgeschickt hatte, gab es keine Chance für ihn. Der Mann hieb mit Macht auf ihn ein und schließlich zersplitterte sein Schwert in seiner Hand. Unbewaffnet wich er zurück. Der maskierte Mann hob das Schwert und stieß es mit einem lauten Ausruf des Triumphes auf den Wachmann herab. Cassandra schrie auf. Zwar wurde ihre Stimme durch das Lederband gedämpft, aber der Mann neben ihr trat ihr trotzdem unsanft in die Seite.

Der Wachmann lag tot am Boden, sein Schädel gespalten. Sein Mörder wischte das Schwert ab und drehte es dann hin und her. »Es ist definitiv stärker als vorher«, stellte er zufrieden fest. »Hoffen wir, Cassandra hat alles gegeben, was sie konnte. Denn wenn die Kraft bald wieder nachlässt, dann müssen wir sie noch einmal aufsuchen.« Er blickte ihr direkt in die Augen und sie schluckte schwer. Hieß das, sie würden sie jetzt gehen lassen?

Er kam auf sie zu und kniete erneut vor ihr nieder. »Ich bin sicher, wir werden uns wiedersehen, Cassandra«, sagte er mit einem Lächeln. Dann zog er einen Lappen hervor und drückte ihn ihr ins Gesicht. Ihr wurde wieder schwarz vor Augen.

Als sie dieses Mal zu sich kam, war sie allein in dem düsteren Haus. Sie hatten ihre Fesseln nicht gelöst und auch der tote Wachmann lag noch immer da. Draußen war tiefschwarze Nacht. Nur eine einzelne Kerze brannte im Raum.

Mühsam versuchte Cassandra, aufzustehen. Immer wieder stolperte sie und verlor das Gleichgewicht. Ihr Kopf brummte und ihre Wahrnehmung schien etwas beeinträchtigt zu sein. Schließlich schaffte sie es endlich und lehnte sie schwer atmend an die Wand. Nachdem sie wieder zu Atem gekommen war, ging sie mit weichen Knien durch das Haus und suchte nach dem Ausgang. Die ganze Zeit erwartete sie, dass irgendwo jemand auf sie warten und sie wieder überwältigen würde, doch sie war allein und fand schließlich die Tür nach draußen. Sie war verschlossen und Cassandra warf sich verzweifelt dagegen, bis sie aufging und stolperte dann in die Nacht hinaus.

Sie hatte keine Ahnung, wo sie war und in welcher Richtung ihr Zuhause lag. Sie wusste nicht einmal, wie weit sie von dort entfernt war. Sie machte sich dennoch auf den Weg. Hoffentlich gab es irgendwo in der Nähe Menschen, die ihr helfen konnten. Wenn sie wenigstens die Fesseln loswürde.

Sie stolperte die verlassene Straße entlang, bis es zu Dämmern begann, dann ließ sie sich erschöpft an einem Baum am Straßenrand nieder. Sie konnte nicht mehr.

Zusammengekauert saß sie da und war zu schwach, sich von ihren Fesseln zu befreien oder wieder aufzustehen.

Irgendwann hörte sie Hufgetrappel und Stimmen. Sie blickte hoffnungsvoll in die Richtung, aus der sie kamen und sah, wie sich fünf Reiter näherten. Mit letzter Kraft schob sie sich am Baumstamm nach oben, um besser gesehen zu werden. Die Reiter wurden langsamer und kamen vor ihr zum Stehen. Es waren Wachmänner des Königs, wie sie an ihren Uniformen erkannte, und Cassandra hätte vor Erleichterung fast geweint, als sie Ben unter ihnen ausmachte. Er sprang sofort von seinem Pferd und eilte auf sie zu.

»Cassandra? Oh, dem Himmel sei Dank, Cassandra!« Er hielt sie bei den Schultern fest, als sie umzufallen drohte. Die anderen Wachmänner waren ebenfalls abgestiegen und lösten ihre Fesseln und das Lederband. Ohne darüber nachzudenken, ob es sich schickte oder nicht, fiel sie Ben um den Hals. Sie war so unendlich erleichtert, dass er sie gefunden hatte. Er drückte sie fest an sich und hielt sie für einen kurzen Moment einfach fest, dann half er ihr auf sein Pferd und nahm vor ihr Platz. Sie legte ihre Arme um ihn, um sich festzuhalten und sie ritten los. Cassandra konnte sich kaum halten vor Erschöpfung und war unendlich froh, als sie nach mehreren Stunden endlich an einem Haus ankamen und hielten. Sie fiel fast vom Pferd, als man ihr herunterhalf, fasste sich aber. Ben führte sie in das Haus und hieß sie, sich zu setzen. Ihr fielen fast die Augen zu.

»Wir werden ab jetzt in der Kutsche weiterreisen. Wir sind noch nicht ganz da«, erklärte er ihr, während er sie über den Hof führte. Es wurde bereits wieder dunkel.

Sie nahmen gemeinsam in der Kutsche Platz, was

Cassandra ungemein beruhigte. Kurz nachdem sie losgefahren waren, schlief sie vor Erschöpfung ein.

Ben weckte sie behutsam, als die Kutsche schließlich anhielt und nachdem sie ihre steifen Glieder gestreckt hatte, half er ihr aus dem Fahrzeug heraus. Es verschlug ihr die Sprache, als sie erkannte, wo sie sich befand. Das war der Palast, es musste der Palast sein!

»Ich habe einen Boten zu deinen Eltern geschickt, um sie darüber zu informieren, dass du wohlauf bist, ich es aber für besser hielt, dich hierher zu bringen. Es war dichter und du bist hier sicherer.« Ben nahm ihren Arm und führte sie zu einem gigantischen Eingangsportal. Cassandra legte den Kopf in den Nacken und hatte den Eindruck, vor einer nicht endenden Wand zu stehen. Das Portal selbst war mit vielen Schnitzereien versehen, die sie sich unter anderen Umständen gern näher angeschaut hätte. Sie hatte gelesen, dass es sich um wichtige Momente der Geschichte Ileandors handelte.

Die Wachtposten vor dem Eingang verneigten sich und öffneten ihnen. Drinnen erwarteten sie schon mehrere Dienstmädchen, in deren Obhut Ben sie übergab. Er entschuldigte sich höflich und ging dann davon. Die Mädchen führten Cassandra durch den riesigen Palast und sie hatte schon bald den Überblick verloren, von wo sie gekommen war. Sie wurde in einen Waschraum gebracht, wo weitere Mädchen bereits dabei waren, eine Wanne mit Wasser zu füllen. Cassandra ließ alles über sich ergehen. Die Mädchen zogen sie aus und sie setzte sich in das warme Wasser. Sie wuschen ihr die Haare und schrubbten ihre Haut, bis sie rosig war, dann halfen sie ihr aus der Wanne und trockneten sie ab. Ihr wurde ein Nachthemd übergezogen und anschließend wurde sie durch eine Tür geführt und zu einem Bett.

Cassandra schlief ein, als ihr Kopf auf die weichen Kissen fiel. Es war ein tiefer, traumloser Schlaf. Die Erschöpfung hatte sie endlich alle Furcht und Sorge vergessen lassen.

5. Der Kuss

Als sie am nächsten Tag erwachte, war ein Mann an ihrem Bett. Verwirrt starrte sie in seine gutmütigen, braunen Augen. Er lächelte mild, reichte ihr höflich die Hand und stellte sich Cassandra als Doktor vor. Nachdem er sie gründlich untersucht hatte, verließ er den Raum. Kurze Zeit später trat eine streng aussehende Frau ein. Sie verneigte sich tief und half Cassandra dann beim Aufstehen und Ankleiden. Sie sprach kaum, doch als sie es tat, hatte Cassandra das Gefühl, die Stimme von irgendwoher zu kennen, aber zuordnen konnte sie es nicht.

Die Frau trug die übliche Uniform der Bediensteten, der Blick ihrer dunklen Augen war durchdringend, die dunklen Haare zu einem festen Zopf im Nacken gebunden. Obwohl sie Ringe unter den Augen hatte, stand sie gerade da und strahlte eine energische Strenge aus. Nicht so, dass sie Cassandra einschüchterte, aber so, dass Cassandra sich ihr nicht widersetzen wollte.

Nachdem sie fertig war, eskortierten zwei Wachmänner sie zu einem Arbeitszimmer. Der König saß dort am Tisch, zwei weitere Männer standen hinter ihm. Die Wachmänner blieben draußen vor der Tür und Cassandra wurde angewiesen, sich auf einen Stuhl vor dem Schreibtisch zu setzen.

»Cassandra, Kind, ich hoffe, du hattest genügend Zeit, dich zu erholen. Ich muss dich bitten, mir zu schildern, was vorgefallen ist.« Der König zeigte keinerlei Gefühlsregung in seinem Gesicht.

Cassandra berichtete stockend von ihrer Entführung. Sie erzählte alles, woran sie sich erinnern konnte, und als sie fertig war, runzelte der König missbilligend die Stirn.

»Du hast diesen Menschen also zu einer gefährlichen, magischen Waffe verholfen?« Sie nickte beschämt. »Das war sehr unbedacht.« Sie nickte erneut und traute sich nicht, zu ihm aufzuschauen.

»Es tut mir sehr leid, Eure Majestät, ich wusste nicht, was ich sonst hätte tun sollen. Sie hätten mich getötet.«

»Das hätten sie nicht, jedenfalls nicht sofort. Dafür warst du zu wertvoll für sie. Hättest du dich ein paar Tage geweigert, dann hätte Benedikt die Möglichkeit gehabt, dich zu finden.«

Sie biss sich auf die Lippe, um nicht zu weinen. Natürlich hatte er Recht, doch soweit hatte sie in ihrer Panik nicht gedacht. Sie hatte ja nicht wissen können, dass Ben ihre Spur verfolgte. Wie hätte sie wissen sollen, dass sie gefunden werden konnte? Trotzdem nickte sie nur und flüsterte: »Ja, Eure Majestät, Ihr habt Recht. Es tut mir sehr leid.«

Der König erhob sich. »Nun, es ist geschehen und wir werden uns darum kümmern. Lass dich wieder auf dein Zimmer bringen. Du wirst bis zu deiner Hochzeit hierbleiben, es ist sicherer so. Man wird dich zum Mittagessen abholen. Ein Frühstück sollte auf deinem Zimmer bereitstehen.«

»Danke, Eure Majestät«, sagte Cassandra, verneigte sich und ließ sich die Tür öffnen.

Auf ihrem Zimmer stand tatsächlich bereits Frühstück auf dem Tisch für sie bereit und als hinter dem Bett auf einmal ein krauser Haarschopf auftauchte, schrie Cassandra erschrocken auf.

»Pst!« Mira stand mit ein paar Sätzen vor ihr und blickte sie entschuldigend an. »Ich darf eigentlich nicht hier sein, deshalb musste ich mich verstecken, bis ich sicher war, dass Ihr es seid, die hereinkommt. Es tut mir leid, ich wollte Euch nicht erschrecken. Ich habe gehört, was geschehen ist und wollte schauen, wie es Euch geht.«

Cassandra starrte Mira erstaunt an. Das Mädchen sah nun zwar betreten zu Boden, doch sie brach schon wieder ganz bewusst die Regeln. »Du darfst nicht hier sein?«

»Meine Mutter ... ich habe andere Aufgaben, die ich zu erledigen habe. Es ist nicht meine Aufgabe, nach Euch zu sehen, deshalb sollte ich nicht hier sein.« Mira hob langsam den Blick und schenkte Cassandra ein freches Lächeln.

Cassandras Mundwinkel zuckten ebenfalls leicht, doch dann besann sie sich. »Du musst gehen. Ich möchte nicht, dass du meinetwegen Ärger bekommst.«

Mira nickte, machte aber keine Anstalten zu gehen. »Es geht Euch gut?«

»Ja«, antwortete Cassandra knapp. Es fiel ihr schwer, das Mädchen fortzuschicken. Sie wollte nicht allein sein und genoss Miras Gesellschaft, aber die hatte bereits genug für sie getan.

»Ich denke, ich werde Euch dann erst einmal nicht zu Gesicht bekommen.« Mira zögerte, dann griff sie in ihre Schürzentasche und holte ein kleines, goldenes Glöckchen hervor. »Ihr hattet es im Feuer verloren. Ich dachte ... wenn Ihr etwas braucht ...« Sie reichte Cassandra die Glocke. Die nahm sie, auch wenn sie Miras Verhalten nicht so recht zu deuten wusste.

»Es sind genug Mädchen zur Stelle, wenn ich etwas brauche. Du musst das nicht tun.«

»Ich weiß, aber ich dachte ... ich tu es gern.« Mira errötete, verneigte sich hastig und verließ das Zimmer. Cassandra stellte das Glöckchen neben ihr Bett. Auch wenn sie Miras Verhalten nicht verstand, wusste sie es zu schätzen. Es wäre schön, eine Freundin zu haben, wenn es nur nicht gegen die Regeln verstoßen würde. Mira konnte in Schwierigkeiten geraten, wenn sie ihren Pflichten nicht nachging, und sich mit einem Dienstmädchen anzufreunden würde auch kein gutes Licht auf Cassandra werfen. Sie musste sich am Hof gut einfügen, immerhin würde sie den Rest ihres Lebens hier verbringen.

Cassandra aß ihr Frühstück allein.

Sie verbrachte den Vormittag allein.

Man brachte sie zum Mittagessen, wo Ben und die Königin sich nach ihrem Wohlbefinden erkundeten und ihr versicherten, dass sie nun sicher sei und die Hochzeit bereits vorbereitet werde.

Sie verbrachte den Nachmittag allein. Man ließ sie nicht aus ihren Gemächern – zu ihrer Sicherheit. Tee bekam sie auf ihr Zimmer, weil Ben, der König und die Königin alle zu beschäftigt waren.

Das Abendessen verlief ähnlich wie das Mittagessen. Sie verbrachte noch einige Stunden allein auf ihrem Zimmer, dann kam wieder die Kammerfrau vom Morgen und half ihr, sich zu entkleiden. Als sie sie wieder verließ, legte Cassandra sich ins Bett, doch schlafen konnte sie lange Zeit nicht. Überall um sie herum waren ungewohnte Geräusche zu hören. So viele Menschen lebten im Palast, sie konnte es sich kaum vorstellen. Es machte sie nervös. Wann immer sie die Augen schloss, sah sie ihre Entführer oder die Feen vor sich. Sie fühlte sich so unendlich klein und schwach. Ihr Leben lang hatte man ihr gesagt, sie sei etwas ganz Besonderes, doch jetzt bekam sie das Gefühl, dass das Schicksal, welches für sie vorherbestimmt war, zu viel für sie sein könnte. Sie konnte nicht kämpfen, sie war ein kleines, ängstliches Mädchen, das keine Ahnung vom Leben hatte. Sie dachte an ihre Eltern und wie sehr sie sie vermisste. Sie fühlte sich schrecklich einsam. Würde so der Rest ihres Lebens aussehen? Einsam in ihrem Zimmer eingesperrt, damit die Welt sie nicht verletzen konnte. Wie sollte sie so den Frieden wiederherstellen? Wie sollte sie eine solche Aufgabe überhaupt lösen, wo Generationen vor ihr versagt hatten? Es erschien ihr sehr unwirklich, dass die Feen jemals wieder friedlich mit den

Menschen leben würden.

All diese Gedanken verfolgten sie in den Schlaf und sie hatte wilde Träume von maskierten Männern mit Schwertern, denen sie nicht entkommen konnte, die sich dann plötzlich in riesige Feen verwandelten, die sie auslachten und im Kreis um sie herumschwirrten, bis ihr ganz schwindelig war. Sie schrie um Hilfe, sie schrie die Feen an, dass sie aufhören sollten, doch sie verhöhnten sie nur. »Cassandra! Cassandra!«, riefen sie in einem fort.

Doch dann waren es auf einmal nicht mehr die Stimmen der Feen und ihr Name wurde auch nicht gerufen, sondern geflüstert.

»Cassandra?«, flüsterte es erneut und sie wurde leicht am Arm berührt. Erschrocken riss sie die Augen auf und fuhr hoch. Sie brauchte einen Moment, um sich zu orientieren. Sie befand sich nicht mehr in ihrem Bett, sondern daneben auf dem Boden, hoffnungslos in ihre Decke eingewickelt. Neben ihr kniete jemand, der sie geweckt haben musste. Sie blinzelte die Person an und erkannte im Schein der flackernden Kerze, die auf ihrem Nachtschrank stand, dass es Mira war.

»Was machst du hier?«, fragte sie noch immer völlig benommen.

»Ich dachte, Ihr hättet geklingelt, und als ich hier ankam, lagt Ihr am Boden und habt geweint. Ihr müsst schlecht geträumt haben.« Mira hob das Glöckchen, das Cassandra bei ihrem Sturz aus dem Bett umgestoßen haben musste, vom Boden auf und stellte es neben die Kerze auf den Nachtschrank, dann reichte sie ihr eine Hand, um ihr aufzuhelfen. »Ich hoffe, ich trete Euch nicht zu nah, aber Ihr habt etwas von den Feen gerufen. Es schien Euch schreckliche Angst zu machen. Seid Ihr ihnen begegnet?«

Cassandra spürte, wie ihre Zunge schwer wurde, und schüttelte deshalb nur den Kopf. Ihre Zunge wurde augenblicklich leichter. »Nein«, sagte sie knapp.

Mira half ihr zurück ins Bett und schaute sie dann unsicher an. »Seid Ihr sicher, dass es Euch gut geht? Ich könnte -«

»Mira, bitte geh. Es ist schon in Ordnung. Du hast genug für mich getan.« Mira nickte. Cassandra fiel erst jetzt auf, dass das Mädchen ihre Schürze einfach nur über ihr Nachtgewand gezogen hatte und nicht einmal Schuhe trug.

»Und es tut mir leid, dass ich dich aufgeweckt habe, ich wollte dir keinen Schrecken einjagen.«

»Ich bin nur froh, dass Ihr wohlauf seid.«

»Danke, Mira. Ich weiß deine Bemühungen wirklich zu schätzen. Ich denke nur, es wäre besser, wenn du dich deinen eigentlichen Aufgaben zuwendest. Ich möchte nicht, dass du meinetwegen in Schwierigkeiten gerätst.«

Mira lächelte, doch das Lächeln erreichte ihre Augen nicht. »In Schwierigkeiten gerate ich so oder so, darüber müsst Ihr Euch keine Sorgen machen«, murmelte sie.

»So? Tust du das?« Cassandra studierte das Gesicht des Mädchens genauer. Hinter dem Schalk in ihren Augen glaubte sie, Kummer zu erkennen. Sie fragte sich, was es wohl war, dass Mira so traurig machte, doch es wäre falsch, sie danach zu fragen. Sie ermutigte das Mädchen jetzt schon zu sehr, sich weiterhin leichtsinnig zu verhalten. Sie verhielt sich selbst auch nicht korrekt, doch etwas an Mira faszinierte Cassandra ungemein. Sie konnte es nicht so recht einordnen, wusste aber, dass sie sie wirklich gern besser kennenlernen würde.

Mira erwiderte ihren Blick unverwandt und kam langsam immer dichter. Ein Schimmern in ihren dunkelbraunen Augen ließ Cassandras Herz höherschlagen. Es schien ihr beinahe, als würde die Luft zwischen ihnen knistern, als würde eine unbestimmte Macht sie immer näher zusammenführen. Cassandra bemerkte es kaum, bis Miras Lippen plötzlich leicht ihre eigenen berührten.

Es hielt nur einen kurzen Augenblick an, dann war der Bann gebrochen, beide Mädchen rissen erschrocken die Augen auf und Mira wich zurück. »Oh, es tut mir so leid!

Ich wollte das nicht! Ich ... entschuldigt! Bitte, bitte entschuldigt!«, stammelte sie entsetzt und Cassandra konnte Tränen in ihren Augen sehen. Das Mädchen hielt sich erschrocken die Hände vor den Mund und verließ schließlich vollkommen aufgelöst das Zimmer.

Cassandra starrte ihr hinterher und wusste nicht, was sie denken und fühlen sollte. Sie wusste, sie müsste wütend sein. Mira hatte nicht nur mehrere Etikettenregeln gebrochen, dieses Mal hatte sie das Gesetz gebrochen. Nicht nur war Cassandra mit dem Prinzen verlobt, sie waren auch beide Frauen. Als Frau küsste man eine Frau nicht so. Mira hatte etwas Verbotenes getan und gehörte bestraft. Aber Cassandra wollte nicht, dass Mira etwas geschah und sie konnte auch nicht wütend auf sie sein.

Es war dennoch eine Sünde gewesen und Cassandra begann, sich ernsthafte Sorgen zu machen, weil es sich für sie so gar nicht falsch angefühlt hatte.

Sanft strichen ihre Finger über ihre Lippen, auf denen Miras gewesen waren.

6. Einsamkeit

Am nächsten Morgen wurde Cassandra von ihrer Kammerfrau geweckt. Es war dieselbe Frau, wie am Vortag.

»Entschuldigt vielmals, aber Ihre Majestät, die Königin, lässt fragen, ob Ihr ihr zum Frühstück Gesellschaft leisten würdet«, sagte sie, als Cassandra sie verschlafen anblickte.

Natürlich stimmte sie zu. Sie hatte gar keine Wahl. Eine Einladung der Königin lehnte man nicht ab.

Die Frau half ihr beim Ankleiden. Heute schien sie nicht ganz so schweigsam zu sein. »Die Königin ist eine gute Frau«, sagte sie und Cassandra stimmte ihr nur zu gern zu. »Sie wird sicher eine wunderbare Mutter für Euch sein nach der Hochzeit. Sie freut sich bestimmt schon sehr, bald eine Tochter zu haben.« Wieder stimmte Cassandra höflich zu und fragte sich, was plötzlich in die vorher so schweigsame Frau gefahren war. »Ich habe selbst eine Tochter, ein gutes Mädchen, etwas wild vielleicht, aber ein guter Mensch, das müsst Ihr mir glauben.«

»Lebt deine Tochter auch am Hof?«, fragte Cassandra aus Höflichkeit. Sie war müde, weil sie den Rest der Nacht kaum hatte schlafen können. Miras Kuss ging ihr einfach nicht aus dem Kopf.

»Oh ja, das tut sie, schon ihr ganzes Leben. Ihr seid ihr schon begegnet, Mira heißt sie.«

»Mira ist deine Tochter?« Cassandra drehte sich ruckartig zu der Frau um. Jetzt wurde ihr schlagartig bewusst, warum ihr die Stimme der Frau so bekannt vorgekommen war. Sie hatte sie schon einmal gehört!

Die Frau schaute ihr für einen kurzen Moment fest in die Augen, dann senkte sie den Blick und sprach leise: »Mira ist ein guter Mensch. Sie verdient ein gutes Leben.«

Cassandra nickte langsam. Wusste Miras Mutter von dem Kuss? War das der Grund, warum sie das Thema auf ihre Tochter gelenkt hatte? Gerade jetzt, bevor sie die Königin treffen würde? Cassandra hielt das für sehr wahrscheinlich, da Mira gestern vollkommen aufgelöst gewesen und ihrer Mutter das vermutlich nicht entgangen war. »Da stimme ich dir vollkommen zu«, sagte sie ruhig und suchte noch einmal den Blick der Frau, über deren Gesicht ein kurzes, dankbares Lächeln huschte.

Es wäre Cassandra niemals in den Sinn gekommen, Mira zu verraten, doch das konnte Miras Mutter natürlich nicht wissen und Cassandra fand es sehr mutig von ihr, etwas zu sagen. Auch, wenn sie es natürlich diskret getan hatte. Sie hatte sich damit selbst in Gefahr gebracht. Mira hatte Glück, eine so liebende Mutter zu haben.

Das Frühstück mit der Königin war eine erfrischende Ablenkung von Cassandras wirren Gedanken. Sie sprachen über die Hochzeit, die bereits in wenigen Wochen stattfinden sollte. Nach dem Schock, den Cassandras Entführung ihnen allen eingejagt hatte, wollte man sie so schnell wie möglich offiziell in das Königshaus aufnehmen.

»Wäre es möglich, dass meine Eltern zur Hochzeit kommen?«, fragte Cassandra, obwohl sie wusste, dass das ausgeschlossen war. Sie war noch nicht bereit, sich damit abzufinden, dass sie sie so schnell nicht wiedersehen würde. Womöglich niemals.

Die Königin sah sie mitleidig an. »Nein, mein Kind. Es tut mir leid, aber das geht nicht.«

Cassandra nickte. Sie hatte es bereits gewusst.

Wenn sie ehrlich war, interessierte es sie nicht, welche Farbe die Tischtücher haben würden, wer alles eingeladen war und wo sitzen würde und welche Gerichte aufgetischt werden würden. Sie kannte die Gäste nicht und war dankbar dafür, überhaupt in der Position zu sein, den Prinzen zu heiraten. Dennoch hörte sie Königin Elena zu und beteiligte sich vorsichtig an den Entscheidungen. Es war schließlich freundlich, dass man sie überhaupt an der Planung beteiligen wollte.

Cassandra schrieb ihren Eltern einen Brief, doch sie hatte keine Ahnung, wie lange es dauern würde, bis er ankam, und wann sie mit einer Antwort rechnen konnte. Außerdem wusste sie nicht, was sie schreiben sollte, außer, dass sie wohlauf war und man gut für sie sorgte. Sie konnte nicht über die Feen schreiben und sie wollte nichts von der Entführung schreiben oder von Mira.

Sie sah das Mädchen nicht mehr. Mira hielt sich verständlicherweise von ihr fern, doch Cassandra vermisste sie jeden Tag etwas mehr. Im gesamten Palast war sie die einzige gewesen, die sie ansatzweise als Freundin ansah, und die Einsamkeit wurde immer erdrückender. Mehrfach zog sie in Betracht, Miras Glöckchen zu läuten, doch sie wusste, dass es besser war, das nicht zu tun. Es war besser, dass sie sich nicht begegneten.

Tage und Wochen verstrichen in quälend langsamem Tempo und die Hochzeit rückte immer näher. Cassandra sah hoffnungsvoll dem Tag entgegen, weil sie dann endlich nicht mehr so allein wäre. Ben hatte zu viele Pflichten, um ihr Gesellschaft zu leisten, doch sobald sie verheiratet waren, würden sie Gemächer teilen und sie würde ihn öfter sehen können. Ben verbrachte seine Tage beim Kampftraining, bei Reitübungen oder im Büro seines Vaters, um alles zu erlernen, was ein König können musste. Hoffentlich würden zumindest seine Abende bald Cassandra gehören.

Hin und wieder wurde sie zu Treffen mit den Töchtern anderer Adliger eingeladen, aber so richtig wohl fühlte Cassandra sich dabei nie. Stets wurde sie beneidet, weil sie Ben heiraten würde, und sonst schwatzten die Mädchen nur über hübsche Kleider und andere junge Männer am Hof. Cassandra wusste nie so recht, was sie sagen sollte. Sie fühlte sich verloren in sich selbst, in diesem riesigen Palast zwischen all den adligen Menschen. Sie passte nicht dazu und ganz gleich, wie viele Menschen sie umgaben, sie war doch immer allein.

Miras Mutter schien ihr als feste Kammerfrau zugeteilt worden zu sein und seit ihrem letzten Gespräch war sie wieder schweigsam wie zuvor. Auch die anderen Mädchen, die sie hin und wieder sah, und die Wachmänner, die sie überall hinbegleiteten, sprachen nicht mehr als nötig mit ihr. Mira war die einzige gewesen, die das getan hatte. Mira war die einzige gewesen, die sich wirklich mit ihr hatte unterhalten wollen, auch wenn Cassandra das nie zugelassen hatte, weil es sich nicht gehörte. Jetzt vermisste sie es umso mehr.

Zu den Mahlzeiten hatte sie stets Gesellschaft und vor allem die Königin plauderte viel mit ihr, doch ansonsten ließen sie sie allein. Sie durfte nicht einmal im Palast umherlaufen, um sich umzusehen. Die Wachmänner hatten Anweisungen, sie in ihren Gemächern zu beschützen.

All das würde sich ändern, sobald sie Ben geheiratet hatte. Dann konnte sie ihre eigenen Anweisungen erteilen. Dann war sie auch eine Adlige und gehörte dazu. An diesem Gedanken hielt Cassandra sich tagtäglich fest, um nicht in der Einsamkeit zu versinken.

Man brachte ihr Bücher aus der Bibliothek, als sie darum bat, sodass sie zumindest etwas Beschäftigung hatte. Sie lernte mehr über die Geschichte des Reiches, die unzähligen Kriege, die die Menschen untereinander geführt hatten, ehe es ein König geschafft hatte, sie alle zu vereinen. Anschließend hatte der Konflikt mit den Feen einen Höhepunkt erreicht.

Ob es nicht möglich war, in Frieden zu leben? Musste es immer Kriege und Gewalt geben? Irgendjemand musste sich diese Frage doch auch vor Cassandra schon gestellt haben. Weshalb hatte man keine Lösung dafür gefunden?

Sie überlegte, ein paar neue Zauber zu üben, doch keiner davon ließ die Zeit schneller vergehen, und so ließ sie es bleiben. Auch wenn Cassandra gerne las und lernte, war das doch nichts, was sie den ganzen Tag machen wollte. Viel zu selten begleitete man sie nach draußen, viel zu kurz waren die belanglosen Gespräche, die sie mit anderen führte.

Das Gefühl der Einsamkeit setzte sich dumpf in ihr fest und sie gewöhnte sich mit der Zeit beinahe daran.

7. Eine Freundin

An einem Nachmittag, als Cassandra wieder ein paar Zauber übte – es fiel ihr noch schwer, Dinge durch die Luft schweben zu lassen –, platzte Mira unerwartet in den Raum. Sie riss die Tür auf, stürmte hinein, schlug sie hinter sich wieder zu und lehnte sich dann dagegen. Angespannt scheint zu lauschen, was draußen vor sich ging.

Cassandra beobachtete das Ganze erstaunt vom Fenster aus. Sie hatte auf dem Fenstersims gesessen und war aufgesprungen, als die Tür aufging.

Erst nachdem Mira sich offenbar vergewissert hatte, dass ihr niemand folgte, wandte sie sich Cassandra zu und zog sofort den Kopf ein. Sie wich ihrem Blick aus, dabei spielte sie nervös mit ihrer Schürze. »Entschuldigt, ich wollte Euch nicht stören. Es war nur ... ich ...«

Cassandras Herz schlug schneller, während sie Mira

beobachtete. Seit dem Kuss war viel Zeit vergangen und sie hatten sich nicht mehr gesehen. Cassandra hatte die Erinnerung daran und an Mira tief in ihren Gedanken vergraben, doch jetzt kam sie zum Vorschein und sie wusste nicht, wie sie nun reagieren sollte.

Mira war seltsam. Aber Cassandra fand sie genau deshalb interessant.

»Was war? Es muss ja einen Grund gehabt haben, weshalb du so ohne Vorankündigung in mein Zimmer geplatzt bist.«

Mira biss sich auf die Lippe. Immer wieder wanderte ihr Blick zur Tür.

»Wag es nicht, einfach wieder zu gehen!« Mira zuckte bei diesen Worten zusammen. Cassandra hatte es nicht böse gemeint, aber sie war so lang allein gewesen, sie wollte nicht, dass Mira jetzt ging, ohne sich wenigstens zu erklären. Das wäre nur eine weitere Sache, über die sie sich in ihrer reichlichen Freizeit den Kopf zerbrechen würde.

Sie atmete tief durch und bemühte sich, freundlich und weniger bestimmt zu klingen. »Ich meinte nur, dass ich wirklich gern wüsste, was hier vor sich geht. Immerhin hatte ich den Eindruck, du gehst mir aus dem Weg seit ...«

»Ja, ja! Das tu ich und das sollte ich auch weiterhin tun! Es tut mir leid.« Sie streckte die Hand nach dem Türknauf aus.

»Mira! Bitte, warte. Ich ... habe es niemandem erzählt und das werde ich auch nicht tun. Aber bitte, geh jetzt nicht ohne ein weiteres Wort.«

Mira blickte unsicher zwischen Cassandra und der Tür hin und her. Schließlich seufzte sie und trat auf Cassandra zu. »Ich habe nicht viel Zeit.«

»Das habe ich mir gedacht, aber warum bist du überhaupt hier?«

Mira wurde rot. »Ich wollte nur einmal kurz schauen, wie es Euch geht. Einen kurzen Blick in Euer Zimmer werfen ... ich weiß, ich sollte nicht, aber ... Ihr wart so unglücklich am Anfang und ich wollte sehen, ob es besser geworden ist ...«

»Und deshalb bist du ohne Vorwarnung hereingekommen? Ich hätte Besuch haben können, was hättest du dann getan?«

»Ich wollte gar nicht hereinkommen!« Mira hob abwehrend die Hände, zog den Kopf ein und flüsterte dann fast: »Ihr solltet es gar nicht mitbekommen.«

Cassandra verschränkte die Arme vor der Brust und hob eine Augenbraue. Nun verstand sie gar nichts mehr.

»Max, der Wachmann, der heute vor Eurer Tür steht, er ist ein Freund von mir. Er sollte ans andere Ende des Ganges gehen und ich hätte ganz kurz hereingeschaut.«

»Du spionierst mich aus? Wie lange schon?« Irgendwie fand Cassandra diese Erkenntnis gleichzeitig seltsam und rührend. Mira sorgte sich um sie, so sehr, dass sie dafür Risiken einging.

Auf ihre Frage erhielt sie keine Antwort, Mira schaute nur betreten zu Boden.

»Aha. Und was ist dieses Mal schief gegangen?«

»Es kamen ein paar Bedienstete unerwartet um die Ecke, ich musste mich verstecken.«

Jetzt musste Cassandra lachen. »Und da bist du hereingekommen? Ist es weniger schlimm, von mir erwischt zu werden als von ihnen?«

Ein Grinsen schlich sich auf Miras Gesicht. »Natürlich. Ihr habt mich nicht verraten. Ich habe darauf vertraut, dass Ihr es auch jetzt nicht tut. Die anderen hätten es auf jeden Fall getan. Ich bin nicht sehr beliebt.«

»Ich schätze deine Ehrlichkeit.« Cassandra setze sich an den Tisch und wies Mira an, sich zu ihr zu setzen. Zögernd folgte sie der Aufforderung. »Erzähl mir etwas über dich. Bitte.«

Mira räusperte sich und schien zu überlegen. »Ich lebe mein ganzes Leben schon mit meiner Mutter am Hof. Aber sie sagt immer, auf dem Land wäre es für mich besser gewesen. Das höfische Leben, die Etikette, das passt nicht zu mir. Ich bin ... temperamentvoll.«

»Da kann ich deiner Mutter nur zustimmen.« Cassandra lächelte. »Aber ihr konntet nicht gehen?«

»Dafür haben wir kein Geld.«

Cassandra nickte verstehend. Manchmal fand sie es schwer, sich vorzustellen, dass nicht jeder so aufgewachsen war wie sie.

»Darf ich Euch etwas fragen?«

»Natürlich.«

»Zeigt Ihr mir Eure Magie? Ich würde sie so gern mal sehen!«

»Aber gern doch.« Das Lächeln verließ Cassandras Gesicht gar nicht mehr. Sie klatschte in die Hände und ließ das Wasser in der Vase vor sich in die Luft schweben. Sie presste die Lippen fest aufeinander und versuchte, jetzt nicht zu versagen. Mira entfuhr ein erstaunter Ausruf und die kindliche Begeisterung in ihrem Gesicht ermutigte Cassandra. Sie ließ das Wasser in der Luft Formen bilden, Kugeln, einen Strudel und für kurze Zeit sogar einen Würfel. Schließlich gefror es und rieselte als Schneeflocken zu Boden.

»Das ...« Mira starrte den Schnee in der Luft an und ließ ihn auf ihre Hand fallen. »Das ist unglaublich!«

Cassandra spürte Verlegenheit und ließ das Wasser schnell zurück in die Vase fließen.

»Ihr seid unglaublich!« Mira sprang auf und hielt dann inne. Hatte sie ihr um den Hals fallen wollen? Cassandra erhob sich ebenfalls und legte Mira eine Hand auf die Schulter. Mehr traute sie sich nicht, obwohl sie gern von dem Mädchen umarmt worden wäre.

»Nicht so unglaublich wie du. Hast du denn gar keine Angst davor, Regeln zu brechen?«

Mira wirkte schuldbewusst, aber auch durch Cassandras Geste angestachelt. »Ich möchte glücklich sein. Die Regeln hindern mich daran, also biege ich sie, wo ich kann.« Sie zuckte mit den Schultern und grinste schelmisch. »Ihr haltet Euch ja anscheinend auch nicht strikt daran.«

»Stimmt. Aber das war auch für dich.«

»Danke.« In Miras Augen lagen ehrliche Zuneigung und Dankbarkeit.

Cassandra wurde ganz warm ums Herz. Sie räusperte sich und nahm dann ihre Hand von Miras Schulter. »Nicht dafür. Du bist für mich da gewesen, dafür bin ich dir unendlich dankbar.«

Sie wandte sich wieder dem Fenster zu, in der Erwartung, dass Mira nun gehen würde. Aber das Mädchen trat neben sie.

»Ihr seid noch immer nicht glücklich«, stellte Mira fest. Den Blick weiterhin nach vorn gerichtet, antwortete Cassandra: »Ich werde mich daran gewöhnen, aber noch habe ich nicht den Eindruck, hier dazuzugehören.«

»Ich hoffe, bei Euch wird es besser. Ich fühle mich schon mein ganzes Leben so.«

»Das tut mir sehr leid für dich.«

Mira machte eine wegwerfende Handbewegung. »Ich habe meine Mutter und ein paar Freunde.«

»Das ist schön. Ich habe keine Freunde.« Die Worte rutschten ihr heraus. Erschrocken schlug sie die Hände vor den Mund. Ein Blick zu Mira zeigte ihr, dass sie die Augen weit aufgerissen hatte, in ihrem Gesicht spiegelte sich auch Mitleid.

»Ihr habt alle Adeligen und die Königsfamilie.«

»Natürlich! Aber sie sind viel beschäftigt, ich bin nicht adelig – noch nicht – und kenne sie alle kaum.«

Mira nickte. Dann legte sie scheu eine Hand auf Cassandras Arm. »Ich kann Eure Freundin sein, wenn Ihr wollt.«

Cassandra schluckte schwer. »Ich glaube kaum, dass das möglich ist.«

Mira nahm ihre Hand fort. »Nein, wohl nicht.«

»Dabei hätte ich gern eine Freundin wie dich.« Cassandra lächelte schwermütig.

Mira grinste. »Ich auch eine wie Euch – dich?«

Cassandra nickte. »Dann fein. Auch wenn wir uns wohl kaum oft sehen werden: Freunde?«

Mira hielt ihr ihre Hand hin und Cassandra ergriff sie. »Freunde«, bestätigte das Mädchen.

»Dann nenn mich bitte Cassandra, wenn wir allein sind, und du musst mich auch nicht so förmlich ansprechen.«

»Sehr gut! Das fällt mir sowieso schwer.« Mira lachte. »Aber ich denke, ich muss jetzt gehen, sonst schlägt meine Mutter Alarm. Und sie sollte nicht wissen, dass ich hier war.«

»Verstehe. Von mir wird sie es nicht erfahren. Das hier, unsere Freundschaft, bleibt unser Geheimnis.«

»Ich liebe Geheimnisse.« Mira winkte ihr zu und eilte dann aus dem Zimmer.

Cassandra blickte ihr mit einem Lächeln nach. Eine Freundin zu haben – auch wenn sie sie nur heimlich und selten sehen konnte – machte das Leben gleich so viel schöner und die Einsamkeit erträglicher.

8. Die Feen kehren zurück

Leider sah sie Mira in den nächsten Tagen nicht mehr wieder. Cassandra begann, sich zu fragen, ob ihre Begegnung tatsächlich stattgefunden hatte, etwas unwirklich kam es ihr vor. Oder hatte Miras Mutter womöglich mitbekommen, dass sie sich getroffen hatten, und hielt Mira nun von ihr fern?

Wenige Tage vor ihrer Hochzeit holte Ben Cassandra am Nachmittag zu einem Spaziergang ab. Es freute sie ungemein, mal wieder etwas Abwechslung zu haben. Er führte sie durch den Palast und zeigte ihr Bereiche, die sie zuvor noch nicht gesehen hatte. Es war ein wahrhaft atemberaubender Anblick. All die kunstvoll verzierten Möbel in riesigen Räumen, die Gemälde von großen Persönlichkeiten aus der Vergangenheit und Orten, von denen sie noch nicht einmal etwas gehört hatte.

Ben zeigte ihr einen kleinen Rosengarten, der abgeschottet vom Rest der Außenanlagen war. Cassandra genoss das Gefühl der Sommersonne auf ihrer Haut. Es war eine Ewigkeit her, dass sie das letzte Mal an der frischen Luft gewesen war, und sie merkte erst jetzt, wie sehr es ihr gefehlt hatte. Mit geschlossenen Augen sog sie den Duft der Rosen ein und ein Lächeln breitete sich auf ihrem Gesicht aus.

Als sie die Augen wieder öffnete, sah sie Ben, der sie voller Zuneigung anblickte. Er ergriff ihre Hand und zog sie zu einer Bank in der Sonne. Sie setzen sich und er nahm auch ihre andere Hand behutsam in seine. »Ich weiß, dass wir noch nicht sehr viel Zeit miteinander verbracht haben, und wir uns kaum wirklich kennen, doch ich möchte, dass du weißt, wie viel du mir bedeutest, Cassandra. Ich bin sehr froh, dass du meine Frau wirst und ich jeden Morgen dich als erstes zu Gesicht bekommen werde.«

Sie wurde rot und blickte verlegen auf ihre ineinander verschlungenen Hände. »Ich freue mich auch«, war alles, was sie sagen konnte.

»Ich habe viele Verpflichtungen, aber du sollst wissen,

dass ich dir immer zur Seite stehen werde, meine Cassandra.« Ben nahm eine seiner Hände und hob ihr Kinn an, damit sie ihn ansah. »Ich weiß, es gehört sich nicht, doch in drei Tagen sind wir ohnehin für immer miteinander verbunden.« Damit neigte er sich vor und küsste sie sanft.

Bilder von Mira, wie sie sie küsste, schossen Cassandra durch den Kopf. Sie wusste nicht, weshalb, aber sie konnte sie nicht vertreiben. Bens Kuss hielt länger an, er war feuchter und irgendwie nicht so, wie Cassandra sich das vorgestellt hatte. Sollte ihr Herz nicht vor Freude zerspringen? Sollte sie nicht in dem Kuss aufgehen und die Liebe spüren, die sie beide miteinander verband? Warum fühlte sie nichts außer Bens Mund auf ihrem?

Ben zog sie dichter und sie ließ es geschehen. Fühlte er mehr als sie? Es schien ihr so.

Als er den Kuss schließlich beendete, lächelte er sie an und hauchte: »Ich liebe dich.«

Sie zwang sich, trotz ihrer Verwirrung ebenfalls zu lächeln, und antwortete: »Ich liebe dich auch.« Das musste sie sagen, denn es musste so sein. Sie würde für den Rest ihres Lebens seine Frau sein. Er war immer gut zu ihr gewesen und liebte sie. Sie musste die Gefühle erwidern. Sie musste einfach.

Vielleicht war Liebe gar kein so besonderes Gefühl, wie sie immer angenommen hatte. Vielleicht erwartete sie einfach zu viel und fühlte deshalb jetzt Enttäuschung?

»Ich kann unsere Hochzeitsnacht kaum erwarten«, sagte er und küsste sie ein weiteres Mal.

Cassandra spürte, wie ihr die Hitze ins Gesicht schoss, und war froh, dass Ben keine Antwort von ihr zu erwarten schien. Darüber hatte sie noch nie nachgedacht. Natürlich wusste sie, dass es geschehen würde, doch ob sie sich freute oder nicht, konnte sie nicht sagen. Es machte sie vor allem nervös.

Urplötzlich machte sich ein bereits bekanntes Gefühl in ihr breit. Erschrocken blickte sie um sich und ihre Befürchtung bewahrheitete sich. Die Welt stand ein weiteres Mal still. Von allen Seiten kamen kleine, grüne Feen auf sie zu geflattert, sie umschwärmten sie. Cassandra sprang auf die Bank und schlug um sich, als sie begannen, ihr an den Haaren zu ziehen und sie zu kratzen.

»Ist sie glücklich, die kleine Hexe?«, kicherte eine der Feen direkt an ihrem Ohr. »Hat sie alles, was sie sich immer erträumt hat?«

»Du kannst dich nicht ewig vor uns verstecken! Glaub nicht, dass wir einfach Ruhe geben, wenn wir dich nicht erreichen!«

»Noch immer ein kleines Kind. Weißt du, was wir mit Kindern machen?«

»Wir stehlen sie!«

Die Feen zerrten an ihr herum und Cassandra schlug verzweifelt nach ihnen und versuchte, wegzulaufen. Feen stahlen Kinder, das wusste sie. Jedem Kind wurden diese Geschichten erzählt, als Warnung, niemals allein in den Wald zu gehen. Aber sie war kein Kind mehr und der Garten gehörte nicht zum Reich der Feen.

»Ihr habt kein Recht dazu! Dies ist mein Reich!«, rief sie verzweifelt und die Feen lachten nur hämisch.

»Dein Reich? Dir gehört gar nichts! Und wir hören nicht mehr auf euch Menschen. Du wirst daran auch nichts ändern.«

Cassandra begann, sie mit Feuer zu bewerfen. Es fiel ihr schwer, Flammen heraufzubeschwören. Der Zauber, der die Zeit anhielt, musste einen Einfluss auf ihre Magie haben.

»Oh, sie wird frech!«, höhnten die Feen, während sie ihrem Feuer geschickt auswichen.

»Ist das alles, was du kannst? Und du sollst die Menschheit retten?«

Die Feen schlossen sie ein und zogen und zerrten an ihr. Schockiert spürte sie, wie ihre Füße vom Boden abhoben. Das konnten sie nicht machen! Wütend strampelte sie und stieß die Feen von sich. Etwas in ihr rührte sich und sie schrie ihren Unmut laut heraus.

Plötzlich spürte sie Wind in ihren Haaren und ein Vogel flog an ihr vorbei.

»Cassandra!« Ben war aufgesprungen und umfasste ihr Handgelenk, um sie festzuhalten.

Die Feen waren wütend und surrten um sie herum wie ein Schwarm Wespen. Die Wachmänner kamen ihnen zu Hilfe und die Feen begannen, davon zu schwirren.

»Wir werden wiederkommen«, flüsterte es an Cassandras Ohr, bevor die letzten Feen davonflogen.

Cassandra fiel in sich zusammen und Ben konnte sie gerade noch auffangen. Irgendwie hatte sie den Zauber der Feen aufgehoben, wie, wusste sie nicht, aber es hatte sie vollkommen erschöpft. Ben nahm sie auf den Arm und trug sie zurück zum Palast.

»Was ist geschehen? Wo kamen die Feen her?«, wollte er wissen.

»Ich weiß es nicht«, hauchte sie. »Sie wollten mich mitnehmen. Sie haben die Zeit angehalten.«

Ben sah aus, als habe er viele Fragen, schien sich aber zunächst auf Cassandras Wohlbefinden zu besinnen. Er brachte sie zu ihrem Schlafgemach.

Ein paar Mädchen waren dabei, das Zimmer zu putzen, doch Ben fuhr sie an: »Geht! Cassandra braucht Ruhe!« Sie alle verneigten sich hastig und verschwanden. »Du auch, Mira!«

Cassandra wandte den Kopf und sah Mira am Fenster stehen. Sie hob gerade hastig einen Lappen auf, den sie wohl fallengelassen hatte. Ihre Blicke trafen sich kurz, bevor Mira fast aus dem Zimmer rannte. Cassandra hätte sie gern zurückgerufen, doch sie tat es nicht.

Ben deckte sie zu und küsste sie leicht auf die Stirn. »Ruh dich aus, mein Engel. Ich werde mich darum kümmern, dass keine Fee mehr in die Nähe des Palastes kommt.«

Das konnte er zwar nicht, aber Cassandra war ihm dankbar, dass er es versuchen wollte. Nachdem er gegangen war, schloss sie die Augen und versuchte, sich zu entspannen, doch der Schreck saß ihr noch tief in den Gliedern und die Stimmen der Feen hallten in ihren Gedanken nach.

Als sie sich nicht mehr allzu schwach fühlte, stand sie auf und ging in ihrem Zimmer auf und ab. Sie blickte aus dem Fenster und fragte sich, ob sie nie wieder draußen sein konnte, ohne dass irgendwer sie angriff. Wie sollte sie jemals Frieden bringen, wenn sie sich nicht einmal selbst verteidigen konnte? Der König hatte schon Recht, dass sie es können musste, doch wer sollte ihr so etwas beibringen? Es gab schließlich niemanden, der wusste, wie man mit Magie kämpfte.

Später kam die Schneiderin mit einigen Helferinnen, um die letzten Anpassungen an ihrem Hochzeitskleid vorzunehmen. Cassandra zog das weit ausladende, weiße Kleid an und stand für über eine Stunde still auf einem Hocker, während die Frauen um sie herumwuselten, Säume feststeckten und Längen anpassten. Ihr Kleid war umwerfend. Es bestand aus mehreren Schichten an leichtem, weißem Stoff, wodurch der Rock sich aufbauschte und sie fließend umgab, wenn sie sich bewegte. Viele feine Blumenstickereien verzierten die Säume und ihre Ärmel. Cassandra stand gern still, damit es perfekt wurde. Sie kam sich darin schon jetzt wie eine Prinzessin vor.

Doch langsam begann sie, sich auch vor der Hochzeit zu fürchten. Sollte sie Ben nicht besser kennen, bevor sie seine Frau wurde? Sollte sie ihn nicht über alles lieben? Sie mochte ihn, aber es kam ihr nicht so vor, als hege sie besondere Gefühle für ihn. Und seine Bemerkung von der Hochzeitsnacht ging ihr auch nicht aus dem Kopf. Sie fühlte sich für all das noch nicht bereit. Aber wann hatte sie schon jemals Einfluss auf das gehabt, was ihr passierte? Alles drehte sich immer um ihre Bestimmung und ihre Magie. Sie tat, was ihr vorbestimmt war, und hielt sich an die Regeln. Es war schon richtig so.

Auch wenn sie sich das immer wieder sagte, wurde Cassandra in den nächsten Tagen immer nervöser. Sie ging noch einmal alle Hochzeitsrituale durch und wurde von der Königin theoretisch durch den Ablauf der gesamten Festivitäten geführt.

Am Abend vor der Hochzeit ging sie zeitig zu Bett. Sie würde früh aufstehen müssen für die Vorbereitungen. Sie tat jedoch kein Auge zu. Ihr Herz schlug ihr bis zum Hals und sie wünschte sich sehnlichst ihre Mutter herbei. Sie wüsste ganz genau, was sie sagen müsste, um Cassandra zu beruhigen. Vielleicht würde sie sie auch einfach fest in den Arm nehmen und ihr ein Lied vorsingen, bis Cassandra einschlief. All das kam ihr nun Welten entfernt vor. Nie wieder würde sie in ihr altes Leben zurückkehren können. Vermutlich würde sie nie wieder von ihrer Mutter umarmt werden.

Sie weinte ein wenig der Vergangenheit nach, dann

weinte sie ein wenig aus Angst vor der Zukunft und dann noch ein wenig aus Einsamkeit.

Als es zu dämmern begann, schlief sie schließlich ein, nur um Augenblicke später wieder geweckt zu werden.

Wiebke, Miras Mutter, stand an ihrem Bett. Sie brachte ihr etwas Frühstück und sah ihr schweigend beim Essen zu. Auch wenn Cassandra sich etwas unbehaglich fühlte, war sie dankbar, nicht allein gelassen zu werden. Wiebke schien das zu spüren und warf ihr hin und wieder fast mitleidige Blicke zu. Konnte sie sehen, dass Cassandra geweint hatte? Sie schwiegen beide und als Cassandra fertig mit essen war, führte Wiebke sie in den Waschraum ihrer Gemächer. Ein Bad wurde bereits für sie vorbereitet. Sie wurde gründlich gewaschen und parfümiert, ihre Haare ordentlich gerade geschnitten und dann kunstvoll hochgesteckt. Die Mädchen halfen ihr in alle Schichten ihres Hochzeitskleides und schminkten ihr das Gesicht. Dieses Prozedere dauerte den gesamten Vormittag. Als sie fertig war und sich im Spiegel betrachtete, erkannte sie sich kaum wieder. Sie sah fast unwirklich schön aus und schien zu strahlen. Nervosität und Furcht waren hinter der Schminke verborgen und wenn sie die Mundwinkel hochzog, konnte man nicht unterscheiden, ob es ein echtes, oder ein falsches Lächeln war. Das machte Cassandra Mut, denn so konnte sie zumindest den äußeren Schein bewahren. Etwas, das am königlichen Hof oberste Priorität hatte.

Die Trauung sollte zum zwölften Glockenschlag stattfinden und so machte sie sich mit klopfendem Herzen in Begleitung vieler Wachmänner auf den Weg nach unten zum Thronsaal.

9. Die Hochzeit

Cassandra war noch niemals im Thronsaal gewesen. Vor einer großen Flügeltür wartete der König auf sie. Er blickte sie prüfend von oben bis unten an, dann nickte er den Wachmännern zu, die daraufhin salutierten und überall in der Nähe Stellung bezogen. Cassandra zitterte am ganzen Leib. Es rauschte in ihren Ohren, ihr Mund fühlte sich eigenartig trocken an und mit jedem Schritt, den sie ging, schienen ihre Beine schwerer und schwerer zu werden. Der König reichte ihr seinen Arm und auf ein Nicken hin wurde ihnen die Tür geöffnet.

Dahinter befand sich eine riesige Halle, die mit Reihen von Stühlen gefüllt war und vielen, vielen Menschen, die aufstanden, als die Tür sich öffnete. Sie alle starrten Cassandra an, während der König sie langsam durch den Mittelgang führte. Sie selbst war zu nervös und die Gesichter der Menschen verschwammen für sie zu einer unkenntlichen Masse. Die meisten von ihnen kannte sie vermutlich ohnehin nicht.

Am Ende des Saales wartete Ben bereits auf sie, doch der Weg dorthin schien einfach nicht zu enden. Die Musik, die gespielt wurde, drang kaum an Cassandras Ohr, weil ihr Herzklopfen in den Ohren dröhnte. All die Augen, die auf sie gerichtet waren, schienen sie fast zu erstechen und sie wünschte, sie könnte sich einfach irgendwo verstecken.

Als sie schließlich am Ende angekommen waren, übergab der König Cassandra seinem Sohn, der sie anstrahlte und ein paar Stufen auf eine Erhöhung führte, wo wohl normalerweise der Thron stand. Jetzt war dort ein Geistlicher. Er hatte die Hände gefaltet, trug ein rotes Gewand und hatte sein bereits ergrautes, lichtes Haar nach hinten zurückgestrichen. Cassandra hatte ihn noch nie zuvor gesehen, doch die Art, wie er ihr zulächelte, nahm ihr etwas von der Angst und Aufregung, die sie so fest im Griff hatten. Nachdem Cassandra und Ben sich gegenüber voneinander aufgestellt hatten und Ben sie bei den Händen hielt, räusperte der Geistliche sich feierlich. Alle Menschen im Saal setzen sich hin und eine gespannte Stille breitete sich aus, ehe der Geistliche sich räusperte.

»Die Liebe zweier Menschen ist eine heilige Angelegenheit und es ist mir immer wieder eine große Ehre, zwei solche Menschen auf ewig miteinander zu verbinden«, begann er feierlich zu sprechen. Cassandra spürte einen Kloß in ihrem Hals. War es eine Sünde, ihren Ehemann nicht zu lieben? Musste sie etwas sagen? Der Mann sprach von Liebe und sie wusste nicht einmal, was das wirklich bedeutete. Ben lächelte sie die ganze Zeit überglücklich an. Sie selbst hatte große Probleme, den Worten zu folgen, und verpasste beinahe den Moment, in dem er sie fragte, ob sie der Ehe zustimmte.

Es kam ihr vor, als hielten alle Anwesenden die Luft an und warteten auf ihre Antwort, ganz so, als gäbe es irgendwelche Zweifel daran, dass sie ja sagen würde.

»Ja, ich will«, sagte sie und wusste sofort, dass es zu leise gewesen war. Die Leute in den hinteren Reihen hatten sie sicher nicht gehört.

Ben bejahte die Frage ebenfalls und als er sie küsste, ertönte tosender Applaus. Cassandra spürte, wie ihr Hitze in die Wangen stieg und wollte sich in Bens Umarmung vor der Welt verbergen, doch der König und die Königin trennten das Paar, umarmten sie jeweils und gratulierten ihnen. Dann verlor Cassandra Ben aus den Augen, als sie von einer Person zur nächsten gereicht wurde. Alle stellten sich ihr vor, gratulierten ihr und die meisten komplimentierten ihr Aussehen. Sie nickte und lächelte jeden von ihnen freundlich an, war sich aber der Tatsache bewusst, dass sie sich niemals alle diese Namen merken würde. Es waren einfach zu viele auf einmal und sie war zu nervös, um sich richtig zu konzentrieren.

Man reichte sie durch den ganzen Raum, alle wollten ein Wort an die neue Prinzessin richten. Ein Ehepaar, das recht weit hinten gesessen hatte, war besonders aufdringlich. Die blonde Frau plauderte fröhlich drauf los und der Mann, dessen faltiges Gesicht einen dauerhaften Ausdruck von Langeweile trug, wollte ihre Hand gar nicht mehr loslassen und schüttelte sie in einem fort. Als sie sich schließlich mit einer höflichen Entschuldigung zu entfernen begann, stellte sie fest, dass die zwei sie in eine Ecke gedrängt hatten. Sie schaute sich suchend um und wollte an den beiden vorbei, doch da verstärkte der Mann seinen Griff um ihre Hand und die Frau trat noch einen Schritt auf sie zu.

»Mein Mann und ich sind sehr erfreut, Euch kennenzulernen, und wollen nur sichergehen, dass Ihr als zukünftige Königin die Interessen unserer Familie versteht«, sagte die Frau und irgendwie klang sie gar nicht mehr freundlich, sondern bedrohlich. Das Lächeln auf ihrem Gesicht war eingefroren und ihre Stimme klang dunkler. Cassandra blickte unsicher von ihr zu ihrem Mann und zurück.

»Keine Sorge, Prinzessin, wir wollen Euch nichts Böses, wir wollten Euch lediglich wissen lassen, dass es Menschen am Hof gibt, die mehr von Euch erwarten als ein hübsches Gesicht.« Sie versuchte erneut, den beiden auszuweichen, das Paar war jedoch nicht bereit, sie gehen zu lassen. »Wir erwarten Eure Unterstützung im Kampf gegen die Feen.« Cassandra nickte höflich, wenn auch verängstigt. »Selbstverständlich.« Zu ihrer Erleichterung schien das die beiden zufrieden zu stellen und sie ließen sie endlich gehen.

Die Gäste begannen bereits, langsam aus dem Saal zu strömen und sich in den drei vorbereiteten Essenssälen zum Essen hinzusetzen.

Ben fand Cassandra, bevor sie ihn sah, und nahm sie beherzt in die Arme. »Da ist ja meine wunderschöne Braut!« Er führte sie ebenfalls zum Essen, wo sie neben ihm am Kopf der Tafel Platz nahm. Noch mehr Leute redeten auf sie ein und sie wünschte sich nur noch, dass der Tag bald vorbeiging.

Nach dem Essen wurde getanzt, was Cassandra sehr genoss, weil sie sich bloß zur Musik bewegen musste und niemand sie ansprach. Nach ein paar Tänzen begannen jedoch viele der adligen Herren, sie zum Tanzen aufzufordern und Ben ermutigte sie dazu, diese Angebote anzunehmen. Zwar sprachen diese Herren auch nicht viel mit ihr, doch sie fühlte sich wieder gezwungen, höflich zu nicken und sich Gesichter und Namen zu merken. Als sie schließlich zu erschöpft zum Tanzen war, ließ sie sich an einem der kleinen Tische, die überall am Rand des Ballsaals standen, nieder. Die Königin saß ebenfalls dort und lächelte ihr aufmunternd zu. »Ich weiß, es ist viel, aber du machst das ganz toll. Niemand hier könnte etwas an deinem Benehmen bemängeln, mein Kind.«

Cassandra nickte nur und nippte an ihrem Getränk. Die nächsten Aufforderungen zum Tanzen lehnte sie entschuldigend ab, sie war viel zu erschöpft. Als es Tee gab, war sie sehr erleichtert, dass sie zumindest für eine Weile niemand mehr fragen würde.

Ben stieß wieder zu ihr und seiner Mutter und für wenige Augenblicke war es fast, als gäbe es außer ihnen niemanden. Cassandra musste sich nur auf diese zwei Menschen konzentrieren und niemand störte sie.

Während des Abendessens spürte Cassandra deutlich, wie erschöpft sie war, die Müdigkeit machte sich in ihr breit und sie wünschte, sie könnte einfach zu Bett gehen und schlafen. Aber sie wusste, dass der Tag für sie noch nicht enden konnte. Als das Dessert, was aus feinem Gebäck und Törtchen bestand, die mit kunstvoll geformten Sahnebergen verziert waren, serviert wurde, bekam sie kaum einen Bissen herunter. Zum einen fühlte sie sich voll von all den vorangegangenen Gängen, doch zum anderen wuchs ihre Angst vor dem nächsten Punkt ihrer Hochzeit.

Nachdem Ben sein Dessert beendet hatte, legte er seine Hand auf ihre und blickte sie fragend an. Sie nickte leicht und er erhob sich. Mit einer kleinen, silbernen Gabel ließ er sein Glas klirren, bis er die Aufmerksamkeit des Saales hatte. »Ich möchte mich und meine Braut vielmals entschuldigen. Wir werden jetzt zu Bett gehen.«

Die Gäste riefen ihnen aufmunternde und, je nachdem, wie betrunken sie bereits waren, mehr oder weniger ziemliche Worte entgegen und Cassandra spürte die Hitze in ihren Wangen, als Ben sie an ihnen vorbei aus dem Saal führte.

Gemeinsam gingen sie zu seinen Gemächern, die sie nun mit ihm teilen würde. Dort angekommen brachte er sie zu einer Tür, hinter der, wie er sagte, ihr Ankleideraum sei. Er selbst verließ den Raum durch eine andere Tür. Mit klopfendem Herzen öffnete Cassandra die Tür und schloss sie schnell hinter sich. Drinnen schaute sie sich um und erstarrte. Sie war nicht allein. Vor ihr, mitten im Raum, stand Mira. Das Mädchen hielt ein Nachtgewand für sie bereit.

»Du?«, flüsterte Cassandra und wusste nicht, ob sie froh oder entsetzt darüber sein sollte, dass ausgerechnet Mira jetzt hier war. Damit gerechnet hatte sie jedenfalls nicht. »Wo ist deine Mutter?«

Mira vermied es offensichtlich, sie anzuschauen und strich den Stoff des Nachtgewandes glatt. »Meine Mutter lässt sich entschuldigen. Es geht ihr nicht gut und sie hat mich gebeten ... ich bin die Einzige, die ... ich werde dir an ihrer Stelle heute Abend helfen.« Sie schwieg einen Augenblick. Cassandra bewegte sich noch immer nicht von der Stelle und Mira fügte hinzu: »Das ist doch in Ordnung? Immerhin sind wir Freunde, oder? Ich weiß, wir haben uns nicht mehr gesehen, ich musste so viele Erledigungen machen und ... ich wollte dich nicht allein lassen, wirklich! Und wenn du meine Hilfe nicht willst ... es ist immerhin deine Hochzeitsnacht ... dann gehe ich.«

Cassandra trat langsam zu Mira. Sie wollte nicht, dass sie ging. Sie hatte Mira so sehr vermisst und jetzt konnte sie sie nicht wieder allein lassen. »Dann hilf mir aus diesem Kleid«, sagte sie und ihre Stimme klang rau.

Mira tat wie geheißen und zusammen schälten sie Cassandra aus den Stoffmassen des Brautkleides heraus. Cassandra bemerkte, wie bemüht Mira war, sie dabei nicht direkt zu berühren. Sie wirkte angespannt, fast mehr als Cassandra selbst.

Als sie nur noch in ihrem Unterkleid dastand, holte Mira zunächst eine Schale mit Wasser und einen weichen Lappen, um ihr die Schminke aus dem Gesicht zu wischen, dann trat sie zur Seite und sagte leise: »Euer Unterkleid solltet Ihr wohl besser allein ausziehen. Das Nachthemd liegt dort auf dem Stuhl. Ich kann auch den Raum verlassen.«

Warum nur wurde sie wieder so förmlich? Spürte sie Cassandras Anspannung und deutete sie falsch? Oder hatte Cassandra etwas getan, was Mira das Gefühl gab, nicht willkommen zu sein?

»Nein, bleib.« Cassandra spürte zunehmend die Panik in sich aufsteigen und versuchte doch, Mira anzulächeln. »Du musst mir gleich noch die Haare bürsten.«

Mira nickte, drehte sich dann aber um und ließ Cassandra Privatsphäre, um sich das Nachthemd anzuziehen. Erst danach kam sie zu ihr zurück und löste ihre Frisur.

Während Mira ihr das Haar bürstete, begann Cassandra aus Nervosität zu zittern. Sie konnte es nicht unterbinden und war froh über die Tatsache, dass sie saß, damit Mira ihre Haare besser erreichen konnte. Sie hätte sich nicht auf die Standfestigkeit ihrer Beine verlassen können. Der dicke Kloß in ihrem Hals kündigte Tränen an, die sie nur mit Mühe unterbinden konnte. Als Mira die Bürste fortlegte, blieb sie trotzdem noch ein wenig sitzen. Sie traute sich gar nicht aufzustehen, aus Angst, ihre Beine würden sie nicht tragen, und weil sie es nicht eilig hatte, das Ankleidezimmer zu verlassen und zu Ben ins Bett zu gehen.

»Ihr seid ganz blass? Ist Euch nicht gut?«, fragte Mira besorgt.

Cassandra befürchtete, in Tränen auszubrechen, sollte sie auch nur ein Wort sagen, daher nickte sie nur knapp und stand auf. Zu ihrer Angst und Nervosität kam die Ungewissheit, weshalb Mira so distanziert war. Warum ließ sie sie genau jetzt allein?

Cassandra schleppte sich langsam zur Tür, doch noch ehe sie die erreicht hatte, konnte sie ein leises Schluchzen nicht mehr unterdrücken. Sie hatte Angst. Sie wusste zwar nicht genau, wovor, aber sie fürchtete sich ungemein vor der Hochzeitsnacht. Es fühlte sich nicht richtig an.

»Eure Hoheit? Soll ich einen Arzt rufen? Hast du Schmerzen?« Mira kam auf sie zu, hielt aber mit gebührendem Abstand inne.

Cassandra drehte sich langsam zu ihr herum, wohl wissend, dass sie ihre Angst nicht länger verbergen konnte. »Nein, mir fehlt nichts. Ich bin nur ...« Sie konnte nicht weitersprechen. Tränen traten ihr in die Augen und begannen, ihr über die Wangen zu fließen. Obwohl sie es besser wusste, warf sie sich in Miras Arme. Sie brauchte jemanden, der sie hielt, und Mira hatte gesagt, dass sie ihre Freundin sei. Sie war die Einzige, die sie hatte.

Mira riss die Augen auf und versteifte sich, ehe sie ihre Arme um Cassandra legte und ihren Rücken leicht tätschelte. »Schh, schh, was hast du denn? Es wird alles gut. Dein Ehemann wartet auf dich.« Miras Worte ließen Cassandra nur noch bitterlicher weinen. Sie hasste sich selbst für ihre Schwäche. Sie schalt sich, dass sie keine Angst haben musste, dass Ben ein guter Mann war, aber sie konnte nicht unterbinden, wie sie fühlte. »Du musst doch keine Angst haben. Ich bin sicher, der Prinz liebt dich sehr und er wird ... sanft sein.« Cassandra spürte, wie Mira schwer schluckte. »Du bist jetzt seine Frau, du ... du musst ...« Sie beendete den Satz nicht.

Cassandra war ihr dankbar dafür, dass sie sie nicht ins Schlafzimmer schickte, und vergrub ihren Kopf noch tiefer an der Schulter ihrer Freundin. Mira hielt sie fest und streichelte ihren Rücken. Schließlich schaffte Cassandra es, sich zu beruhigen und löste sich langsam aus der Umarmung.

»Danke«, sagte sie, während sie Mira in die Augen blickte. Das Mädchen schaute sie besorgt und unsicher, aber auch voller Zuneigung und Zärtlichkeit an. Cassandra verlor sich in den braunen Augen und ihr Herz begann zu flattern.

Und dann küsste Cassandra Mira. Sie dachte nicht nach, sie hinterfragte es nicht, sie folgte ihrem Gefühl und küsste Mira auf den Mund.

Mira schien überrascht nach hinten zurückweichen zu wollen, doch dann schloss sie Cassandra erneut in die Arme und erwiderte den Kuss.

Cassandra wurde heiß und kalt, ihr Herz schlug höher und sie wünschte, der Moment würde niemals vergehen. So sollte ein Kuss sich anfühlen, so sollte Liebe sich anfühlen. Das war die Leidenschaft, die sie sich immer ersehnt hatte.

Aber es war Mira, die sie küsste, und nicht Ben, ihr Ehemann. Mira war kein Mann. Panik stieg in ihr auf. Was tat sie da bloß? Mit einem Ruck riss sie sich aus Miras Armen los und legte entsetzt die Hände vor den Mund.

Mira lächelte sie zunächst noch an, doch ihr Lächeln verschwand, als sie Cassandras Gesicht musterte. Sie machte den Mund auf, als wolle sie etwas sagen, doch dann schloss sie ihn wieder und blickte Cassandra nur schweigend an. Einen Moment, der sich wie eine Ewigkeit anfühlte, starrten sie sich an, dann räusperte Mira sich unbehaglich. »Es wird diesen Raum nicht verlassen, das schwöre ich Euch.« Sie verneigte sich und machte Anstalten zu gehen.

Leben kehrte in Cassandras Glieder zurück, sie machte einen Satz nach vorn und umfasste Miras Handgelenk. Die drehte sich zu ihr herum und schaute sie fragend an. »Ich ...« Cassandra wusste nicht, was sie sagen sollte. Alles in ihr schrie danach, Mira noch einmal zu küssen, sich wieder in ihre Arme zu werfen und sie nie wieder gehen zu lassen, aber sie wusste, dass sie das nicht tun konnte. »Das ...«, setzte sie erneut an, doch ihr fehlten noch immer die Worte. Was wollte sie sagen? Was sollte sie sagen? Was durfte sie sagen? »Halt dich nicht wieder von mir fern«, flüsterte sie schließlich heiser. »Bitte lass mich nicht wieder allein.«

Mira nickte vorsichtig, in ihren Augen lag Mitleid. Langsam ging sie zurück zu der Schüssel mit Wasser und feuchtete einen frischen Lappen an. Sie wischte Cassandra die Tränen vom Gesicht und blickte ihr dann tief in die Augen. Nach einem schweren Atemzug beugte sie sich vor und küsste Cassandra sanft auf die Lippen. Dann trat sie zurück und murmelte leise: »Dein Prinz wartet.«

10. Zweifel und Verwirrung

Cassandra trat durch die Tür in das Schlafgemach. Ben wartete bereits auf sie. Er saß auf der Bettkante und als sie eintrat, hob er strahlend den Kopf und kam auf sie zu, um sie in den Arm zu nehmen. Er hielt sie fest. Cassandra konnte die Wärme spüren, die von ihm ausging, seinen Atem und seinen Herzschlag hören.

Diese Umarmung gab Cassandra das Gefühl, eingesperrt zu sein, in Miras Armen fühlte sie sich frei.

Während Ben sie erst sanft und dann begehrender küsste, konnte Cassandra nur an Mira denken. Sie flüchtete sich in ihre Erinnerung, obwohl sie wusste, dass es so nicht sein sollte, dass sie daran gar nicht mehr denken durfte und erst recht nicht gern.

Als sie später in Bens Armen lag, während er friedlich schlief, weinte sie leise und wusste nicht, was sie noch fühlen und denken durfte. Alles erschien ihr so falsch.

Am nächsten Morgen erwachte sie durch Bens sanfte Küsse und zwang ein Lächeln auf ihre Lippen, als er ihr Liebesschwüre ins Ohr hauchte. Sie kam sich wie eine Verräterin vor und das war sie auch. Den Verrat, den sie ihrem Ehemann gegenüber beging, konnte schlimmer nicht sein. Sie war machtlos gegen die Gefühle, die sie heimlich hegte und seit dem letzten Abend nicht mehr zurück in die Vergessenheit drängen konnte. Was sie für Mira fühlte, war falsch und verboten, daran bestand kein Zweifel, doch es musste Liebe sein. So wurde es in Büchern immer beschrieben, so hatte sie erwartet, für Ben zu fühlen.

Er verließ das Bett vor ihr und verabschiedete sich mit einem weiteren Kuss. Verzweifelt lehnte sie sich in die Kissen zurück, als er fort war, und versuchte zu begreifen, was in ihr schief gelaufen war. Was hatte sie verflucht? Waren es die Feen gewesen? Der Kuss könnte etwas in ihr verkehrt und sie zu einem lieblosen Leben und sündigen Gedanken verdammt haben. Und sie konnte nichts dagegen tun. Würde der Rest ihres Lebens voller Gewissensbisse und Verrat sein?

Sie kannte Mira doch kaum. Wie hatte sie sich so schnell den Kopf verdrehen lassen können?

Als Wiebke den Raum betrat, war Cassandra dafür noch nicht bereit. Sie zog sich die Decke über den Kopf und reagierte auf keine der Bitten, aufzustehen.

Sie musste jedoch einsehen, dass sich wie ein Kind zu benehmen ihr Leben nicht einfacher machen würde, und ließ sich schließlich von Wiebke die Decke wegziehen. Wiebke sah sehr blass aus, Mira hatte ja gesagt, sie habe sich am Abend zuvor unwohl gefühlt.

Erst jetzt bemerkte sie Mira, die an der Tür stehengeblieben war. Ihr Gesichtsausdruck war unleserlich und sie stand sehr steif da. Wusste Wiebke, was am Abend zuvor geschehen war? Dann hätte sie doch sicher nicht Mira mit hierhergebracht.

»Eure Hoheit, wir bereiten im Waschraum bereits ein Bad für Euch vor, geht nur, wir werden hier die Laken wechseln.« Wiebke half ihr in einen Morgenmantel und schob sie dann beinahe zur Tür. Sie hatte nicht einmal eine Chance, einen Blick mit Mira zu wechseln.

Die ging bereits zum Bett und begann, die alten Laken abzuziehen. Man würde sie als Beweis, dass die Ehe vollzogen worden war, aufheben, bis Cassandra ihr erstes Kind bekam.

Cassandra wurde gebadet und angekleidet. Mira sah sie nicht mehr.

Beim Frühstück mit der Königin war sie nicht recht bei der Sache und alles hatte einen bitteren Nachgeschmack. Sie fühlte sich elend und machtlos. Die Königin ignorierte ihre Schweigsamkeit und plauderte fröhlich mit ihr über zukünftige Kinder und wie man sie nennen sollte. Cassandra wollte an all das nicht denken. Ihr Leben lang hatte man ihr von ihrer Zukunft vorgeschwärmt und ihr gesagt, es sei eine besondere Ehre, doch jetzt hätte Cassandra all das gern abgegeben. Sie wollte ihr Schicksal nicht, aber niemand hatte sie je gefragt. Sie hatte schlicht und einfach nichts zu wollen, was für sie nicht ohnehin vorgeschrieben war. Und warum sollte sie sich auch etwas anderes wünschen? Sie würde Königin werden, perfekter konnte ihr Leben gar nicht sein.

»In ein paar Wochen soll es eine öffentliche Vorführung deiner Magie geben. Ich denke, es wäre ratsam, wenn du anfängst, dich darauf vorzubereiten«, sagte die Königin, nachdem sie Cassandras Aufmerksamkeit wieder auf sich gelenkt hatte.

Cassandra nickte. Sie musste sich nicht vorbereiten. Alle Zauber, die sie in Büchern gefunden hatte, beherrschte sie bereits. Zwar wusste sie nicht, was genau von ihr erwartet wurde, doch sie fragte nicht nach. Es war ihr gleich. Sie war ohnehin die Einzige, die magische Kräfte hatte, also war es egal, was sie vorführte. Niemand würde wissen, ob es schwer oder einfach war, und niemand würde es besser machen können als sie.

Mira sah sie den ganzen Tag nicht und die leise Hoffnung, sie könnte doch noch hereinkommen, war das einzige Gefühl, was sie in sich zuließ. Die Gleichgültigkeit schützte sie vor Selbstzweifel und Schmerz, auch als Ben am Abend das Bett mit ihr teilte.

Albträume plagten sie, während sie in seinen Armen lag. Feen und maskierte Männer bedrohten sie, wohin sie sich auch wandte, und dann war sie allein, vollkommen allein in der Dunkelheit und die Angst vor der Einsamkeit machte sich in ihr breit.

Sie fuhr schweißgebadet auf und fand das Zimmer in Flammen vor. Ben hatte sie an den Schultern gepackt, schüttelte sie und schrie ihren Namen. Benommen blickte sie sich um. Die Flammen waren überall. Es waren bereits Bedienstete zum Löschen des Feuers da.

Ben zog an ihren Armen, doch sie war so schockiert, dass sie sich nicht vom Fleck rührte.

»Komm, wir müssen hier raus. Cassandra, bitte!«

Sie zitterte vor Kälte und Schreck. Was war geschehen? Hatte sie das Feuer womöglich ausgelöst?

Um sie herum herrschte hektisches Treiben. Ben hielt sie im Arm, als wolle er sie beschützen, und brüllte Leute um sie herum an.

Als sie auf dem kalten Flur standen, kam es ihr vor, als verstummten die Geräusche, die sie eben noch vollkommen umgeben hatten, plötzlich.

»Geht es dir gut? Bekommst du Luft? Hast du den Rauch eingeatmet?« Ben stellte ihr eine Frage nach den anderen, Cassandra schüttelte nur den Kopf oder nickte, zu mehr war sie nicht in der Lage.

Irgendwann wachte Cassandras Verstand langsam auf und sie löste sich aus Bens Armen. Vorsichtig ging sie zurück zu ihrem Zimmer.

»Cassandra, warte! Was tut du?«, rief Ben ihr nach, doch sie ignorierte ihn.

Sie betrat den Raum, der trotz der Löschversuche noch immer in hohen Flammen stand, schloss die Augen und atmete tief durch. Sie ließ sich durch die besorgten oder erstaunten Ausrufe nicht aus der Ruhe bringen und öffnete die Augen erst, als es um sie herum dunkler und kühler wurde. Die Flammen waren verschwunden und hatten nicht einmal große Schäden hinterlassen. Die Leere in Cassandra war für einen kurzen Moment ausgefüllt, während sie sich umschaute. Sie hatte keinen ihr bekannten Zauber angewandt, keine Worte oder Formeln gedacht. Das Einzige, was sie getan hatte, war, dem Feuer zu befehlen, sich zurückzuziehen. Und es fühlte sich gut an.

Nachdem Ben und sie in einem anderen Schlafzimmer untergekommen waren und Ben bereits wieder schlief, dachte Cassandra nach. An Schlaf war nicht mehr zu denken. Irgendwie schien sie tief in ihrem Innern genau das Gegenteil von dem zu tun und zu sein, was man sie gelehrt hatte. War sie verdorben? Es konnten ihr doch unmöglich alle Menschen in ihrem Leben falsche Ratschläge und Lektionen erteilt haben. Der Fehler musste bei ihr liegen.

Sie fühlte sich jedoch so viel freier, wenn sie ihre Magie einfach anwandte, anstatt genau darüber nachzudenken und Zauberformeln zu verwenden. Und als sie Mira geküsst hatte, hatte sie das Gefühl gehabt, dass nichts im Leben wirklich wichtig war, nichts, außer in Miras Armen zu sein, zu lieben und geliebt zu werden.

Aber das war falsch.

Mira musste auch wissen, dass es ein Fehler war. Sie würde sicher darauf achten, dass so etwas nicht wieder vorkam. Beide würden sie das tun. Der Gedanke trieb

Cassandra Tränen in die Augen und sie spürte einen Stich in der Brust, aber das war nur ihre innere Schwäche, ihre innere Verderbtheit. Sie musste stärker sein als dieses innere Bedürfnis, sie musste die Königin sein, zu der man sie erzogen hatte. Sie würde ihre Bestimmung erfüllen. Sie durfte sich nicht von falschen Gefühlen ablenken lassen.

Als Ben schließlich am Morgen erwachte, sagte sie ihm zum ersten Mal von sich aus, dass sie ihn liebte. Das sollte die Wahrheit sein und auch wenn es sich noch nicht so anfühlte, war sie sicher, dass es mit der Zeit anders werden würde. Es musste. Ihre Leben waren auf ewig vereint und es war ihre Pflicht, ihn zu lieben. Sie musste ihn einfach lieben.

Kurz nachdem Ben gegangen war, weil es für ihn wichtige Angelegenheiten zu besprechen gab, die er ihr nicht näher erklären wollte, stürmte Mira ohne Klopfen herein.

»Geht es dir – Euch gut?« Sie betrachtete die überraschte Cassandra besorgt. »Ich habe gehört, dass in der Nacht ein Feuer ausgebrochen ist!«

Cassandra starrte Mira an und die verstummte unsicher. Alles, was sie sich in den letzten Stunden überlegt hatte, alles, was sie sich vorgenommen hatte, alles, was sie hätte tun sollen, war aus ihrem Kopf verschwunden. Sie blickte in Miras dunkle Augen und ihr ging das Herz auf.

Sie konnte nicht anders, sie war machtlos gegen das Lächeln, was plötzlich auf ihren Lippen erschien. Mira lächelte als Antwort ebenfalls und Cassandras letzte Zurückhaltung schwand. Sie warf sich in Miras Arme und drückte sie so fest sie nur konnte an sich. Für diesen kurzen Moment waren sie eins. Sie konnte Miras Herz schlagen hören und ihren Atem an ihrem Hals spüren. Mira roch frisch und blumig und die Umarmung war warm und befreiend.

»Es tut mir leid, ich weiß, ich wollte dich nicht mehr allein lassen, aber ich hatte gestern keine Gelegenheit, dich zu sehen. Meine Mutter ...« Cassandra drückte Mira noch fester und sie verstummte. Es fiel ihr kaum auf, dass Mira sie nicht mehr förmlich ansprach, wie sie gesollt hätte. Es fühlte sich so richtig und vertraut an.

»Du hast mich ja kaum allein gelassen«, flüsterte sie an Miras Ohr.

Sie wollte sie nie wieder loslassen, aber Mira entwand sich ihrem Griff sanft. »Das heißt also, es geht dir gut?« Sie blickte sie besorgt an. Cassandra konnte nur grinsen und nickte stumm, bevor sie Mira wieder zu sich zog und küsste.

Etwas in ihr schrie sie an, aufzuhören, ermahnte sie, dass sie etwas Unrechtes tat, aber der Rest von ihr konnte nur an Mira denken und nahm ihr Wesen in sich auf. Er übertönte alle Sorgen und Vernunft und außer Mira und ihr gab es nichts auf der Welt.

In Miras Armen stand die Welt still. Es war, als hätte sie schon immer genau dort sein sollen, als sei ihr gesamtes Leben nur ihr Weg zu diesem Augenblick gewesen. Es war alles, was sie wollte, und zum ersten Mal in ihrem Leben fühlte sich alles einfach richtig an.

Doch es war falsch. Es war ein Fluch!

Ruckartig zog Cassandra sich aus Miras Armen zurück und fuhr sich mit den Händen durch ihre Haare. Es war, als wachte sie aus einem Traum auf, der zwar einen süßen Geschmack in ihrem Mund hinterließ, aber doch ein Albtraum gewesen war. »Das geht nicht. Wir können das nicht tun!«, stieß sie erstickt hervor. Warum fiel es ihr so schwer, das zu sagen, warum brach es ihr das Herz, Mira dabei ins Gesicht zu sehen und warum spürte sie Tränen ihre Wangen hinab laufen?

Mira presste die Lippen aufeinander und nickte stumm. Ihr Gesicht war ausdruckslos, doch ihre Augen zeigten den tiefen Schmerz, den sie empfand. Cassandra wollte sie wieder in ihre Arme nehmen und den Schmerz lindern, aber sie konnte nicht. Sie durfte nicht.

»Kann ich noch etwas für Euch tun? Soll ich Euch beim Ankleiden helfen?«, fragte Mira leise und Cassandra wollte ihr sagen, dass sie bleiben sollte, dass es ihr leidtat, doch sie schüttelte nur stumm den Kopf.

Mira verließ schweigend den Raum und Cassandra warf sich verzweifelt aufs Bett und ließ ihren Tränen freien Lauf.

Wie konnte sich etwas so Falsches bloß so richtig anfühlen?

11. Der königliche Rat

Cassandra versteckte sich wieder hinter der Gleichgültigkeit und ließ ihr einseitiges Leben über sich ergehen. Der Termin der öffentlichen Vorführung ihrer Magie rückte stetig näher und sie übte jeden Tag, obwohl es nicht nötig war. Sie hatte ja sonst nichts Besseres zu tun und insgeheim hoffte sie, dass es durch das regelmäßige Nutzen ihrer Magie auch nie wieder zu Zwischenfällen wie jenem kommen würde, als sie das Schlafzimmer in Brand gesetzt hatte.

Vermutlich musste sie ihre Kraft regelmäßig verwenden, dann staute sich nichts auf und brach unkontrolliert aus ihr heraus.

Sie sah Mira in den nächsten Wochen kaum und wenn,

dann schaute diese sie nicht an und vermied es, mit ihr zu sprechen. Cassandra fragte sich, ob Mira wütend auf sie war. Vermutlich nicht, sie wusste schließlich genauso gut wie Cassandra, dass sie eine Sünde begangen hatten und das niemals wieder geschehen durfte. Trotzdem hatte sie ein schlechtes Gewissen und die ständige Sehnsucht nach Mira verfolgte sie bis in den Schlaf.

Jeden Morgen, wenn sie aus Träumen von ihr erwachte, wurde ihr schlecht. Sie vermisste das Gefühl, das Mira in ihr entfachte, das grenzenlose Glück, was sie empfunden hatte, und sie vermisste Miras Umarmung, ihre Freundschaft. So sehr sie sich auch anstrengte und sich immer wieder ermahnte, wie falsch diese Gedanken waren, sie musste sich doch eingestehen, dass ihre Gefühle für Mira echt waren. Was auch immer mit ihr nicht stimmte, was auch immer sie verflucht hatte, die Gefühle waren wahrhaftig da und Cassandra musste jeden Tag ihres Lebens dagegen ankämpfen. Sie musste auf dem rechten Weg bleiben!

Obwohl sie sich täglich darauf vorbereitete, fühlte sie sich am Tag ihres öffentlichen Auftrittes nicht bereit.

Sie wurde am Morgen von mehreren Mädchen geweckt, die sie alle besonders herausputzten. Ihr Kleid war schlicht gehalten, aus dunkelblauem Stoff mit hoch geschlossenem Kragen, doch es ließ sie elegant aussehen. Cassandra fand, sie sah darin älter aus, als sie es war.

Es fand eine wichtige Versammlung im Palast mit Vertretern aller adligen Familien und allen wichtigen Würdenträgern statt. Nervös wartete sie in Begleitung von Wachmännern im Gang vor einer großen Tür, während der König die Versammlung eröffnete und sie ankündigte.

Als sie schließlich hereingebeten wurde, fühlte sie alle Augen auf sich. Langsam schritt sie durch den Raum dorthin, wo der König am Kopf eines langen Tisches stand. Alle anderen Anwesenden saßen entlang des Tisches und ihre Blicke folgten Cassandra.

Der König trat beiseite und Cassandra stellte sich an seinen Platz an der Stirnseite des Tisches. Sie atmete tief durch und versuchte, nicht vor Aufregung zu zittern. All diese Menschen waren wichtige Würdenträger, der Rat des Königs, und Cassandra sollte ihre zukünftige Königin sein. Sie alle hatten hohe Erwartungen an sie und Cassandra fragte sich, ob sie ihrer würdig war.

»Bitte, Cassandra, fang an«, forderte der König sie höflich auf. Sie wusste nicht, ob er ungeduldig war, oder ihr

Mut machen wollte. Wie immer zeigten sich weder in seiner Stimme noch in seinem Gesicht irgendwelche Gefühlsregungen.

Cassandra nickte, schloss kurz die Augen und sammelte sich. Als sie die Augen öffnete und langsam ausatmete, hob sie die Hand und alle Flammen im Raum erloschen. Als sie ihre andere Hand ausstreckte, erhoben sich alle Kerzen auf dem Tisch und alle Fackeln an den Wänden aus ihren Halterungen und schwebten an die Decke.

Cassandra hörte verblüffte Ausrufe, ignorierte sie aber. Sie war vollkommen auf die Magie in ihrem Inneren fokussiert. Mit einem Fingerschnipsen entzündete sie die Flammen wieder und ließ dann nach und nach alle Kerzen und Fackeln an ihren Platz zurückschweben.

Als das geschehen war, begannen die Anwesenden, anerkennend zu murmeln und sie bekam einen kurzen Applaus. Dann wandten sich ihr wieder alle aufmerksam zu und warteten.

Feuer war Cassandras liebster und eindrucksvollster Weg, Magie zu nutzen, trotzdem ergriff sie nun ein blankes Stück Pergament, das vor ihr auf dem Tisch lag und ließ Worte in schwarzer Tinte darauf erscheinen, nur indem sie sie dachte. Sie ließ das Pergament herumreichen und vom Rat begutachten, während sie den König um eine Münze bat. Er gab sie ihr und sie legte sie zwischen ihre Handflächen. Hitze entstand als sie ihre Magie in das Metall fließen ließ und als sie die Hände öffnete, hatte sie die Münze zu einem kleinen Ball geformt. Sie zog ihre Hände weiter auseinander und ließ in der Luft verschiedene Formen entstehen. Einen Würfel, eine längliche Stabform, einen Ring, ein Ei, einen Baum und schließlich ein Glöckchen. Es erinnerte sie an Mira und sie ließ das Metall schnell wieder in die Münzenform zurückgleiten. Verbissen presste sie die Lippen aufeinander und versuchte, Miras Gesicht aus ihrem Kopf zu verdrängen.

Doch ihre innere Ruhe war gestört und sie spürte die Magie in ihr aufbegehren. Verzweifelt schloss sie die Augen, um sich wieder zu beruhigen und zu konzentrieren. Als sie erstaunte Ausrufe hörte, öffnete sie sie vorsichtig wieder. Entsetzt stelle sie fest, dass sie alle Möbel im Raum, auch die Stühle samt den Ratsmitgliedern, in die Luft hatte schweben lassen. Schweiß bildete sich auf ihrer Stirn, als sie nun angestrengt versuchte, sie alle wieder zum Boden zu bekommen, ohne jemanden zu verletzen. Wie war das nur geschehen? Sie hatte das nicht bewusst getan!

Der Rat aber schien nicht bemerkt zu haben, dass dieser Trick unbeabsichtigt gewesen war, und als sie alle wieder Boden unter den Füßen hatten, standen sie applaudierend auf.

Cassandra wurde rot und verbeugte sich leicht. »Wirklich beeindruckend!«, stieß ein Mann zu ihrer Rechten begeistert aus und sein Sitznachbar stimmte ihm enthusiastisch nickend zu.

Plötzlich wurde Cassandra schwindelig. Sie spürte deutlich, wie erschöpfend ihre magische Vorführung gewesen war und schwankte leicht. Als sie sich am Tisch abstützte, bemerkte ein Mann zu ihrer Linken dies und hielt stützend ihren Arm, während er aufstand und ihr seinen Stuhl anbot. Sie bedankte sich höflich lächelnd bei ihm und setzte sich hin. Ihr Kopf schwirrte und ihre Beine zitterten. Ihr war ein wenig übel und sie spürte, wie sich ein leichter Schweißfilm an ihrem Haaransatz zu bilden begann.

»Was ist mit Euch? Ist Euch nicht wohl?«, fragte der Mann, auf dessen Platz sie saß, leise. Auch die anderen schienen nun auf sie aufmerksam geworden zu sein und besorgtes Gemurmel erfüllte den Raum.

»Cassandra? Kind, wir werden dich auf dein Zimmer bringen und den Arzt kommen lassen«, sprach der König entschlossen neben ihr. Man zog sie sanft hoch und sie wurde, rechts und links gestützt, durch den Raum geführt.

»So anstrengend kamen mir ihre Tricks gar nicht vor, dass sie davon gleich in Ohnmacht fallen muss«, hörte sie jemanden sagen.

»Frauen eben«, antwortete jemand anders und Cassandras Kopf fuhr fast automatisch zum Sprecher herum. Sie kannte diese Stimme! Ganz bestimmt! Ihr Blick traf den eines grauhaarigen Adligen mit stechend grauen Augen. Er blickte sie herablassend an, zeigte aber sonst keinerlei Gefühlsregung. Sie brauchte einen Moment, doch dann erfasste sie die Erkenntnis schlagartig. Es war der maskierte Mann! Der Mann, der sie entführt und gezwungen hatte, das Schwert zu verzaubern! Auch wenn sie ihn eben nur zwei Worte hatte sprechen hören und ihn damals kaum erkennen konnte, stand es ohne Zweifel für sie fest. Ihr Herz raste. Sie wollte ihn genauer anschauen, herausfinden, wer er war, und ihn zur Rechenschaft ziehen lassen. Gleichzeitig wollte sie fliehen und sich verstecken. Die Entscheidung wurde ihr abgenommen, weil man sie bereits aus dem Raum führte.

Sie musste den König warnen, dass mindestens einer seiner Ratsmitglieder sich gegen ihn verschworen hatte, doch sie wusste nicht, wo er war. Sie wusste nicht, wem sonst sie trauen konnte. Waren noch mehr dieser Männer unter den Maskierten gewesen?

Die Erschöpfung in ihr machte es ihr noch schwerer, klar zu denken und sie gab sich fürs erste geschlagen und ließ sich auf ihr Zimmer bringen. Dort wurde sie von Mädchen entkleidet und anschließend ins Bett gesteckt. Erschöpft schloss sie die Augen und versuchte, sich zu beruhigen und das Wirrwarr an Gedanken und Gefühlen in sich zu ordnen.

12. Leben unter dem Herzen

Cassandra schlief nicht ein, aber sie war auch zu erschöpft, um aufzustehen. Die Mädchen, die bei ihr im Raum geblieben waren, hätten das vermutlich auch gar nicht zugelassen. Mira war nicht unter ihnen, was Cassandra nur wieder an ihre Sehnsucht erinnerte.

Kurze Zeit später trat der Arzt ein und bat die Mädchen zu gehen. Er setzte sich zu Cassandra ans Bett, fühlte ihre Stirn, zog ihre Lider nach oben, um das weiße ihrer Augen zu sehen, und tastete ihren Hals ab. Anschließen hörte er noch ihr Herz ab und stellte ihr dann einige Fragen.

»Ist euch in letzter Zeit öfter unwohl gewesen?« Sie bejahte dies wahrheitsgemäß. Ihr war in den letzten Tagen oft schlecht gewesen am Morgen. Ansonsten war ihr nichts

Ungewöhnliches aufgefallen und auch dieses Unwohlsein hatte sie auf ihren allgemeinen Gemütszustand geschoben. Als der Arzt sich nun aber nach ihrer Monatsblutung erkundigte, begann ihr zu dämmern, was vor sich ging. Tatsächlich hätte die nämlich seit ihrer Hochzeit eintreten müssen. Sie war schwanger? Es überraschte Cassandra mehr, als es sollte.

Der Arzt beendet seine Untersuchungen, kam aber zu dem Schluss, dass ihr nichts fehlte und sie lediglich ein Kind unter dem Herzen trug. Er verabschiedete sich von ihr und kündigte an, der königlichen Familie von Cassandras Zustand zu berichten. Sie nickte nur und fühlte sich wie betäubt. Ein Kind? Sie bekam ein Kind? Sie fühlte sich nicht bereit für ein Kind. Ein Kind zu bekommen verdeutlichte nur noch mehr, dass sie nie wieder von hier wegkonnte. Ein Kind band sie noch fester an Ben und sie fühlte sich ohnehin bereits eingesperrt.

Ben war den ganzen Tag unterwegs und konnte daher noch nicht unterrichtet werden. Wo genau er war, wusste sie nicht, doch er kontrollierte häufig mit seinem Soldaten die Umgebung und vergewisserte sich, dass es der Bevölkerung gut ging.

Der König und die Königin statteten Cassandra aber sogleich einen Besuch ab und gratulierten ihr überschwänglich. Vor allem die Königin ließ sie nicht zu Wort kommen. Cassandra wollte ihnen dennoch von ihrem Verdacht erzählen, dass eines der Ratsmitglieder einer der maskierten Entführer war.

»Vorhin bei der Versammlung ist mir etwas aufgefallen. Ich ... einer der Anwesenden. Ich denke, ich habe seine Stimme erkannt. Er war einer der Männer, die mich entführt haben. Ich -«

Der König unterbrach sie. »Vollkommen ausgeschlossen. Du warst durch den Wind, hast dir das eingebildet. Vielleicht klangen sie ähnlich. Keiner der Männer im Rat würde so etwas tun.«

Cassandra machte den Mund auf und wollte genauer erklären, weshalb sie sich so sicher war, dass sie auch seine Augen erkannt hatte, doch die Königin legte ihre Hand behutsam auf Cassandras und sagte: »Es ist ein aufregender Tag für dich. Ich bin mir sicher, du hattest deine Gründe, es anzunehmen, aber auch ich bin überzeugt davon, dass niemand im Rat dir so etwas antun würde. Wir alle wollen, dass du sicher bist. Und dein Kind ebenso.«

Cassandra nickte entmutigt. Sie glaubten ihr nicht. Weshalb sollten sie auch? Immerhin klang es selbst für sie unglaubwürdig. Und doch war sie sich sicher, dass sie den Mann richtig erkannt hatte.

Als sie sie anschließend mit der Ermahnung, sich zu schonen, allein ließen und sie sicher war, dass sie vorerst niemand stören würde, ließ sie sich in die Kissen fallen und weinte. Die Anspannung vom Morgen und die Angst und Sorge wegen des Entführers mussten herausgelassen werden, genauso wie die Sorgen und Zweifel wegen des Kindes. Wie hatte ihr Leben so fürchterlich verworren und kompliziert werden können? Es hatte doch eigentlich in der Theorie so simpel ausgesehen. Warum waren ihre Gefühle nicht im Einklang mit ihren Verpflichtungen? Warum freute sie sich nicht, dass sie einen Thronfolger gebären könnte? Alles fühlte sich so hohl und bedeutungslos an. Und sie konnte Mira nicht vergessen.

Wiebke brachte ihr mittags Essen ans Bett und gratulierte ihr ebenfalls zur Schwangerschaft. Offenbar hatten die Neuigkeiten sich im Palast bereits herumgesprochen. Falls sie Cassandras Trübsal bemerkte, ignorierte sie sie. Sie war schweigsam wie immer und Cassandra war auch nicht danach, ein Gespräch zu beginnen. Sie konnte ohnehin nur an Mira denken, doch sie wagte es nicht, Wiebke nach ihrer Tochter zu fragen, und bezweifelte auch stark, dass diese ihr Auskunft gegeben hätte. Ihr war es sicher auch lieber, wenn sie beide sich nicht mehr sahen. Sie wollte ihre Tochter schließlich beschützen.

Bevor Wiebke sie wieder allein ließ, bat sie sie allerdings noch, ihr Bücher aus der Bibliothek über den Rat des Königs bringen zu lassen. Sie wollte herausfinden, wer der Mann gewesen war, dessen Stimme sie erkannt hatte. Es einfach zu ignorieren, erschien ihr falsch, doch sie befürchtete, dass sie ohne mehr Informationen niemand ernst nehmen würde. Außerdem musste sie sich irgendwie von Mira und der Schwangerschaft ablenken.

Nur wenig später wurden ihr die Bücher gebracht und sie vertiefte sich in die Lektüre. Über die allgemeinen Strukturen des Rats wusste sie bereits Bescheid. Er bestand aus Vertretern der größten und einflussreichsten Adelshäuser sowie den hochrangigen Offizieren aus der Armee. Seine Funktion war die Beratung des Königs in allen wichtigen Entscheidungen. Zwar hatte der König die alleinige Macht, Entscheidungen zu treffen und seinen Willen durchzusetzen, doch es hatte sich in der Vergangenheit als besser erwiesen, den Rat vieler einzuholen, zumal die Adelshäuser sich schnell vor den Kopf gestoßen fühlen konnten. Es war gut, ihre Meinungen zu kennen und zu berücksichtigen, damit sie sich nicht gegen die Königsfamilie auflehnten.

Cassandra war zwar unbegreiflich, wie man die Unverfrorenheit besitzen konnte, sich gegen den König aufzulehnen, sah aber ein, dass das Risiko dennoch bestand. Eines der letzten Bücher, die sie durchblätterte, stellte sich schließlich als das heraus, welches sie gesucht hatte.

Dort war eine mehr oder weniger aktuelle Liste der Ratsmitglieder enthalten und sogar mit kleinen Porträts ausgestattet. Aufmerksam blätterte sie die Seiten durch, bis sie auf das Porträt eines Mannes stieß, der zwar braunes Haar hatte, aber dieselben stechend grauen Augen, die sie vorhin und auch bei ihrer Entführung angeblickt hatten. Das Bild musste schon etwas älter sein und sein Haar war seitdem ergraut, denn auch die Gesichtszüge gehörten zweifelsohne dem Mann, dessen Stimme sie erkannt hatte.

Sein Name lautete Sir Abel von Silberstein. Die von Silbersteins waren eine altehrwürdige Familie, die seit Jahrhunderten eng an der Seite des Königs stand. Cassandra wusste, dass sie den Namen schon mehrfach gelesen hatte, konnte sich aber nicht mehr genau erinnern, was es mit dieser Familie auf sich hatte. Die Bücher über den Rat gaben ihr auch keine genaueren Informationen über Sir Abel. Sie musste sich dafür Bücher über seine Familie ansehen.

Ehe sie jedoch jemanden darum hätte bitten können, ihr solche Bücher zu bringen, ganz abgesehen davon, dass sie sich fragte, ob solch offensichtliche Recherchen sie nicht in Gefahr bringen würden, stürzte Ben aufgeregt ins Zimmer. Er strahlte sie außer Atem an und brauchte eine Weile, ehe er ein Wort herausbekam.

»Ich bin so schnell gekommen, wie ich konnte! Mama hat es mir schon erzählt! Ich freue mich so, mein Engel!« Er zog sie beherzt in seine Arme und aus dem Bett, um sie überschwänglich zu küssen und im Kreis herumzudrehen. Dann legte er seine Hände auf ihren noch vollkommen flachen Bauch und sah ihr tief in die Augen. »Jetzt werden wir eine richtige Familie«, sagte er angetan und küsste sie erneut.

Cassandra lächelte ihn an und fand seine Freude rührend, auch wenn ihr dabei unbehaglich war. Sie teilte seine Aufregung nicht. Was sie tat, wohin sie auch ging, wenn man sie denn aus ihren Gemächern ließ, sie wurde bewacht. Cassandra kam sich vor, wie in einem goldenen Käfig. Vielleicht war sie sicherer im Palast und mit Wachen, aber es machte sie rastlos und unglücklich. Ihre Schwangerschaft würde ihren Schutz nur noch verschärfen.

Man brachte Ben und ihr das Abendessen aufs Zimmer. Wie sie befürchtet hatte. Nun ließ man sie nicht einmal mehr zum Essen hinaus. Sie würde in ihrem Zimmer noch verrückt werden!

Als sie dann am Abend in Bens Armen im Bett lag, versuchte sie erneut, glücklich mit ihrer Situation zu sein und sich nicht von einem Fluch, der auf ihren Gefühlen lag, ihr Leben zerstören zu lassen. Doch egal wie stark sie sich bemühte, sie bekam Mira nicht aus dem Kopf. Es machte sie wahnsinnig vor Sehnsucht und so sehr sie es auch versuchte, die Gedanken und Gefühle ließen sich nicht verdrängen. Sie waren da, sie waren echt und auch wenn Cassandra wusste, dass sie falsch und verdorben waren, fühlten sie sich als einziges in ihrem Leben wirklich richtig an.

Sie wollte glücklich sein und ihrem Herzen folgen, doch sie wusste, dass sie sich an die Regeln halten und ihre Verpflichtungen wahrnehmen musste, und dass ihre gesellschaftliche Position ein großes Geschenk war, über das sie sich wirklich mehr freuen müsste.

Der innere Konflikt drohte Cassandra zu zerreißen.

13. Feenfieber

Cassandra erwachte am nächsten Morgen und bemerkte sofort, dass Ben nicht mehr neben ihr lag. Es erleichterte sie, auch wenn sie sich dafür schämte. Sie musste lange geschlafen haben, denn es war bereits taghell im Zimmer. Als sie sich aufsetzte, sah sie, dass Wiebke im Türrahmen zu ihrem Ankleidezimmer stand. Sie sah sehr blass aus und lehnte sich gegen das Holz des Rahmens.

»Wiebke, ist dir nicht wohl?«

Cassandra beeilte sich, aus dem Bett zu klettern, obwohl Wiebke abwehrend die Hand hob. Sie sagte nichts und auch wenn Wiebke sonst nie viel sprach, war es eindeutig, dass etwas nicht stimmte. Cassandra eilte zu ihr und half ihr zu einem der gepolsterten Stühle, die im Raum standen. Wiebkes Stirn glänzte, als habe sie Fieber, und ihr Atem ging schwer.

»Es geht schon, Eure Hoheit, wirklich!«, protestierte sie schwach, doch Cassandra glaubte ihr kein Wort. Sie eilte zur Tür und scherte sich nicht darum, dass sie den Wachtposten davor im Nachthemd gegenübertrat. Die verbargen ihre erste Überraschung schnell, als sie die Tür aufriss und sie aufforderte, einen Arzt zu holen. Sie gehorchten augenblicklich. Cassandra war klar, dass sie sofort reagierten, weil sie dachten, es ginge um ihr eigenes Wohlbefinden, doch es war ihr gleich. Wiebke sollte immerhin so schnell wie möglich Hilfe bekommen.

Anschließend eilte sie zu ihrem Nachtschrank und schenkte Wasser aus einem Krug, der darauf stand, in ein Glas, das sie Wiebke in die Hand drückte.

»Wie lange fühlst du dich schon krank?«, wollte sie wissen, doch Wiebke trank nur stumm einen Schluck Wasser. Cassandra hatte den Eindruck, dass ihre Kammerfrau gerade nicht mehr ansprechbar war.

Nervös lief sie im Zimmer auf und ab. Konnte sie noch irgendetwas tun? Schließlich entschloss sie sich, kurz einen Morgenmantel überzuziehen. Sie ging in ihr Ankleidezimmer und blickte sich suchend um. Die Schränke hier waren nicht abgeschlossen und sie öffnete einige, bevor sie ihren Morgenmantel fand. Während sie ihn überzog, blieb ihr Blick an ihrem Schmucktisch hängen. Zwischen all den

Perlen und Edelsteinen stand ein kleines, goldenes Glöckchen, das sie schon eine Ewigkeit nicht mehr gesehen hatte. Vergessen hatte sie es nicht, wie auch? Es war das Glöckchen, das Mira ihr gegeben hatte, doch da sie seitdem in neue Gemächer gezogen war, hatte sie nicht mehr daran gedacht.

Sie ergriff es und schwenkte es leicht. Ob Mira das Gegenstück überhaupt noch besaß? Und war es klug, sie zu rufen? Es ging schließlich um ihre Mutter, daher fand Cassandra, dass es ein guter Grund war. Sie würden ja nicht allein sein und sicherlich keine Gelegenheit haben, überhaupt viel miteinander zu sprechen. Es war also sicher. Vorausgesetzt Mira hatte das Läuten überhaupt gehört.

Zurück im Schlafzimmer schaute sie erneut nach Wiebkes Befinden. Die versuchte aufzustehen, war aber ganz eindeutig zu schwach. Cassandra eilte zu ihr und drückte sie sanft zurück auf den Stuhl. »Ich habe den Arzt rufen lassen, bitte bleib sitzen und ruh dich aus. Was fehlt dir nur?«

»Es ist nichts«, flüsterte Wiebke heiser. Cassandra flößte ihr noch etwas mehr Wasser ein und war sehr erleichtert, als der Arzt schließlich hereinkam.

Schnell erklärte sie ihm, dass es nicht um sie selbst

ging, sondern um ihre Kammerfrau Wiebke. Der Arzt wandte sich seiner Patientin sogleich zu und untersuchte sie. Er tastete ihren Hals ab und lauschte mit einem seiner Geräte an ihrer Brust. Cassandra stand unsicher neben ihm.

»Seit wann geht es dir schlecht? Hast du schon vor heute Fieber gehabt, Husten, große Müdigkeit? Vielleicht auch Appetitlosigkeit?«, fragte der Arzt, während er sie weiter untersuchte.

Wiebke schüttelte entschlossen den Kopf, doch hinter Cassandra erklang eine Stimme, die sie herumfahren ließ. »Doch, das stimmt alles. Seit ein paar Tagen geht es ihr schlechter, vor einigen Wochen war es schon einmal so, doch da hat sie sich von allein wieder erholt. Gestern Abend kam beim Husten Blut heraus. Sie hat versucht, es vor mir zu verbergen, aber ich habe es gesehen.« Mira klang furchtbar besorgt, während sie an Cassandra vorbei zum Arzt und ihrer Mutter trat. Sie schaute Cassandra nur ganz flüchtig an und die wusste nicht, was sie tun sollte, also nickte sie ihr nur mitfühlend zu.

Der Arzt beendete seine Untersuchungen und schaute sowohl Mira als auch Wiebke eine Weile an, bevor er sprach: »Ganz wie ich befürchtet hatte. Du leidest am Feenfieber.« Mira stöhnte leise auf und ergriff die Hand ihrer Mutter.

Cassandra schossen sofort alle Informationen durch den Kopf, die sie jemals zu Feenfieber gehört hatte. Soweit sie wusste, hatte diese schwere Krankheit nichts mit den Feen zu tun. Das hatten die Menschen zwar früher angenommen, aber nun wusste man, dass diese Leiden keine magische Ursache hatten, sondern durch eine gewöhnliche Infektion hervorgerufen wurden. Feenfieber befiel vor allem die Alten und Schwachen. Junge, gesunde Menschen konnten erkranken, litten aber selten lange und starben auch nicht daran. Bei älteren Menschen verlief Feenfieber oft tödlich. Cassandra wusste nicht, wie alt Wiebke war und wie groß die Gefahr, in der sie nun schwebte. Sie wünschte sich von ganzem Herzen, dass Wiebke es überleben würde.

Der Arzt fuhr fort: »Leider scheint es bei dir bereits weiter fortgeschritten zu sein, doch mit etwas Ruhe und Glück kannst du dich wieder erholen. Du solltest aber den Kontakt zu anderen Menschen meiden und das Bett für einige Wochen hüten.« Sein Blick fiel auf Mira. »Ist das möglich? Ich werde täglich nach ihr sehen.«

Mira nickte, ihre Stimme zitterte, als sie sprach, aber sie wirkte sehr entschlossen. »Ja, wir teilen uns ein Zimmer, aber ich kann sicher auch für die Zeit woanders unterkommen und ich werde einen Teil ihrer Pflichten übernehmen. Das habe ich das letzte Mal auch getan. Die anderen Mädchen helfen mir sicher.«

Der Arzt nickte zufrieden. »Ich geleite sie nach unten und sorge dafür, dass sie alles hat, was sie braucht. Es wäre schön, wenn du ihr das Essen bringen und ab und zu nach ihr sehen könntest.«

Mira schaute dem Arzt hinterher, als er Wiebke aufhalf und sie aus dem Raum führte. Nachdem die Tür hinter ihnen geschlossen wurde, drehte sie sich zu Cassandra um und sagte leise: »Danke, dass du mich gerufen hast, und danke, dass du den Arzt so schnell geholt hast.« Tränen glitzerten in ihren Augen und Cassandra konnte und wollte sich nicht mehr zwingen, die Distanz zwischen ihnen zu wahren. Sie schloss Mira in ihre Arme und drückte sie fest an sich. Es zerbrach ihr das Herz, als sie an ihrer Schulter leise aufschluchzte. Leicht strich sie über Miras krauses Haar und wünschte, sie wüsste, was sie sonst noch tun könnte. Irgendwie wollte sie Mira aufmuntern.

»Ich habe dich vermisst«, war alles, was sie schließlich leise flüsterte. Mira klammerte sich fester an Cassandra, als suche sie Halt, sagte aber nichts. Cassandra hielt sie schweigend im Arm und hoffte, dass das genug Trost für sie war.

Nach einer Weile löste Mira sich aus der Umarmung und wischte sich mit dem Ärmel die letzten Tränenspuren fort. »Danke«, sagte sie ein weiteres Mal und vermied es, Cassandra dabei direkt anzusehen. »Ich sollte jetzt gehen, ich habe viel zu tun, wenn ich auch noch die Arbeit meiner Mutter schaffen will.«

»Du könntest damit anfangen, mir beim Ankleiden zu helfen«, schlug Cassandra zögernd vor und spürte, wie sie errötete. Sie wollte nicht, dass Mira ging, sie hatte sie so schrecklich vermisst und außerdem hatte sie das dringende Bedürfnis, für sie da zu sein, jetzt, wo sie solchen Kummer hatte.

Mira schaute fragend zu ihr auf. »Bist ... S-seid Ihr sicher?«

Cassandra schlug das Herz bis zum Hals. War sie sicher, dass sie diesen Schritt gehen wollte? Es schien ihr, dass es kein Zurück mehr geben würde. Sie war sich ihrer Gefühle Mira gegenüber bewusst und die fühlte offensichtlich dasselbe. Cassandra war es leid, gegen sich selbst zu kämpfen, und war bereit, Gewissensbisse in Kauf zu nehmen. Für die Momente des Glücks, die sie sich mit Mira erhoffte. Fluch hin oder her, Cassandra wollte nicht länger nur auf das zu hören, was andere ihr sagten.

»Ich bin mir sicher, Mira«, sagte sie fest und trat auf

das Mädchen zu. Mira sah sie noch zweifelnd an, doch als Cassandra ihr sanft eine Haarsträhne aus dem Gesicht strich und sie küsste, breitete sich ein Lächeln auf ihren Lippen aus.

Wenn es nach Cassandra gegangen wäre, hätte der Kuss ruhig länger anhalten können, doch Mira beendete ihn und ergriff Cassandras Hand, um sie in das Ankleidezimmer zu ziehen. Dort blickte sie ihr erneut fest in die Augen und Cassandras Herz schlug Purzelbäume. Miras Blick war ernst und Cassandra spürte, dass ihr etwas auf dem Herzen lag. »Meine Mutter darf nichts davon erfahren.« Ihre Stimme zitterte. »Ich habe ihr bereits genug Kummer bereitet und ich möchte, dass sie sich keine Sorgen machen muss.«

Cassandra nickte. Das konnte sie gut verstehen und es lag auch in ihrem Interesse. »Niemand soll es wissen.«

Mira stimmte ihr zu. »Dann ... sind wir jetzt wieder Freunde?«

Cassandra biss sich auf die Lippe. Waren sie das denn zuvor nicht mehr gewesen? »Wir sind Freunde, aber wir sind noch so viel mehr.«

Sie wollte Mira wieder in den Arm nehmen, doch die wich verunsichert zurück. »Mehr? Ich meine, ja, vielleicht sind wir das, aber Cassandra, bist du dir sicher? Ich will nicht ... du ... wir ... sind beide Frauen.«

Cassandra spürte all ihre Zweifel wieder an die Oberfläche steigen und wollte sie zusammen mit Miras fortjagen. »Ich weiß, und ich verstehe es auch nicht, aber Mira, das zwischen uns, fühlt es sich für dich denn nicht so echt an wie für mich?«

Mira nickte langsam, schien aber noch immer nicht überzeugt. »Du bist verheiratet! Mit dem Prinzen!« Mira trat verzweifelt einen weiteren Schritt zurück und fuhr sich durch die Haare. »Ist es wahr, dass du ein Kind erwartest?«

Cassandra nickte langsam und schluckte schwer. Natürlich war die Situation zwischen ihnen alles andere als ideal, das war von Anfang an so gewesen.

Mira wich weiter zurück und schüttelte entsetzt den Kopf. »Das können wir nicht machen! Was habe ich mir nur dabei gedacht?«

Cassandra wusste nur zu gut, wie Mira sich fühlte, aber ihre neu gewonnene Entschlossenheit ließ sie beherzt nach Miras Arm greifen und sie wieder zu sich ziehen. »Ich glaube, keine von uns hat nachgedacht. Denn was ich fühle, wenn du in meiner Nähe bist, lässt sich nicht logisch erklären. Ich möchte nicht länger darüber nachdenken, ich möchte es einfach nur erleben.«

In Miras Augen glitzerten wieder Tränen, doch dieses Mal weinte sie nicht, sie lächelte. »Ich möchte es auch, nichts sehnlicher als das.«

Ihre Lippen trafen sich und nun stiegen auch Cassandra Freudentränen in die Augen. Ihr wurde heiß und kalt und der Wunsch, Mira immer so nah zu sein, wie in diesem Augenblick, ergriff Besitz von ihr. Sie spürte Miras warme, weiche Hände auf ihrer Haut, als sie ihr half, sich anzuziehen, und küsste sie, so oft sie konnte.

Sie wussten jedoch beide, dass sie nicht ewig im Ankleidezimmer bleiben konnten. Mira musste ihre Arbeit erledigen und Wiebkes noch dazu. Außerdem musste sie nach ihrer Mutter sehen und dafür sorgen, dass sie sich ausruhte. Cassandra sah ihr die Sorge noch immer deutlich an und konnte nur zu gut verstehen, dass Mira sich so schnell wie möglich vergewissern wollte, dass ihre Mutter gut versorgt war. Sie verstand das und ließ Mira mit dem Versprechen, auf jeden Fall am Abend wiederzukommen, gehen.

Als sie allein war, ließ sie sich rücklings auf ihr Bett fallen und lächelte. Sie hatte sich seit langem nicht mehr so glücklich gefühlt, vielleicht sogar noch nie. Mit Mira in ihrem Leben würde sie alle Hürden überwinden können, das wusste sie einfach und für den Moment ließ sie keine

Gedanken des Zweifels zu. Sie wusste, dass sie sie früher oder später einholen würden, doch dieser Augenblick sollte ganz ihr und ihrem Glück gehören.

14. Licht in der Dunkelheit

Sie verbrachte fast den gesamten Tag in der Gesellschaft der Töchter der Adligen am Hof. Sie alle waren vollkommen begeistert von ihrer Schwangerschaft und beglückwünschten sie in einem fort. Jede hatte Ratschläge für sie. Was sollte sie essen? Welche Kleider konnte sie tragen? Wie viel sollte sie sich bewegen, wie viel schlafen? Cassandra lächelte höflich und ließ sich von ihnen in Gespräche über Namen verwickeln und darüber, wie das Kind aussehen und ob es ein Junge oder Mädchen sein würde.

»Es wird natürlich magische Kräfte haben, so wie Ihr!«, schwärmte Lady Janett. Alle anderen stimmten ihr begeistert zu. Cassandra selbst wusste nicht, wie wahrscheinlich es war, hoffte es aber selbstverständlich.

Das Wissen, dass sie Mira am Abend wieder in ihre Arme schließen konnte, ließ sie fast alles ertragen und die Vorfreude der anderen Frauen steckte sie sogar ein wenig an.

Vergessen hatte Cassandra nicht, dass sie mehr über Sir Abel von Silberstein und seine Familie in Erfahrung bringen wollte, doch sie kam den ganzen Tag nicht dazu. Leider gab es aus seiner Familie auch keine unverheiratete Frau, die Teil ihrer Gesellschaft gewesen wäre und ihre vorsichtigen Nachfragen unter den anderen ergaben auch nichts. Scheinbar gab es keinen Klatsch und Tratsch über die Familie. Ihre Mitglieder hielten sich offenbar sowieso sehr aus der Öffentlichkeit heraus und blieben unter sich. Das kam Cassandra zwar verdächtig vor, brachte sie aber nicht weiter. Sie würde sehen müssen, dass sie am nächsten Tag in die Bibliothek kam, denn dort musste es Bücher über die verschiedenen Adelshäuser geben.

Ben holte sie schließlich nach einem langen Tag zum Abendessen ab. Das ging natürlich nicht, ohne dass alle Frauen auch ihm gratulierten und sie beide mit Komplimenten überschütteten. Nachdem es Ben endlich gelungen war, sie beide höflich zu entschuldigen, führte er sie zum Esszimmer der Königsfamilie, wo der König und die Königin bereits warteten.

Nachdem sie sich alle höflich begrüßt und gesetzt hatten, wurde die Vorspeise aufgetragen. Die Königin erkundigte sich nach Cassandras Wohlbefinden und zählte ihr dann Hebammen und Kinderfrauen auf, die sie durch andere Adelsfamilien kannte und die man sich vorstellen lassen sollte.

Der König grummelte genervt, dass dafür ja wohl noch genug Zeit wäre. »Man sieht dem Mädchen ja noch nicht einmal an, dass sie ein Kind unter dem Herzen trägt. Da müssen wir uns doch jetzt noch nicht um solche Sachen kümmern.« Ben stimmte ihm zu und Königin Elena rollte mit den Augen, gab sich jedoch geschlagen. Cassandra sagte gar nichts dazu, man fragte sie auch nicht nach ihrer Meinung. Nach wie vor fühlte sie sich wie eine Außenstehende und nicht wie ein Teil dieser Familie. Aber langsam begriff sie, dass sie das auch gar nicht wirklich sein wollte. Man hatte es nur immer von ihr erwartet. Cassandra hatte bereits eine Familie. Miras Gesicht erschien vor ihrem inneren Auge und sie konnte es gar nicht erwarten, dass das Abendessen vorbei war und sie sie sehen konnte.

»Ich habe gehört, deine Kammerfrau ist erkrankt?«, startete Elena einen weiteren Versuch einer Unterhaltung und riss Cassandra damit aus ihren Gedanken.

Sie nickte. »Ja, Wiebke ging es gar nicht gut heute Morgen und ich ließ den Arzt holen. Er vermutet, dass es das Feenfieber ist.«

Ben ergriff besorgt ihre Hand. »Du solltest dich auch noch einmal gründlich untersuchen lassen!«

»Mir fehlt nichts, mach dir keine Sorgen«, beruhigte sie ihn, doch sein Blick war wenig überzeugt.

»Das bedeutet, du brauchst eine neue Kammerfrau«, lenkte Elena das Thema wieder zurück in die Richtung, in die sie ganz offensichtlich hatte gehen wollen. »Hast du einen Vorschlag? Hat eines der Mädchen dir gut gefallen?«

Cassandra spürte, wie ihr Gesicht heiß wurde und hoffte inständig, dass sie nicht zu sehr errötete. Sie holte so unauffällig wie möglich tief Luft und sagte dann mit klopfendem Herzen: »Wiebkes Tochter Mira ist heute und auch zuvor schon für sie eingesprungen. Sie hat ihre Sache gut gemacht.«

»Mira?« Elena verzog kritisch das Gesicht. »Über Mira hört man selten Gutes, das Mädchen bringt sich ständig durch ihre Tollpatschigkeit oder Frechheit in Schwierigkeiten. Bist du sicher, dass du sie als Ersatz haben möchtest?«

Cassandra nickte und versuchte, dabei nicht zu übereifrig zu wirken. »Wie gesagt, ich fand, sie hat ihre Sache gut gemacht. Ich war zufrieden. Vielleicht hat sie sich gebessert. Jeder verdient doch eine zweite Chance.«

»Über sie kursierten eine Weile üble Gerüchte«, erwiderte Elena noch immer nicht überzeugt. »Ich bin nicht sicher, ob es gut ist, ihr eine so hohe Position zu gewähren, wenn auch nur ein wahres Wort daran ist.«

»Was für Gerüchte?«, wollte Ben wissen.

Elena schüttelte den Kopf. »Dinge, die ich hier nicht wiederholen möchte. Es wurde damals nachgeforscht, aber man hat nie Beweise gefunden und Wiebke hat sich sehr für ihre Tochter eingesetzt. Trotzdem ...«

Cassandra spürte einen Kloß im Hals. Was waren das wohl für Gerüchte gewesen? Sollte sie Mira danach fragen? Vielleicht war es nicht weise, trotzdem weiterhin darauf zu beharren, Mira als ihre Kammerfrau einzustellen.

»Aber nun gut, du hast selbstverständlich Recht, Cassandra, jeder verdient eine zweite Chance. Wenn du mit Mira unzufrieden sein solltest, kannst du das jederzeit sagen und wir beschaffen dir jemand Neues.« Cassandra fiel ein Stein vom Herzen und sie nickte, stark bemüht, ihre Begeisterung zu unterdrücken. »Wenn sie heute Abend wieder für Wiebke einspringt, teile ihr die freudigen Neuigkeiten am besten gleich mit. Ich werde das auch an die nötigen Stellen weiterleiten, damit ihre alten Pflichten umverteilt werden.«

Erneut nickte Cassandra langsam. Das war doch einfacher gewesen, als sie gedacht hatte. Mira würde sicher auch erleichtert sein, dass sie doch keine doppelte Arbeit leisten musste, und sie beide würden sich nun täglich sehen können, ohne Aufsehen zu erregen. Das war fast schon zu perfekt.

Während des Desserts begannen Ben und der König über Unruhen im Süden des Reiches zu sprechen. Die Meldungen, die sie erhalten hatten, waren beunruhigend. Nicht nur verschwanden immer mehr Kinder spurlos im ganzen Königreich, was eindeutig den Feen zugeschrieben wurde, sondern es brannten auch Felder und ganze Höfe ab. Es waren bereits so viele Fälle, dass es nicht mehr dem Zufall zuzuschreiben war. Zumal der Sommer kein außerordentlich trockener gewesen war. Außerdem schien es ausschließlich Höfe zu treffen, die den Palast mit Nahrung versorgten, daher vermutete der König, dass es sich um gezielte Anschläge gegen die Krone handelte.

Ben erklärte sich bereit, schon am nächsten Tag eine Truppe vorzubereiten und sie in das Gebiet zu führen, um der Sache auf den Grund zu gehen. Der König hielt das für ausgezeichnet, Elena beschwor ihn aber, auf sich Acht zu geben. Cassandra gab ihr pflichtbewusst Recht, musste sich aber eingestehen, dass sie fast erleichtert war, dass

Ben dann einige Tage fort sein würde. Sie schalt sich für diese Gedanken. Auch wenn sie nicht mit ihm das Bett teilen wollte, mochte sie ihn doch genug, um sich auch um ihn zu sorgen.

Sie wollte natürlich nicht, dass ihm etwas geschah. Als das Abendessen endlich beendet war, entschuldigten Ben und der König sich, da sie für den nächsten Tag bereits alles in die Wege leiten wollten. Cassandra erklärte Elena, dass sie sehr müde sei und ließ sich daher auf ihr Zimmer bringen. Dort angekommen hastete sie viel zu aufgeregt in ihr Ankleidezimmer und läutete die kleine goldene Glocke.

Es dauerte eine ganze Weile, ehe Mira das Zimmer betrat und Cassandra hatte schon angefangen zu befürchten, sie würde gar nicht mehr kommen. Als sie schließlich hereinkam, sah sie erschöpft aus und ihr Blick wirkte gehetzt.

»Ich habe nicht viel Zeit, es gibt noch einiges, was ich tun muss«, begann sie, aber Cassandra schnitt ihr mit einem Kuss das Wort ab. Sie konnte sich einfach nicht beherrschen, so sehr hatte sie Mira den ganzen Tag über vermisst. Für einen kurzen Moment schien Mira sich zu entspannen und den Kuss zu genießen, doch dann löste sie sich sanft von Cassandra und schaute sie entschuldigend an. »Ich kann wirklich nicht lange bleiben.«

»Ich verstehe das«, flüsterte Cassandra, während sie Mira an sich zog. Ihre Hand fuhr durch Miras krause Haare und sie schloss die Augen. Mit jeder Sekunde konnte Cassandra den ohnehin schwachen Widerstand weiter schwinden sehen und Mira schmiegte sich schließlich ergeben an sie. Sie schmunzelte, während sie Küsse in Miras Gesicht verteilte. Als sich ihre Lippen trafen, entfuhr Mira ein leises Keuchen, das Cassandra ermutigte, den Kuss zu intensivieren und mit ihren Händen über Miras Gesicht, ihre Haare, ihren Nacken zu streichen und die Hände schließlich auch erforschend weiter nach unten wandern zu lassen. Sie fühlte sich berauscht und so gut wie noch nie zuvor.

Mira begann langsam ihr Kleid zu öffnen und jede Berührung ihrer Finger ließ Cassandra wohlig erschauern. Als der Stoff schließlich zu Boden glitt und Miras Hände unter ihr Nachthemd fuhren, wollte auch Cassandra Mira ihrer Kleidung entledigen. Der Wunsch, ihr so nah wie nur möglich zu sein und Miras Haut auf ihrer zu spüren, spornte sie an. Mira kicherte leise und kitzelte Cassandra neckend.

Dann erklang jedoch ein Klopfen an der Tür und die beiden fuhren erschrocken auseinander.

Cassandras Herz raste nun aus einem ganz anderen

Grund und sie musste erst einmal tief durchatmen, bevor sie mit zitternder Stimme fragte: »Ja, bitte, wer ist da?«

»Cassandra? Gut, da bist du! Ich wollte dir nur sagen, dass ich hier auf dich warte.« Es war Ben und sie spürte, wie ihr die Schamesröte ins Gesicht schoss. Was tat sie hier bloß? Sie küsste ihre Kammerfrau, während ihr Ehemann im Zimmer nebenan wartete? Beschämt biss sie sich auf die Unterlippe.

»Ich bin bald bei dir«, antwortete sie ihm schließlich und wechselte mit Mira einen kurzen Blick. Die sah ebenso beschämt aus, wie sie selbst sich fühlte.

Mit zitternden Händen zog sie sich das Unterkleid aus und ließ sich von Mira ihr Nachthemd reichen. Während Mira ihr die Haare bürstete, fiel ihr ein, dass sie ihr noch gar nichts von ihrem Gespräch mit Königin Elena erzählt hatte.

»Ich habe vorhin mit der Königin gesprochen. Sie hatte von der Krankheit deiner Mutter gehört und ist damit einverstanden, dass du ihre Arbeit als meine Kammerfrau übernimmst. Sie meinte auch, sie würde das so schnell wie möglich weiterleiten, damit deine anderen Aufgaben übernommen werden können.«

Mira ließ die Bürste sinken und starrte Cassandra überrascht durch den Spiegel an, vor dem sie saß. »Wirklich?

Ich hätte nicht gedacht, dass mir jemals eine solche Aufgabe anvertraut wird.«
»Ich habe ein gutes Wort für dich eingelegt«, erwiderte Cassandra zwinkernd.

Mira senkte nur den Kopf und wirkte unsicher. »Bringst du dich damit nicht in Schwierigkeiten, ich meine, was, wenn jemand ..., wenn sie von ... von uns erfahren?«

»Das werden sie nicht!« Das durften sie schließlich nicht zulassen. »Und falls es doch herauskommen sollte, wären wir so oder so in Schwierigkeiten. Warum sollten sie jetzt schon misstrauisch sein?«

»Nun ja ... es gab da Gerüchte«, fing Mira zögernd an, unterbrach sich dann aber. »Ich danke dir jedenfalls, das nimmt mir eine gewaltige Last von den Schultern!« Sie legte die Bürste weg. »Du bist fertig.«

Cassandra stand von dem Hocker auf, auf dem sie gesessen hatte und zog Mira noch einmal fest in ihre Arme. »Ich freue mich, dass wir uns ab jetzt jeden Tag sehen werden.«

»Ich freue mich auch. Du ... du bist dir noch sicher, dass du das wirklich willst? Ich meine, du hast einen Ehemann, bekommst ein Kind und ich bin ein Dienstmädchen ... und eine Frau.« Mira sah so verletzlich aus, dass es

Cassandra einen Stich versetzte.

Sie drückte Mira noch fester und flüsterte ihr zärtlich ins Ohr: »Ich war mir noch nie in meinem Leben so sicher, etwas zu wollen. Du bist mein Licht in der Dunkelheit.« Miras Augen begannen verdächtig zu glänzen. »Danke, du bist ... einfach umwerfend.«

Sie küssten sich ein letztes Mal, bevor Mira für Cassandra die Tür öffnete.

Ben saß auf der Bettkante und erhob sich, als sie auf ihn zutrat. Nachdem Mira sich verbeugt und das Schlafzimmer verlassen hatte, schloss er Cassandra in seine Arme, jedoch nicht, ohne sie vorher eingehend zu betrachten.

»Du strahlst heute förmlich, mein Engel. Das liegt sicher an der Schwangerschaft.«

Wieder schoss ihr das Blut heiß ins Gesicht. Sie nickte und fühlte sich fürchterlich. Sie war wahrhaft niederträchtig für das, was sie ihm antat, aber sie war auch machtlos gegen die Gefühle, die sie hatte, und gegen den Wunsch, endlich einmal das zu tun, was sie wirklich wollte.

Sie zwang sich zu lächeln und ließ sich von ihm küssen. Die Bilder von Mira versuchte sie zu verdrängen, es machte ihr schlechtes Gewissen nur noch schlimmer, denn es tat ihr wirklich leid für Ben und sie wusste, dass er sie sehr liebte. Sie wusste aber nun auch ganz genau, dass sie diese

Liebe niemals erwidern konnte. Mira entfachte ein Feuer in ihr und ließ sie sich frei und unbesiegbar fühlen. Ben verursachte solche Gefühle nicht einmal ansatzweise in ihrem Innern. Ihm gegenüber verspürte sie einzig und allein Pflichtbewusstsein.

»Ich werde dich sehr vermissen, wenn ich fort bin. Ich hoffe, du überstehst die Zeit auch ohne mich.«

Sie lag im Bett in seinen Armen und wagte es nicht, ihn direkt anzusehen. »Das werde ich, mach dir keine Sorgen.«

Oh, wie sehr sie sich wünschte, sie könnte in Miras Armen liegen und mit Mira ihr Bett teilen.

15. Sir Abel von Silberstein

Am nächsten Morgen hatte sie nicht viel Zeit mit Mira, weil sie Ben verabschieden musste. Sie wusste aber, dass sie sie spätestens am Abend wiedersehen würde und Ben sie dieses Mal nicht stören konnte. Auch wenn sie sich schuldig fühlte, siegte die Vorfreude und sie war guter Dinge, als sie mit dem König und der Königin vor dem Palasttor stand und der kleinen Gruppe von Reitern, die Ben anführte, hinterher winkte.

Anschließend frühstückte sie mit dem Königspaar und entschuldigte sich schließlich, um endlich in die Bibliothek zu gehen. Zu ihrer großen Überraschung hielt sie niemand davon ab. Hätte sie einfach schon vorher versuchen sollen, sich außerhalb ihrer Gemächer im Palast zu bewegen?

Die Bibliothek war riesig und raubte Cassandra im ersten Moment den Atem. So viele Bücher hatte sie noch nie an einem Ort gesehen und es schien ihr auch jetzt beinahe unmöglich, dass es so viele überhaupt geben konnte. Wer hatte all diese Werke geschrieben? Wie viel Leben und Geschichte steckten in diesem einen Raum? Ehrfürchtig schritt sie durch die Gänge zwischen den hohen Bücherregalen und für eine Weile bestaunte sie sie nur. Sie hatte schon immer gern und viel gelesen, Bücher zogen sie fast immer in ihren Bann und sie hatte stets alle begeistert verschlungen, die man ihr gab.

Nachdem sie die Bibliothek ausgiebig erforscht hatte, musste sie sich eingestehen, dass es sie Tage oder sogar Wochen kosten konnte, ehe sie fand, wonach sie suchte. Vermutlich würde sie sich vorher von all den anderen Büchern ablenken lassen und vergessen, weshalb sie hergekommen war. Also blickte sie sich suchend nach dem Bibliothekar um. Sie hatte ihn beim Hereinkommen begrüßt, anschließend aber aus den Augen verloren. Auch die beiden Wachen, die sie in die Bibliothek begleitet hatten, wussten nicht, wo er sich gerade befand. Cassandra blieb demnach nichts anderes übrig, als erneut durch die Bibliothek zu laufen, dieses Mal nach dem Bibliothekar suchend.

Während sie an dem Regal vorbeiging, das Bücher über

Magie enthielt, fiel ihr Blick auf ein Buch mit dem Titel »Der Kuss der Feen«. Sie zog es neugierig aus dem Regal. Es war alt und der schwarze Ledereinband wurde bereits rissig. Der Titel war in goldenen Buchstaben sowohl auf dem Rücken als auch auf der Vorderseite des Buches aufgedruckt. Die Information, wer es geschrieben hatte, fehlte. Vorsichtig schlug sie das Buch auf. Die Schrift verblasste bereits und an einigen Stellen schien das Buch in der Vergangenheit nass geworden zu sein, denn die Tinte war dort verwischt. Trotzdem konnte Cassandra das meiste noch lesen.

Die Feen sind ein heimtückisches Volk. Sie verfügen über große magische Kräfte und haben sich als einzige vieler magischer Arten seit Jahrhunderten im Königreich durchgesetzt und sich niemals vertreiben lassen. Sie sind klein in Erscheinung und von grüner Farbe. Der Körperbau ähnelt dem eines Menschen, jedoch besitzen sie zusätzlich zu Armen und Beinen Flügel wie die einer Libelle auf dem Rücken. Die Feen sind der menschlichen Sprache mächtig und scheuen im Gegensatz zu anderen magischen Geschöpfen auch nicht davor zurück, sich uns Menschen zu offenbaren.

Cassandra schlug das Buch fürs Erste zu, weil sie sich nähernde Schritte vernahm. Sie würde das Buch mitnehmen und so vielleicht mehr über die Feen und den Kuss, den sie ihr gegeben hatten, herausfinden können.

Der Bibliothekar schritt gerade an ihrem Gang vorbei und sie eilte ihm nach, um ihn höflich um Hilfe zu bitten.

Er war ein schmächtiger, älterer Mann mit schneeweißem Haar. Sein Gesicht sah ordentlich rasiert aus und tiefe Falten durchzogen es. Er musste ein sehr fröhlicher Mensch sein und immer viel gelacht haben, dann die Falten verliehen ihm den Eindruck, er würde ständig lächeln. Er war Cassandra vom ersten Augenblick an sympathisch gewesen und half ihr auch jetzt mit Begeisterung weiter.

Nachdem er sie zum anderen Ende der Bibliothek geführt hatte und sie vor den Büchern über die Geschichten der Adelsfamilien angekommen waren, zog er ein Buch nach dem anderen aus dem Regal und platzierte es auf einem schmalen Tisch, der in der Nähe an der Wand stand. Cassandra wusste, dass sie nicht alle diese Bücher brauchte, wollte aber auch niemanden darauf aufmerksam machen, dass sie nur Informationen über die Familie von Silberstein suchte, daher ließ sie den Bibliothekar gewähren und lächelte ihn freundlich an. Als auf dem Tisch schließlich ein Stapel Bücher lag, bedankte sie sich und erklärte, dass sie die Bücher nun überfliegen und einige mit in ihre Gemächer nehmen würde.

»Aber selbstverständlich, Hoheit. Lasst Euch nur Zeit und macht Euch keine Gedanken über die Bücher, die Ihr nicht mitnehmen wollt. Lasst sie einfach auf dem Tisch und ich sortiere sie nachher zurück in die Regale.« Er verabschiedete sich mit einer Verbeugung und eilte geschäftig davon.

Cassandra machte sich an die Arbeit, las die verschiedenen Titel und schlug hier und da eines der Bücher auf. Viele der alten Adelsfamilien hatten mehrere Bände, die nur ihnen gewidmet waren, die von Silbersteins waren darunter. Schließlich entschied Cassandra sich für fünf Bücher. Eines mit dem Titel »Die Adelshäuser Ileandors«, das einen guten Überblick darzustellen schien. Dann die zwei aktuellen Bände über die von Silbersteins aus den offiziellen Chroniken der Adelsfamilien und noch zwei Bücher, die von inoffizielleren Quellen zu stammen schienen. Das eine hieß »Gerüchte über die Adelshäuser«, das andere einfach nur »Von Silberstein«.

Ihre Wachmänner nahmen ihr bereitwillig die fünf Bücher und auch das über die Feen ab. Wie immer begleiteten sie sie schweigend zurück zu ihren Gemächern.

Fast war sie enttäuscht, dass Mira nicht dort war, auch

wenn sie es eigentlich bereits geahnt hatte. Es war vermutlich auch besser, denn so konnte Cassandra sich voll und ganz auf die Bücher konzentrieren, die nun vor ihr auf dem Tisch lagen.

Das Buch über die Feen legte sie zunächst zur Seite und wandte sich als erstes dem Buch über die Adelshäuser allgemein zu. Während sie durch die Seiten blätterte, las sie all die Namen, die sie schon so oft gehört hatte, und es erfüllte sie mit Ehrfurcht. All diese Familien hatten jahrhundertealte Traditionen, es gab sie seit Generationen und es würde sie noch lange nach Cassandras Zeit als Königin geben. Ihre eigene Familie war unbedeutend und niemand würde sich an ihre Vorfahren erinnern. Ihre Nachfahren jedoch würden mit ihr eines Tages in diesen Büchern stehen. Es war ein fast bedrückender Gedanke. Was würden Historiker über sie schreiben? Würde sie die Prophezeiungen erfüllen und als große Herrscherin in die Geschichte eingehen, oder vielleicht doch eher als Versagerin, der man zu viel zugetraut hatte?

Sie schluckte und versuchte sich auf das Kapitel über die von Silbersteins zu konzentrieren. Aus dem Buch ging hervor, dass die Ländereien der Familie sich im Westen von Ileandor befanden. Schon seit Anbeginn des Königshauses waren sie Verbündete gewesen und hatten die Königsfamilie stets unterstützt. Seit der Gründung des königlichen Rates hatte immer ein Mitglied der Familie seinen Platz im Rat gehabt und in vielen wichtigen Entscheidungen waren ihre Stimmen ausschlaggebend gewesen. Das klang für Cassandra alles nicht so, als hätten sie einen Grund, gegen den König vorzugehen und Teil einer Rebellengruppe zu sein.

Trotzdem legte sie »Die Adelshäuser Ileandors« beiseite und schlug Band sechs der Chroniken über die von Silbersteins auf. Hier fand sie detaillierte Informationen, doch im Großen und Ganzen entsprach es genau dem, was sie bereits in zusammengefasster Form gelesen hatte. In Band sieben der Chroniken sah es nicht anders aus, außer dass sie hier auch auf Informationen speziell über Sir Abel stieß. Dasselbe Porträt wie schon im Buch über den königlichen Rat war auch hier abgebildet. Die stechenden, grauen Augen jagten Cassandra wieder einen Schauer über den Rücken. Sir Abel war zurzeit das Familienoberhaupt und daher auch derjenige, der den Platz im Rat einnahm. Sein Vater war vor fünf Jahren gestorben. Er hatte drei Söhne, der jüngste war gerade vier Jahre alt. Die ältesten beiden Söhne, Emil und Theodor, hatte er mit seiner ersten Frau bekommen. Sie war bei der Geburt von Theodor gestorben. Erst kurz nach dem Tod seines Vaters hatte er seine zweite

Frau geheiratet, die auch die Mutter seines dritten Sohnes, Friedrich, war.

Cassandra schloss das Buch nach einer Weile frustriert. All das waren Fakten über Sir Abel, doch nichts davon wies darauf hin, dass er etwas gegen den König hatte. Wie auch? Das waren offizielle Aufzeichnungen über die Adelshäuser. Natürlich stand dort nichts drin, was die jeweiligen Personen geheim hielten. Solche Dinge wurden allerhöchstes später hinzugefügt, falls sie jemals aufgedeckt wurden.

Sie hoffte, dass die anderen beiden Bücher ihr mehr offenbaren würden, selbst wenn die Quellen der Bücher zweifelhafter waren. Es musste schließlich einen Grund geben, warum Sir Abel sich gegen das Königshaus wandte, und falls sie keinen finden konnte. Hatte sie sich womöglich doch geirrt? Ihr war in dem Moment schwindelig gewesen. War es möglich, dass ihre Erinnerung ihr einen Streich spielte, weil er abfällig über sie gesprochen und zufälligerweise ebenfalls graue Augen hatte?

Genau um diese Zweifel aus dem Weg zu räumen, musste sie wenigstens einen einzigen Grund finden, warum er sich einer Rebellengruppe angeschlossen haben könnte.

In »Gerüchte über die Adelshäuser« fand sie kaum etwas über die von Silbersteins. Vor 200 Jahren hatten sie wohl Aufsehen erregt, weil eine unverheiratete Tochter der Familie schwanger wurde, doch man hatte sie mit einem Soldaten verheiratet und aus der Familie verstoßen. Mehr Informationen gab es dazu nicht. In einem Nebensatz wurde auch erwähnt, dass Sir Abel in seiner Kindheit mit Königin Elena eine enge Freundschaft verbunden hatte, die allerdings auseinandergegangen war, als sie älter wurden, spätestens zu dem Zeitpunkt, als sie zur Königin geworden war. Da Elenas Mutter die Cousine von Sir Abels Mutter war, fand Cassandra das allerdings nicht außergewöhnlich und auch der Autor schien es als wenig interessant abzutun, da es später im Buch nicht mehr erwähnt wurde. Das letzte Buch, »Von Silberstein«, war nur sehr dünn. Es war vor etwa 20 Jahren verfasst worden, Sir Abel war damals also ein junger Mann gewesen. Er selbst wurde im Buch auch nur am Rande erwähnt. Hauptsächlich ging es darum, dass der König und Sir Abels Vater ganz offensichtlich nicht gut miteinander ausgekommen waren. Sir Richard, wie Sir Abels Vater hieß, hatte oft den Entscheidungen des Königs im Rat widersprochen und es war mehrfach zu einer regelrechten Aufspaltung des Rates gekommen. Natürlich hatte der König seinen Willen immer durchsetzen können, aber er war damals auch noch jung und unerfahren gewesen und viele Jahre lang hatte es wohl viel Unmut unter den Ratsmitgliedern gegeben und sogar Gerüchte über mögliche Aufstände. All das war besser geworden, als Sir Richard gestorben war und Sir Abel seinen Platz eingenommen hatte. Nach Cassandras Ansicht sprach das eher für als gegen ihn.

Seufzend legte sie auch das letzte Buch beiseite und lehnte sich in ihrem Stuhl zurück. Sie wusste nicht so recht, was sie von den Ergebnissen ihrer Suche halten sollte. Viel schlauer als zuvor war sie nicht und einen neuen Ansatzpunkt, um die Suche fortzuführen, hatte sie genauso wenig. Was hatte sie sich überhaupt erhofft zu finden? In keinem Buch würde es Beweise dafür geben, dass er sie entführt hatte und es stand wohl auch kaum irgendwo schwarz auf weiß, dass er gegen den König agierte.

Als sie aus dem Fenster blickte, stellte sie erstaunt fest, dass es bereits zu dämmern begann. Sie hatte fast den ganzen Tag in der Bibliothek und dann lesend in ihrem Zimmer verbracht. Es hatte sie auch niemand zum Mittagessen geholt. Vermutlich waren der König und Elena zu beschäftigt gewesen. Nun begann ihr Magen mächtig zu knurren, aber so wirklich Lust, Elena zu finden und zu fragen, ob sie mit ihr essen wollte, hatte sie nicht. Also trat sie nach draußen und bat die Wachen, jemanden zu schicken, um ihr das Abendessen aufs Zimmer zu bringen.

Anschließend entschied sie außerdem, mit dem kleinen Glöckchen nach Mira zu rufen, die hoffentlich Zeit hatte, ihr Gesellschaft zu leisten. Das würde sie auch von ihrer ergebnislosen Recherche etwas ablenken.

Mira kam noch vor dem Essen. Sie war mit einem großen Korb voller gewaschener Kleider beladen und schenkte Cassandra nur ein fröhliches Lächeln, bevor sie zunächst im Ankleideraum verschwand, um die Kleider dort wieder in die Schränke zu hängen. Als sie damit fertig war und zu Cassandra zurückkam, hatten zwei Dienstmädchen das Essen gebracht und auf dem Tisch aufgedeckt. Cassandra hatte sich bereits bedankt und sie wieder fortgeschickt. Sie saß nun am Tisch und lud Mira mit einer Geste ein, sich zu ihr zu setzen. »Iss mit mir«, bat sie hoffnungsvoll.

Mira seufzte. »Das gehört sich nicht, das weißt du doch. Außerdem muss ich noch nach meiner Mutter sehen.«

»Wie geht es ihr?«

Mira lächelte traurig. »Etwas besser, aber das macht es umso schwerer, sie daran zu hindern, aufzustehen. Sie ist ruhelos und aufgebracht, wenn man sie zurechtweist. Es gefällt ihr auch nicht, dass ich deine Kammerfrau bin. Ich glaube ... sie ahnt ... von uns ... sie kennt mich einfach zu gut.« Mira schluckte.

»Schön zu hören, dass Wiebke auf dem Weg der Besserung ist.« Cassandra wusste nicht, ob sie damit zu weit ging, stellte aber trotzdem die Frage, die ihr auf der Zunge brannte: »Warum glaubst du, dass sie von uns etwas ahnt? Ist es ... schon früher vorgekommen, dass du dich ... du weißt schon ... zu Frauen hingezogen gefühlt hast?«

Mira trat nun unbehaglich von einem Fuß auf den anderen. Den leeren Wäschekorb, den sie in der Hand hielt, umarmte sie nervös. Schließlich nickte sie und sah dabei auf ihre Schuhe. »Einmal, ja. Sie ... wir sind beinahe erwischt worden und ich habe meiner Mutter damals alles erzählt.«

Sie schwieg eine Weile und auch Cassandra wusste nicht so recht, was sie sagen sollte. »Das tut mir leid für dich. Was ... was ist aus ihr geworden?« Sie wusste nicht, ob sie das wirklich wissen wollte.

Mira schüttelte nur leicht den Kopf und murmelte dann: »Ich sollte jetzt wirklich nach meiner Mutter sehen. Ich komme später wieder, versprochen.« Damit eilte sie aus dem Raum.

Sie wandte sich betrübt ihrem Essen zu. Es gab so vieles, was sie über Miras Leben nicht wusste. Diese andere Frau musste sie verletzt haben, wenn sie nicht darüber sprechen wollte. Und dass sie damals fast erwischt worden waren, musste Mira einen großen Schrecken eingejagt haben. Waren das die Gerüchte gewesen, von denen Elena gesprochen hatte? Cassandra fand Miras freche, sorglose Art umso beeindruckender, wenn sie sich vorstellte, dass sie nur knapp der Bestrafung einer Sünde entgangen war. Mira war wirklich ein besonderer Mensch und Cassandra hoffte, dass sie mit der Zeit alle ihre Geheimnisse und Ängste mit ihr teilen würde. Sie wollte sie in- und auswendig kennen.

Nachdem sie aufgegessen hatte, legte sie ein paar Reste für Mira auf einen Teller und ließ dann abräumen. Anschließend wartete sie darauf, dass Mira zurückkam. Cassandra hatte keine sonderliche Lust, noch mehr zu lesen, außerdem mochte sie das bei Kerzenschein ohnehin nicht gern tun und die Sonne war schon so gut wie untergegangen.

Sie ging ans Fenster und öffnete es, um die lauwarme Sommernachtluft hineinzulassen. Gedankenverloren schaute sie hinaus auf die Palastmauern. Ihr Zimmer war weit genug oben, dass sie auch darüber hinweg schauen und die Wälder am immer dunkler werdenden Horizont ausmachen konnte. Es war ein wunderschöner Anblick, an dem sie sich viel zu selten erfreute. Die meiste Zeit hatte sie sich im Palast ja doch nur eingesperrt gefühlt und kein Auge für die Aussicht gehabt.

Sie hörte das Klopfen und bat Mira herein, drehte sich aber noch nicht vom Fenster weg. Als Miras warme Hände sich behutsam um ihre Hüften legten, schlich sich ein Lächeln auf ihre Lippen. In Miras Armen drehte sie sich herum und schaute ihr in die großen, braunen Augen.

»Du bist einfach umwerfend schön«, flüsterte Mira, während sie über Cassandras blondes Haar strich. Die beugte sich vor, sodass ihre Nasen sich berührten. Cassandra spürte Miras Atem in ihrem Gesicht. Ihre Lippen waren sich so nah, dass sie sich beinahe und doch nicht ganz berührten, was in Cassandras Magengegend ein wohliges Kribbeln auslöste. Mit ihren Händen fuhr sie durch Miras Haare und hinab zu ihrem Kleid. Sie tastete an den Schnüren des Korsetts herum, bis sie es schließlich geöffnet hatte.

Mira kicherte leise, während sie Cassandras Nacken küsste. »Zur Abwechslung bist du mal diejenige, die mich auszieht, was?« Auch Cassandra musste lachen und setzte fort, Miras Korsett zu lösen und schließlich das Kleid über ihre Schultern zu streifen und zu Boden fallen zu lassen.

Mira trat aus dem Kleid am Boden heraus und ergriff Cassandras Hände, um mit ihr in Richtung Bett zu gehen.

Einen kurzen Augenblick zögerte Cassandra, es war immerhin das Bett, in dem sie mit Ben zusammen schlief.

Ein Blick auf Miras wohlgeformten Körper, der nur noch mit ihrem Unterkleid bedeckt war, ließ sie jedoch alle Bedenken vergessen. Widerstandslos ließ sie sich von Mira ins Bett ziehen.

16. Die Kraft im Innern

Als Cassandra am nächsten Morgen mit Mira neben sich erwachte, machte ihr Herz einen Sprung. Sie war so unendlich glücklich, dass sie es kaum fassen konnte! Neben ihr im Bett lag der wundervollste Mensch, den sie kannte, und sie hatte tatsächlich das Glück, mit ihr aufwachen zu dürfen.

Behutsam beugte sie sich über die noch schlafende Mira und betrachtete sie. Sie wirkte so friedlich, keine Sorgen waren ihr ins Gesicht geschrieben, nur ein leichtes, zufriedenes Lächeln lag auf ihren vollen, rosigen Lippen. Sie atmete tief und regelmäßig. Bei jedem Einatmen hob sich ihr Brustkorb und die Umrisse ihres Körpers waren unter der Decke ein wenig besser zu erkennen. Cassandra konnte sich daran gar nicht satt sehen. Wie um alles in der Welt konnte ein einzelner Mensch bloß so unbeschreiblich schön sein?

Zum ersten Mal kam Cassandra der Gedanke, dass sie Mira wirklich lieben könnte. Fühlte wahre Liebe sich so an? Sie konnte sich beim besten Willen kein schöneres Gefühl vorstellen als das, was sie empfand, wenn sie Mira ansah. Es musste Liebe sein. Doch fühlte Mira genauso wie sie? War es überhaupt möglich, als Frau eine andere Frau wahrhaftig zu lieben? Nach allem, was man sie gelehrt hatte, war es das nicht, trotzdem fühlte es sich so an. Was stimmte mit ihr nicht?

Es machte sie traurig zu wissen, dass die Gefühle, die sie hatte, und wenn sie sich auch noch so echt anfühlten, eigentlich nicht möglich waren, dass sie dieses unendliche Glück nur empfand, weil mit ihr tief im Innern etwas nicht stimmte. Vielleicht fühlte sie nur deshalb so, weil die Feen sie verflucht hatten.

Mira schlug die Augen auf und ihre Blicke trafen sich. Das Lächeln verschwand aus Miras Gesicht, als sie sie genauer betrachtete. Sie setzte sich auf und zog Cassandra in ihre Arme. »Was ist denn los?«

Cassandra überlegte, ob sie die Wahrheit sagen oder besser schweigen sollte. Aber was brachte es ihr schon,

Geheimnisse vor Mira zu haben?

Sie seufzte tief. »Ich habe mich gerade gefragt, was mit mir nicht stimmt.«

Mira legte ihr eine Hand unters Kinn und hob ihren Kopf, sie betrachtete ihr Gesicht genau und küsste sie dann auf den Mund, bevor sie antwortete. »Deine Augen stehen vielleicht etwas enger zusammen, aber ansonsten, würde ich sagen, bist du perfekt.«

Cassandra konnte sich ein Schmunzeln nicht verkneifen, kam aber schnell zurück zum Punkt. »Nein, ich meine ... was stimmt in mir drinnen nicht? Warum ... ich habe einen Mann und bald ein Kind ... warum habe ich Gefühle für dich und nicht für ihn?«

Mira zog sie dicht an sich und Cassandra legte dankbar ihren Kopf auf Miras Schulter. »Es war nicht deine Entscheidung, ihn zu heiraten, und man sucht sich auch nicht aus, in wen man sich verliebt ... Es passiert einfach.«

»Aber du bist eine Frau ... das ... ist einfach falsch.« Cassandra hob wieder den Kopf und sah, dass Mira Tränen in den Augen hatte. Sie hatte sie nicht zum Weinen bringen wollen!

»Ich weiß ...« Mira sah sie nicht an, sondern starrte an die Decke. »Glaubst du nicht, dass ich mich das auch schon gefragt habe? Wie kann es sein, dass ich so fühle, wie ich fühle, wenn alle Welt mir sagt, dass es nicht richtig ist? Aber ich ... ich muss einfach an dem Glauben festhalten, dass etwas nicht falsch sein kann, wenn es sich so richtig anfühlt. Wie kann Liebe jemals falsch sein? Wie könnte ich das wundervollste Gefühl, das ich jemals empfunden habe, als Sünde bezeichnen?«

Cassandra wischte Mira sanft die Tränen von den Wangen. »Ich möchte das auch gern glauben. Noch nie in meinem ganzen Leben ist mir jemand begegnet, der so war wie du. Noch niemals habe ich so für jemanden empfunden wie für dich. Ich ... ich weiß einfach nicht, was ich jetzt machen soll.«

Mira warf sich in ihre Arme und sie fielen rücklings zurück in die Kissen. Ehe Cassandra noch etwas hätte sagen können, waren Miras Lippen bereits auf ihren. Der Kuss raubte Cassandra den Atem und als Mira ihn nach einer Weile beendete, rang sie ebenfalls nach Luft. »Ich liebe dich«, flüsterte sie sanft in Cassandras Ohr. »Was auch immer geschieht, diese Liebe, dieses Gefühl kann uns niemand nehmen!«

Cassandra nickte und sie lagen eine Weile schweigend nebeneinander.

»Hast du ein schlechtes Gewissen dem Prinzen gegenüber?«, wollte Mira schließlich wissen.

»Natürlich habe ich das. Wir sind verheiratet und haben uns ewige Treue geschworen.«

»Meinst du ... wir sollten uns nicht mehr sehen?«

»Ich denke, wir hätten es nie so weit kommen lassen dürfen«, hauchte Cassandra unter Tränen. Mira wollte sich erheben, doch Cassandra hielt sie mit einem schnellen Griff zurück. »Aber das dachte ich vom ersten Augenblick an und wir sind jetzt trotzdem hier. Ich will dich nicht verlieren! Ich bin nicht stark genug, dich aufzugeben! Ich liebe dich.«

Mira drehte sich zu ihr. »Und ich dich. Wir wissen beide, dass es falsch ist, und wir sind anscheinend trotzdem machtlos dagegen.« Sie lächelte traurig. »Glaubst du, du kannst mit dem schlechten Gewissen leben? Denn wenn nicht, dann werde ich versuchen, die Starke zu sein und aus deinem Leben verschwinden.«

Cassandra zog Mira in ihre Arme zurück. »Bitte, versprich mir, dass du das niemals tun wirst. Ich schwöre, ohne dich könnte ich das Leben hier nicht mehr ertragen.«

»Ich verspreche es dir.«

Sie küssten sich noch einmal, bevor Mira sie energisch aus dem Bett zog. »So, und jetzt muss ich dich anziehen, ich habe leider noch eine Menge zu tun.«

»Na gut, aber bevor du gehst, muss ich dich anziehen«,

scherzte Cassandra, während sie Miras Kleid vom Boden aufhob und es ihr entgegenwarf.

»Danke, Eure Hoheit, wie zuvorkommend von euch.« Mira grinste breit.

Sie alberten herum und Cassandra war froh, dass sie sich einander anvertraut hatten, aber auch, dass die trübe Stimmung nun vorüber war. Mit wem, wenn nicht mit Mira, konnte sie schon so ausgelassen sein?

Cassandra half Mira zuerst in ihr Kleid, weil der Morgen bereits fortgeschritten war und sie vermeiden wollten, dass ein anderes Dienstmädchen den Raum betrat und Mira nicht vollständig bekleidet war. Das hätte Aufsehen erregt.

Nachdem auch Cassandra angekleidet war und Mira ihr die Haare frisierte, wurde es plötzlich ungewöhnlich still. Selbst Mira hatte mitten im Satz aufgehört zu sprechen. Beunruhigt schaute Cassandra sich um, weil ihr diese Stille nur zu bekannt vorkam.

»Ganz recht, Mädchen, wir sind zurück.« Eine der Feen kicherte hinter ihr. Cassandra fuhr herum und sah sie auf Miras Kopf sitzen. Mira bewegte sich natürlich nicht, weil die Feen wieder einmal die Zeit angehalten hatten.

»Wie konntest du hier hereinkommen? Ihr dürft die Häuser von Menschen nicht ohne Einladung betreten!«

Cassandra war selbst überrascht über die Festigkeit ihrer Stimme.

Die Fee blickte sie kalt an. »Dein Fenster stand offen. Das haben wir als Einladung interpretiert. Menschen haben unser Reich betreten, also dürfen wir auch eure Häuser betreten!« Die Fee musste von Ben und seinen Männern sprechen, die wegen der Feenübergriffe nach dem Rechten sehen wollten.

»Das haben sie nur getan, weil ihr uns angegriffen habt! Das gibt euch nicht das Recht, hier hereinzukommen. Ich habe euch nicht eingeladen und ich will, dass du verschwindest.« Wie hatte sie nur beim letzten Mal den Zeitzauber aufgelöst? Cassandra wusste, dass es bloß eine Frage der Zeit war, bis die Angst in ihr die Überhand gewann, und falls noch mehr als diese eine Fee auftauchen sollten, würde das sicher nur beschleunigt werden. Außerdem sorgte sie sich um Mira, die sich unwissentlich in der Schusslinie befand.

Die Fee fixierte sie nur mit ihrem kalten, berechnenden Blick und schwieg.

»Was willst du von mir?«, knurrte Cassandra schließlich.

Die Fee sah beinahe amüsiert aus bei dieser Frage. »Ich hatte den Auftrag, nach dir zu sehen, Mädchen, und zu schauen, ob aus dir bereits eine würdige Königin geworden ist.« Cassandra wurde unbehaglich zumute, als die Fee nun langsam um sie herumflog und sie genauestens zu begutachten schien. »Hochzeit und Schwangerschaft machen dich noch lange nicht würdig. Aber ... aha!« Die Fee war vor ihrem Gesicht in der Luft zum Stehen gekommen und zeigte mit ihrem kleinen Finger auf Cassandras Nase. »Etwas in deinem Blick ist anders. Es ist mir gleich aufgefallen, als du mit mir gesprochen hast, aber jetzt sehe ich es ganz deutlich. Du bist auf dem richtigen Weg. Ich an deiner Stelle würde mir nur nicht zu viel Zeit lassen!« Die Fee kicherte und schwirrte durch den Raum. Cassandra wurde schwindelig, als sie versuchte, sie im Blick zu behalten. »Wir sind nicht für unsere Geduld bekannt!«, rief die Fee und wie aufs Stichwort kamen noch mehr von ihnen durch das Fenster herein. Wieder fand Cassandra sich von Feen umringt, die an ihren Haaren und ihren Kleidern zogen. Abermals versuchte sie, an die Kraft in ihrem Innern zu appellieren, aber es gelang ihr nicht. Der anfängliche Mut war verflogen und die Feen versetzten sie in Panik. Was sollte sie nur tun? Was wollten diese verdammten Feen von ihr?

Als die Feen begannen, auch an Mira zu ziehen, wurde Cassandra wütend. Sie schlug die Feen fort von ihr, stellte sich schützend vor ihre Freundin und schrie: »Lasst sie in Ruhe!«

Und damit hatte sich in ihrem Innern etwas geöffnet, irgendwie hatte sie ihre Magie zum Fließen gebracht, denn Mira hinter ihr kauerte sich auf einmal erschrocken am Boden zusammen. Sie hatte den Zauber der Feen aufgehoben! Die erste Erleichterung verflog jedoch schnell wieder, weil die Feen dieses Mal nicht die Flucht ergriffen. Sie riefen wild durcheinander und schienen sie zu loben, umschwirrten sie aber weiterhin.

»Es wird, es wird«, hörte sie eine der Feen an ihrem Ohr.

»Cassandra, was geht hier vor sich?«, fragte Mira verängstigt.

Cassandra wollte sie beschützen, aber sie wusste nicht, wie! Die Feen umschwirrten sie erbarmungslos und zogen auch Mira an den Haaren und Kleidern.

»Vielleicht sollten wir sie mitnehmen«, rief ihr eine der Feen zu.

»Nein!« Cassandra schlug die Feen weg, die Mira umkreisten, doch sie kamen immer wieder zurück und ließen sich nicht beirren. Sie hörte Mira leise schluchzen.

Cassandra spürte die Verzweiflung in sich hochsteigen, aber daneben war auch noch etwas Magisches, das sich mit einem leichten Kribbeln in ihrer Brust auszubreiten schien und sich langsam in ihrem ganzen Körper verteilte. Noch nie hatte sie ihre Kräfte so intensiv und überall gespürt. Es war, als wären sie plötzlich wie selbstverständlich ein Teil von ihr, statt eine Kraft, die in ihr steckte, die sie zu kontrollieren versuchte.

Miras Schluchzen und die Angst, die Feen könnten ihr das Liebste im Leben wegnehmen, erfüllte ihre Gedanken und als sie das nächste Mal die Feen anschrie, lag etwas Magie sogar in ihrer Stimme. »Geht! Lasst sie in Ruhe! Hört auf, uns zu belästigen!«, fuhr sie die Feen an und die verstummten augenblicklich und ließen von ihnen ab. Sie alle schwebten bewegungslos um sie herum in der Luft und nach der anfänglichen Stille, die sich urplötzlich im Zimmer ausgebreitet hatte, begannen die Feen auf einmal, begeistert zu klatschen und zu lachen. Doch dieses Mal erschien Cassandra das Lachen weniger hämisch und mehr so, als ob sie sich wirklich freuten.

Cassandra starrte die Feen fassungslos an. Was um alles in der Welt war geschehen? Hatte sie die Feen allesamt verzaubert? Auch Mira erhob sich erstaunt vom Boden und starrte die Feen und dann Cassandra mit großen Augen an.

Eine der Feen flog auf Cassandra zu und machte eine Verbeugung in der Luft vor ihr. »Na bitte, es geht doch. Du hast es tatsächlich in dir. Das wollten wir nur herausfinden.« Sie kicherte sanft und schwirrte dann gefolgt von allen anderen durch das Fenster hinaus.

Mira und Cassandra starrten ihnen schweigend nach. Cassandra spürte den Nachhall der Magie in sich, doch das Kribbeln hatte sich wieder in ihr Innerstes zurückgezogen. Irgendetwas hatte die Provokation der Feen in ihr gelöst, irgendwie war die Kraft in ihr jetzt freier, auch wenn Cassandra sich das nicht so recht erklären konnte.

Hatten die Feen ihr womöglich nie etwas Böses gewollt und ihr auf ihre eigenwillige Art nur geholfen, ihre Magie besser zu gebrauchen? Hatten sie sie getestet?

Mira nahm vorsichtig Cassandras Hand in ihre und schaute zu ihr. »Weißt du, was das zu bedeuten hatte? Wie hast du es geschafft, sie in die Flucht zu schlagen?«

Cassandra schüttelte ungläubig den Kopf. »Ich bin mir nicht sicher. Ich glaube ... irgendwie habe ich sie mit meiner Magie ... beeindruckt?«

Mira stand der Schock noch ins Gesicht geschrieben, doch sie lächelte trotzdem. »Du bist meine Heldin.« Mit diesen Worten schmiegte sie sich in Cassandras Arme und Cassandra drückte sie bereitwillig an sich.

17. Naives, kleines Mädchen

Nachdem Mira gegangen war, überlegte Cassandra nicht lange und machte sich sofort auf den Weg, um den König zu finden. Er musste vom Besuch der Feen erfahren. Zum einen von der Gefahr, die von ihnen ausging. Schließlich hatten sie es geschafft, in den Palast einzudringen. Zum anderen von ihrer Vermutung, wie sie sie besänftigen konnten. Am Ende waren die Feen ihr nicht mehr gefährlich vorgekommen. Vielleicht war ein Kampf mit ihnen gar nicht notwendig. Cassandra musste ihnen lediglich zeigen, zu was sie fähig war und ihnen befehlen, sich wieder an die alten Abkommen mit den Menschen zu halten. Die Feen wollten niemanden als Herrscher vorgesetzt bekommen, sie wollten diese Person – Cassandra – selbst einschätzen.

Aufgeregt erklärte sie den Wachen vor dem Arbeitszimmer des Königs, warum sie ihn sehen musste. Die zwei blickten sie gelassen an und erklärten ihr, dass sie warten müsse, weil er gerade ein wichtiges Gespräch führte. Sie blieb also unschlüssig im Gang stehen und wartete nervös. Was genau sollte sie sagen? Und war sie vielleicht doch zu voreilig?

Unruhig ging Cassandra im Flur auf und ab. Es fühlte sich wie eine Ewigkeit an, bis sich endlich die Flügel der Bürotür öffneten und ein älterer Herr mit einem sauertöpfischen Gesichtsausdruck den Raum verließ. Er neigte kurz den Kopf, als er Cassandra erblickte, und lief dann an ihr vorbei. Sie kannte ihn nicht, aber er kam ihr vage bekannt vor. Sicher hatte sie ihn schon einmal zuvor gesehen. Vermutlich auf ihrer Hochzeit.

Cassandra wurde endlich hineingebeten. Ein unbehagliches Gefühl ergriff Besitz von ihr, als sie dem König gegenüber Platz nahm und er sie mit seiner undurchdringlichen Miene anblickte. Sie schluckte, dann erzählte sie stockend von den Feen und dass sie meinte, sie mit ihrer Magie vertrieben zu haben.

Der König nickte, während er ihr zuhörte und unterbrach sie nicht. Nachdem sie ihren Bericht beendet hatte, schwieg er noch einen Moment, ehe er aufstand und wortlos an ihr vorbeiging. Sie sah ihm verwundert nach, als er die Tür öffnete und einem der Wachmänner auftrug, den Rat zusammenzurufen. Anschließend wandte er sich ihr wieder zu. »Du kannst zurück auf dein Zimmer gehen, Cassandra, wir werden die Wachen vor deiner Tür verdoppeln, du musst keine Angst haben.«

»Aber ...« Cassandra stand empört auf, doch der Mut verließ sie, noch bevor sie einen ganzen Satz hätte aussprechen können. Der König sah sie abwartend an, nickte dann nur und wollte sie aus dem Zimmer führen. Ihren ganzen Mut zusammennehmend setzte sie erneut zu sprechen an: »Aber Eure Hoheit, sollte ich nicht auch zu der Ratsversammlung kommen?«

Ihr Herz schlug schnell und sie spürte ihren Puls in ihren Ohren. Der König aber sah sie nur ruhig an und erwiderte kalt: »Das ist nicht nötig, du hast mir schließlich alles gesagt, was du weißt. Oder nicht?«

»Ich kann doch helfen!« War das nicht ihre Aufgabe? Warum wollte der König sie nicht helfen lassen? »Ich soll doch laut den Prophezeiungen den Frieden zwischen uns und den Feen wiederherstellen. Ich glaube, dass ich mit ihnen verhandeln kann. Sie schienen heute auf mich zu hören.«

Der König seufzte und schaute sie eine Weile abschätzig

an. Da sie keine Anstalten machte, zu gehen, sprach er erneut. »Hör zu, Cassandra. Die Feen sind seit Jahrhunderten unsere Feinde. Man kann mit ihnen nicht verhandeln, man muss sie vernichten. Zweifelsohne könnte deine Magie uns dabei behilflich sein, oder die deiner Söhne, doch wir haben auch unsere eignen Methoden entwickelt. Ich bezweifle stark, dass die Worte eines kleinen Mädchens gegen die Feen irgendetwas ausrichten würden. Ich will dich und dein Kind nicht in Gefahr bringen.«

Fassungslos starrte Cassandra ihn an. Ihre Magie oder die ihrer Söhne? Ein kleines Mädchen? Der König hatte nie daran geglaubt, dass sie die Prophezeiungen erfüllte. Er hatte sie mit seinem Sohn verheiratet, damit sie ihm Söhne gebar, die ebenfalls Magie besaßen! Für ihn war sie nur eine hübsche Trophäe, die man vorzeigen konnte, und die er dazu hatte erziehen lassen, schön brav den Mund zu halten. Man hatte ihr vorgespielt, dass sie etwas Besonderes sei, damit sie begeistert bei ihren Plänen mitspielte.

Sie kämpfte gegen die Tränen an, die in ihr aufstiegen. Sie wollte den König nicht auch noch in seinem Glauben, sie sei nichts weiter als ein dummes Mädchen, bestätigen, indem sie weinte.

Wortlos öffnete er ihr die Tür. Sie schritt erhobenen Hauptes an ihm vorbei und machte sich schnurstracks auf den Weg zurück in ihr Zimmer. Dort warf sie sich aufs Bett und ließ ihren Tränen freien Lauf. Natürlich hatte der König nicht auf die Fähigkeiten einer Frau gesetzt, wie hatte sie nur glauben können, dass sie etwas Besonderes war?

Aber er beging einen Fehler, wenn er glaubte, die Feen vernichten zu können. Sie konnten die Zeit anhalten und mit Ausnahme von ihr bekamen die Menschen das nicht einmal mit. Eine ganze Art einfach auszulöschen war in Cassandras Augen auch ein unverzeihliches Verbrechen. Sie war sich sicher, dass die Feen ihr zuhören würden, wenn man ihr nur die Chance gab, mit ihnen zu sprechen.

Je mehr sie darüber nachdachte, desto sicherer war sie sich, dass die Feen sie nur getestet hatten. Das mochte nicht die freundlichste Art gewesen sein, sich ihr vorzustellen, aber das war vielleicht eine normale Umgangsform unter den Feen. Sie wusste schließlich kaum etwas über dieses Volk.

Entschlossen setzte sie sich auf, wischte die Tränen fort und blickte sich suchend nach dem Buch um, das sie gestern aus der Bibliothek geholt hatte. Nur weil man sie für ein naives Kind hielt, musste sie sich noch lange nicht wie eines benehmen. Ihr Platz in der Welt mochte vorbestimmt sein und vielleicht war sie nicht der Held aus den Prophezeiungen, doch das hieß nicht, dass sie nicht ihr

Bestes geben konnte!

Sie schlug das Buch auf. Sie würde es durchlesen und vielleicht fand sie dort weitere Informationen, die sie dem König vorlegen konnte, damit er die Feen nicht unterschätzte und auch nicht angriff.

Der Autor des Buches schien nicht viel von den Feen zu halten, berichtete allerdings dennoch von Erfahrungen andere Menschen mit ihnen, die nicht immer negativ ausfielen. Die Feen hatten den Menschen in der Vergangenheit oft geholfen und ihnen nicht nur Schaden zugefügt, indem sie Kinder stahlen oder Scheunen in Brand setzten.

Es wurde gesagt, dass sie zu der Zeit, als es viele Menschen mit magischen Kräften gab, in Frieden mit ihnen gelebt hatten. Es gab selbstverständlich gewisse Absprachen und Menschen durften das Reich der Feen nicht betreten. Zur selben Zeit war auch eingeführt worden, dass Feen die Häuser der Menschen nicht ohne Erlaubnis betreten durften. Doch je weniger Menschen mit magischen Fähigkeiten geboren worden waren, desto größer wurde das Misstrauen der Menschen den Feen gegenüber. Sie verstanden Magie immer weniger und damit auch die Feen. Es stieß einen Keil zwischen die beiden Völker. Einer der letzten Menschen mit Magie, der auch der Hellsichtigkeit mächtig war, hatte Cassandras Geburt prophezeit und gesagt, ab da würde der Frieden wiederhergestellt. Diese Seherin hatte ebenfalls den Namen Cassandra getragen und sie war nach ihr benannt worden.

Besonders interessant fand Cassandra den Abschnitt über den Ursprung der Redewendung »von den Feen geküsst«. Offenbar hatten die Menschen früher geglaubt, die Magie käme von den Feen. Feen wurden oft in der Nähe von Neugeborenen gesehen und die Menschen glaubten, dass wenn eine Fee ein Baby küsste, dieses magische Kräfte bekommen würde. Der Autor des Buches vermutete jedoch, dass die Feen die Magie in den Kindern spüren konnten und sie durch ihren Kuss stehlen wollten. Er war auch der Ansicht, dass das der Grund sei, warum es immer weniger Menschen mit Magie gab.

Das war sicher auch der Grund, warum man sie als Kind so selten hinausgelassen hatte, aus Angst, eine Fee könnte ihr die Kräfte stehlen. Cassandra glaubte jedoch nicht, dass es der Wahrheit entsprach. Die Feen hatten sie geküsst, gleich drei auf einmal, und ihre Kraft war noch immer da. Sie konnte sich nicht vorstellen, dass man sie je von ihrer Magie trennen könnte. Das war nichts, was man einfach stehlen konnte, es war ein Teil von ihr.

Was aber bedeutete der Kuss der Feen dann? Vielleicht wurden sie wirklich von Magie in Menschen angezogen?

Das würde auch erklären, weshalb sie Cassandra so leicht finden konnten. Vielleicht war der Kuss eine Art Test, wie stark die Kraft im jeweiligen Menschen war? Das erschien Cassandra von allen Ideen, die sie hatte, die sinnvollste zu sein.

Das Buch würde ihr auch nicht weiterhelfen, der König würde dem Autor schließlich mehr Glauben schenken als ihr und der Autor verabscheute die Feen.

Ob sie die Feen warnen konnte? Sie hatte keine Ahnung, ob sie in der Lage war, sie herbeizurufen und wenn ja, wie das gehen sollte. Außerdem war sie sich auch nicht sicher, ob es eine kluge Entscheidung war. Die Feen waren heimtückisch, selbst wenn sie vielleicht nicht durch und durch böse waren. Ihnen mitzuteilen, dass der König plante, sie auszurotten, würde sie sicherlich in Rage versetzen und wer wusste schon, ob sie dann noch auf Cassandra hören würden? Wenn nicht einmal die Menschen auf sie hörten, weshalb sollten die Feen es dann tun? Das war doch alles nicht fair!

Sie entschied sich dazu, den Rest des Tages in der Bibliothek zu verbringen, wo sie nach mehr Büchern über die Feen suchte. Doch unter den wenigen, die sie fand, war kein einziges dabei, das etwas Positives über die Feen zu sagen hatte. Berichte von Menschen mit Magie, die vor

201

Jahrhunderten tatsächlich mit den Feen zusammengelebt hatten, gab es keine. Die waren vermutlich alle vernichtet worden, als die Menschen begannen, Magie zu misstrauen. Damals hatten viele Menschen solche Bücher verbrannt, weil sie glaubten, etwas Böses ginge von ihnen aus. Cassandra gab sich schließlich geschlagen, als es bereits zu dämmern begann. Es gab so viele Bücher und doch keine Antworten für sie.

Beim Betreten ihres Zimmers fand sie einen gedeckten Tisch vor, hinter dem Mira auf sie wartete. Sie hatte einen neutralen Gesichtsausdruck, bis die Tür hinter Cassandra wieder geschlossen war, dann verzogen sich ihre Lippen zu einem breiten Lächeln.

»Überraschung!«, rief sie fröhlich und fiel Cassandra dann um den Hals. Sie ließ sich dankbar in die Umarmung ziehen.

»Womit habe ich das verdient? Musst du nicht Arbeit erledigen?«, fragte sie zaghaft, als Mira sie auffordernd an den Tisch zog und auf einen Stuhl schob. Sie nahm ihr gegenüber Platz.

»Ich war extra fleißig den ganzen Tag, damit ich möglichst schnell Zeit für dich hatte. Meine strahlende Heldin verdient ein Abendessen, finde ich.«

Cassandra war gerührt. Wenigstens ein Mensch hielt

sie für eine Heldin und nicht für ein schwaches, kleines Mädchen.

»Außerdem konnte ich die Ablenkung durch dich gut gebrauchen. Alle behandeln mich zurzeit extra vorsichtig wegen meiner Mutter und sie schläft viel. Ihr Zustand hat sich leicht verbessert, aber der Arzt hat ihr weiterhin strikte Bettruhe verordnet, was sie ungemein frustriert. Und das lässt sie dann an mir aus.«

Cassandra nickte verständnisvoll und ergriff Miras leicht zitternden Hände. Sie schenkte ihr ein aufmunterndes Lächeln und strich über Miras weiche Haut. »Ich bin auch froh, dass du da bist und mich ablenken kannst.«

»Was ist denn geschehen?« Miras Augen waren voller Sorge, aber Cassandra schüttelte nur den Kopf. Sie wollte jetzt nicht darüber reden. Vielleicht würde sie es Mira später erzählen, aber sie sollten die Zeit, die sie zusammen hatten, in vollen Zügen genießen.

»Wird sich niemand fragen, wo du bist? Und hat sich niemand gefragt, wo du letzte Nacht warst?«, wollte sie aber noch vorsichtig von Mira wissen. Sie durften immerhin nicht leichtsinnig werden.

Mira machte eine wegwerfende Handbewegung. »Ich erzähle jedem, der fragt, dass du jede Menge Aufträge für mich hattest und ich deshalb den ganzen Abend beschäftigt war. Und da ich zurzeit nicht bei meiner Mutter schlafen kann, es aber auch nicht so wirklich einen festen anderen Ort für mich gibt, würde ich sowieso mal hier und mal dort schlafen, da achtet keiner so genau drauf.«

Cassandra hoffte, dass Mira das nicht unterschätzte, war aber erst einmal erleichtert.

Sie alberten beim Essen ausgelassen herum und beide hatten alle Mühe, sich unter Kontrolle zu haben, während das Essen von Dienstmädchen abgeräumt wurde. Mira stand die ganze Zeit mit fest aufeinander gepressten Lippen an der Tür des Ankleidezimmers und versuchte, nicht zu lachen, während Cassandra ihr Grinsen immer wieder hinter falschem Gähnen zu verbergen versuchte. Nachdem die Mädchen fort waren und auch die Wachen draußen wieder ihren Posten bezogen hatten – sie standen nämlich glücklicherweise nicht direkt vor Cassandras Tür, sondern in gebührendem Abstand an der gegenüberliegenden Seite im Gang –, prustete Mira laut heraus und riss die Tür zum Ankleidezimmer auf. Als Cassandra ihr folgte, traf sie eine Ladung Stoff direkt ins Gesicht.

Mira kicherte. »Hier! Ich dachte, du machst das heute mal selbst!«, rief sie frech und nachdem Cassandra sich endlich aus dem Stoffberg befreit hatte, erstarrte sie kurz, weil Mira komplett nackt vor ihr stand und sie auffordernd ansah. »Du brauchst aber lange dafür, soll ich dir doch helfen?«, neckte sie und klimperte dabei mit ihren langen Wimpern.

Cassandra nickte schmunzelnd. Miras unbändige Freude und aufgekratzte Art waren ansteckend und Cassandra genoss die ausgelassene Stimmung sehr. »Ja, jetzt musst du meine Heldin sein und mir aus den Kleidern helfen«, sagte sie und zwinkerte Mira zu.

18. Höfliche Gepflogenheiten

Als Cassandra am nächsten Morgen die Augen aufschlug, war Mira schon wach. Dieses Mal war sie es, die Cassandra beim Schlafen beobachtet hatte. Als sie bemerkte, dass Cassandra aufwachte, strich sie ihr sanft über die Haare und flüsterte: »Ich liebe dich von ganzem Herzen.«

Cassandra lächelte und zog Mira dichter zu sich, um sie zu küssen. Anschließend murmelte sie noch etwas verschlafen: »Ich liebe dich auch, mehr als ich mit Worten je ausdrücken könnte.«

Mira spielte mit einer Strähne ihres blonden Haares. »Ich bin so froh, dass wir uns begegnet sind. Du bist wirklich das Allerbeste, was mir jemals passieren konnte.« Ihre Hand wanderte von Cassandras Haaren zu ihrem Bauch.

»Man kann es schon fast ein bisschen sehen«, flüsterte sie ehrfürchtig. »Da wächst ein Mensch in dir heran! Was ... ich meine, was wird eigentlich aus uns, wenn das Kind da ist?« Unsicher sah sie Cassandra an.

»Was soll aus uns werden?« Cassandra setzte sich auf, um Mira besser anschauen zu können.

»Na ja, ich meine, musst du dann nicht eine gute Mutter sein?«

»Ich bin mir gar nicht so sicher, ob sie überhaupt zulassen werden, dass ich mich selbst um das Kind kümmere«, sagte Cassandra seufzend. So richtig darüber nachgedacht hatte sie noch nicht, aber gerade nach ihrem gestrigen Gespräch mit dem König erschien es ihr Sinn zu ergeben, dass man die Kinder nicht unter ihrem Einfluss erziehen wollte.

»Warum denn das nicht?« Mira setzte sich ebenfalls auf und zog die Decke über sie beide, bevor sie sich an Cassandras Schulter lehnte.

»Das ist doch bei adligen Familien immer die Aufgabe einer Amme.«

»Aber wenn du das selbst machen möchtest?«, fragte Mira beharrlich weiter.

»Es schickt sich nicht.« Cassandra hatte eigentlich keine große Lust, das Thema zu vertiefen. Mira aber schien sich davon nicht mehr abbringen zu lassen.

»Und? Es ist bestimmt gut für das Kind.«

»Vielleicht, aber sie werden mich nicht lassen. Zum einen, weil es sich nicht gehört und die Leute darüber reden würden, zum anderen aber auch, weil sie mit Sicherheit lieber selbst bestimmen, was das Kind lernt und nicht riskieren wollen, dass ich ihm dumme Gedanken in den Kopf setze.«

»Was?« Mira setzte sich verwirrt aufrecht hin und starrte Cassandra fragend an.

»Sie wollen das Kind genauso erziehen, wie sie es mit mir gemacht haben. Vollkommen abgeschottet von jeglichem Zweifel und nur das lernend, was man wissen soll, damit man später keine Fragen stellt, sondern einfach tut, was von einem verlangt wird.«

Jetzt schwieg Mira mit einem bedrückten Gesichtsausdruck. Sie spielte gedankenverloren mit dem Zipfel der Bettdecke herum.

»Ich möchte nicht, dass mein Kind erst schmerzhaft erfahren muss, dass es nicht gut ist, immer nur zu tun, was einem gesagt wird, sondern dass es wichtig ist, selbstständig zu denken. Vor allem, wenn es ein Sohn sein sollte, muss er das wissen, weil er dann im Gegensatz zu mir wirklich etwas bewirken kann.« Cassandra biss sich auf die

Lippe und versuchte, nicht zu weinen.

»Aber das ist doch nicht wahr! Du bist ein Teil der königlichen Familie, du beherrschst Magie und du bist diejenige, über die es seit Jahrhunderten Prophezeiungen gibt!« Mira stieß ihr empört vor die Brust.

»Es ist nicht sicher, dass die Prophezeiungen alle von mir handeln, und in den Augen des Königs bin ich nur ein dummes, naives Mädchen, dessen einziger Zweck es ist, ein paar Kinder in die Welt zu setzen, bevorzugt natürlich Söhne.«

Cassandra waren nun doch Tränen in die Augen getreten und Mira legte beruhigend ihre Arme um sie. Sie erzählte ihr nun doch von ihrem Gespräch mit dem König am Vortrag und ihren Befürchtungen, was die Feen anging.

Mira sprang mit geballten Fäusten im Bett auf, sodass auch Cassandra durch die Bewegung auf und ab schwankte. Sie hatte die Augen zu Schlitzen verengt. »Das kann doch nicht sein! Du bist der wundervollste Mensch, den ich kenne, und du bist die Einzige, die ansatzweise verstehen kann, wie man mit den Feen umgehen sollte! Sie müssen auf dich hören!«

»Ich weiß. Ich verstehe die Welt nicht mehr.« Sie ließ sich rücklings zurück in die Kissen fallen und Mira beeilte sich, sie wieder in den Arm zu nehmen.

Cassandra hatte ihren ganzen Frust herausgelassen und fühlte sich in Miras Armen zerbrechlich, aber auch geborgen. »Du bist das Einzige in meinem Leben, was wirklich Sinn ergibt, und schon allein deshalb würde ich niemals aufhören wollen, dich zu sehen. Schon gar nicht, wenn sie mir auch noch mein Kind wegnehmen.« Jetzt war es Cassandra, die ihren Kopf an Miras Schulter legte, während die ihr über das Haar strich.

»Ich möchte auch niemals aufhören, dich zu treffen. Selbst wenn die ganze Welt gegen uns ist und es für immer ein Geheimnis bleiben muss. Obwohl du einen Ehemann hast und bald ein Kind, ich will dich um keinen Preis der Welt aufgeben müssen!«

»Danke, Mira, du bist die Allerbeste!«

Cassandra wäre am liebsten für immer und ewig mit Mira im Bett geblieben, aber sie wussten beide, dass das nicht ging, und standen kurze Zeit später widerstrebend auf.

Nachdem Mira ihr beim Ankleiden geholfen hatte und gegangen war, erhielt Cassandra die Einladung, mit der Königin zu Mittag zu essen. Das bedeutete Abwechslung, die sie gut gebrauchen konnte. Sie hatte die Königin eine Weile nicht mehr gesehen. Allerdings fragte sie sich auch, ob diese plötzliche Einladung etwas mit ihrem Gespräch mit dem König zu tun hatte. Wollte Elena ihr noch einmal ins Gewissen reden und sichergehen, dass sie sich auch weiterhin benahm und nichts Unüberlegtes tat? Sie machte sich bereits darauf gefasst, als sie sich schließlich auf den Weg begab, Elena zu treffen. In ihrem Innern begann sie, den tiefen Unmut darüber zu spüren, dass niemand sie wirklich ernst zu nehmen schien, und es keinen scherte, was sie wirklich wollte und wer sie war. Niemanden, außer Mira natürlich.

Elena begrüßte sie herzlich wie immer und erzählte ihr, dass sie von Bens Truppe einige Statusberichte erhalten hatten. Es schien bisher noch nicht viel geschehen zu sein, weder hatte es weitere Vorfälle gegeben, noch hatten sie irgendwelche Anzeichen von Feen ausfindig machen können. Ben und alle seine Männer waren wohlauf, würden aber noch eine Weile fortbleiben.

Cassandra war froh, dass es Ben gut ging, aber auch erleichtert, dass er noch nicht so schnell wieder zurück sein würde und sie die Nächte weiterhin mit Mira verbringen konnte.

Es dauerte eine ganze Weile, ehe Elena auf die Feen zu sprechen kam. Auch dann machte sie keinerlei direkte Aussagen zu dem Vorfall. »Ich hoffe, du bist wohlauf und fühlst dich hier im Palast sicher?«

Cassandra bejahte das höflich und Elena nickte zufrieden. »Die zusätzlichen Wachposten geben dir ein Gefühl der Sicherheit und du musst dir keinerlei Sorgen machen.« Als ihre Blicke sich trafen, wusste Cassandra ganz genau, was Elena dachte. Sie wussten beide, dass die Wachmänner nichts gegen Feenangriffe ausrichten würden, sie waren nur da, um Cassandra daran zu erinnern, dass sie nichts tun und nirgendwo hingehen konnte, ohne dass der König und die Königin davon erfuhren. Es war mehr eine Drohung, als dass es ein Schutz für sie war.

Mittlerweile war Cassandra lange genug am Hof, um das zu verstehen. Langsam begann sie, das Spiel zu durchschauen. Sie schenkte Elena ein strahlendes, falsches Lächeln und verabschiedete sich schließlich höflich von ihr. Was blieb ihr auch anderes übrig? Es wollte niemand ihre Meinung hören, also sollten sie ruhig denken, dass sie sich ergab und mitspielte.

Das falsche Lächeln blieb auch dann noch auf ihren Lippen, als sie durch den Flur schritt. Zu ihrer Linken kam jemand die steinerne Treppe herab. Als sie sich der Gestalt zuwandte, erkannte die Sir Abel von Silberstein, der vor ihr in einen anderen Gang abbog. Kurz zögerte Cassandra, doch dann entscheid sie sich, ihm schnell zu folgen. Die Wachmänner liefen ihr schweigend nach. Auch wenn ihr das Herz bis zum Hals schlug, spürte sie eine leichte Begeisterung in sich aufsteigen. Sollten sie doch alle wissen, dass sie ausnahmsweise einmal nicht direkt in ihr Zimmer zurückgegangen war. Was wollten sie schon dagegen tun? Sie einschließen? Öffentlich als Gefangene behandeln?

Sir Abel war scheinbar auf den Weg zu einem der komplett vom Palast eingeschlossenen Gärten. Ob er sich dort mit jemandem treffen wollte? Diese Gärten eigneten sich hervorragend, um Geheimnisse auszutauschen, fand Cassandra.

Sie waren vollständig von Mauern eingeschlossen, besaßen meistens nur eine einzige Tür und waren klein genug, um gut überschaubar zu sein. Der perfekte Ort, um Pläne auszuhecken und sich ungesehen mit jemandem zu treffen.

Die Frage war nur, wie Cassandra unbemerkt bleiben würde. Vermutlich gab es keinen Weg, wie sie das bewerkstelligen konnte. Spätestens wenn sie versuchte, sich hinter einem Busch zu verstecken, würden ihre Wachen sicher eingreifen, ganz abgesehen davon, dass die natürlich auch vorher bereits gesehen werden würden. Vielleicht sollte sie einfach mit Sir Abel sprechen? Auf diese Weise könnte sie auch definitiv feststellen, ob er ihr Entführer war, denn die Stimme würde sie unter Garantie wiedererkennen.

Gefährlich werden konnte er ihr auch nicht, immerhin wurde sie bewacht und es gab Zeugen.

Sie nahm also all ihren Mit zusammen und gab sich einen Ruck. Wenigstens etwas wollte sie allein schaffen.

Kurz bevor Sir Abel den kleinen Garten, auf den sie zusteuerten, betreten konnte, fragte sie mit fester Stimme: »Sir Abel, auf ein Wort?« Sie durfte so mit ihm sprechen. Als Bens Ehefrau und Kronprinzessin stand sie offiziell im Rang über ihm. Trotzdem hatte sie große Mühe, das Zittern in ihrer Stimme zu unterdrücken.

Er drehte sich auf dem Absatz herum und verbeugte sich mit einem aufgesetzten Lächeln leicht, als sie vor ihm ankam. »Ich hatte mich bereits gefragt, warum Ihr mir folgt«, sagte er und Cassandra kam der Klang seiner kalten Stimme wie ein Schlag in die Magengegend vor. Er war ohne Zweifel der maskierte Mann, einer ihrer Entführer! Und als sich ihre Blicke trafen und sie das verschmitzte Lächeln sah, wusste sie, dass er ahnte, dass sie ihn erkannt hatte. Sie versuchte, sich unter Kontrolle zu halten und atmete tief durch. Was sollte sie sagen? Es erschien ihr äußerst unklug, ihn direkt darauf anzusprechen, dass er offensichtlich gegen den König agierte.

»Hat Euch etwas die Sprache verschlagen, Kronprinzessin? Ich bin sicher, Ihr hattet mir etwas Wichtiges mitzuteilen. Warum sonst wärt Ihr mir hierher gefolgt?« Er verspottete sie und sie spürte, wie sie rot wurde. Dieser Mann fühlte sich ihr überlegen und bisher gab sie ihm keinerlei Anlass, das anders zu sehen.

»Ich ... wollte Euch und Eurer Familie lediglich dazu gratulieren, dem Königshaus seit Generationen so treu zur Seite gestanden zu haben. Ich habe viel über die gemeinsame Geschichte unserer Familien gelesen.« Machte sie ihm damit deutlich genug, dass sie schon länger wusste, wer er war und dass sie Beweise gegen ihn sammelte? Vielleicht würde er annehmen, sie wüsste bereits mehr, als sie tat, und würde sich selbst verraten?

Sein Lächeln fror tatsächlich auf seinem Gesicht ein und er musterte sie eingehend mit seinen unheimlichen, grauen Augen. Ihr wurde richtig kalt dabei und alles in ihr wollte fliehen.

»Vielen Dank, es ist mir und meiner Familie immer eine Freude gewesen, dem Königshaus und Ileandor zu dienen. Wir haben stets nur das Beste für unser geliebtes Königreich im Sinn.«

Sie nickte und presste angespannt die Lippen aufeinander. Er wirkte wieder vollkommen gelassen. Wie machte er das bloß? Er musste sich doch Sorgen machen, dass sie ihn verraten könnte. Oder war sie so leicht zu durchschauen, dass er wusste, dass sie dafür mehr Beweise brauchte?

»Da bin ich mir sicher. Ich hoffe doch, Ihr werdet auch mir und meinem Mann immer gute Ratschläge erteilen?«, fragte sie unsicher, um Zeit zu schinden. Wie konnte sie ihn nur aus der Reserve locken?

Sein Blick wurde härter, obwohl das Lächeln sein Gesicht nie verließ. Auch seine Stimme klang beinahe unverändert. »Ich kann Euch jetzt gleich einen Rat geben, Kronprinzessin. Es schickt sich für eine Dame wie Euch nicht, frei im Palast herumzuschwirren. Es gibt auch hier zwielichtige Gestalten, die Euch Schaden zufügen könnten. Ich an Eurer Stelle würde mich in Acht nehmen, zumal Ihr, wie ich gehört habe, ein Kind unter dem Herzen tragt. Meine Gratulation dazu.« Drohte er ihr und ihrem Kind?

»Es ist rührend, dass Ihr mir Euren Dank persönlich mitteilen wolltet, und ich verstehe, dass Ihr aufgrund Eurer Herkunft nicht mit allen Gepflogenheiten des Hofes vertraut seid, doch Ihr hättet diese Worte entweder durch Euren Ehemann oder durch ein freundliches Schreiben genauso gut zum Ausdruck bringen können. Und nun entschuldigt mich, ich habe wichtige Geschäfte zu erledigen.«

Er neigte leicht den Kopf, warf ihr dabei einen mörderischen Blick zu, der ihr eine Gänsehaut bereitete, und drehte sich dann auf dem Absatz um, um endlich den Garten zu betreten.

Cassandra starrte ihm nach und war sprachlos. War er nur höflich gewesen oder hatte er ihr gedroht? Sie war sich sicher, dass er ihr gedroht hatte. War es unklug gewesen, ihn anzusprechen und zu offenbaren, dass sie ihn erkannt hatte?

Bedrückt machte sie sich auf den Rückweg in ihr Zimmer. Was um alles in der Welt hatte sie sich nur dabei gedacht? Was hatte sie sich erhofft? Er würde wohl kaum einfach so gestehen und sich entschuldigen. Sie schüttelte betreten den Kopf, als sie gedankenverloren in ihrem Zimmer aus dem Fenster starrte.

Sie war für das Leben am Hof und all seine Tücken nicht geschaffen, und zuhören würde ihr auch niemand. Sir Abel war am Hof aufgewachsen und ein angesehenes Mitglied im Rat. Er hatte viele Beziehungen. In seinen und den Augen vieler anderer war sie nur ein dummes Mädchen.

Sie hatte keine Chance gegen ihn.

19. Niemals!

Auch Mira war am Abend bedrückt, als sie zu Cassandra kam. Sie hatte sich mit ihrer Mutter gestritten. Wiebke ging es zwar besser, aber das führte auch dazu, dass sie immer unruhiger wurde und häufiger versuchte, das Bett zu verlassen. Mira machte sich Sorgen, das konnte Cassandra ihr deutlich ansehen. Außerdem fürchtete sie zunehmend, dass ihre Mutter mitbekommen könnte, was zwischen ihnen war. Ahnen tat sie es sicher längst und Cassandra konnte Miras Angst verstehen. Natürlich würde Wiebke sie nicht verraten, aber sie würde versuchen, sie voneinander fernzuhalten. Außerdem barg es ein Risiko. Niemand durfte von ihrer Beziehung wissen! Sobald es jemand erfuhr, hätte das schwerwiegende Konsequenzen und Cassandra befürchtete, dass diese aufgrund ihrer Stellung am Hof hauptsächlich Mira treffen würden. Das wollte sie um jeden Preis verhindern.

Schweigend saßen sie nebeneinander auf der Bettkante und hingen betrübt ihren Gedanken nach. Schließlich nahm Cassandra sich ein Herz und beschloss, Mira von der ganzen Angelegenheit mit Sir Abel zu erzählen. Sie musste sich einfach jemandem anvertrauen und noch bedrückender konnte die Stimmung auch nicht mehr werden.

Nachdem sie ihr alles erzählt hatte, schaute Mira sie besorgt an. »Das war ganz sicher eine Drohung. Er weiß jetzt, dass du ihn erkannt hast, und wird alles daransetzen, dass dich niemand ernst nimmt, solltest du dich doch entscheiden, es zu erzählen. Der König wird ihm sicherlich mehr Glauben schenken und der Prinz unter Umständen auch ...« Entschuldigend blickte sie Cassandra an und schien ihr den Frust deutlich anzusehen. »Es tut mir leid, so wütend es mich macht, aber sie werden dich als Frau niemals so ernst nehmen, wie die Männer.« Wut blitzte in ihren Augen auf. »Ich wünschte, wir könnten das ändern! Vielleicht wirst du das eines Tages schaffen? Immerhin bist du die zukünftige Königin und besitzt magische Kräfte. Irgendwann muss doch die Zeit kommen, in der sie sehen, dass du zu so viel mehr fähig bist als diese ganzen dämlichen, aufgesetzten Ratsmitglieder!«

Cassandra wurde rot und senkte den Blick. »Unsinn,

was soll ich schon jemals Großes ausrichten können? Sie hören nicht auf meinen Rat und sperren mich ein, damit ich brav ein paar Söhne gebäre und sonst keine Umstände mache.«

»Das denken sie vielleicht, aber wir wissen doch beide, dass du sehr viel stärker bist, als sie glauben! Du hast sie durchschaut und musst nur auf deinen Moment warten. Ich bin sicher, dass sich dir eine Chance bieten wird.« Eine Weile schwieg sie, dann ergriff Mira Cassandras Hand und sah sie flehentlich an. »Versprich mir nur, dass du nicht wieder etwas Unüberlegtes tun wirst. Diese Menschen können sehr gefährlich werden und ich möchte nicht, dass dir etwas passiert. Du wirst dich irgendwann rächen können, aber bitte, bitte tu das bedacht und nicht übereilt.«

Cassandra sah Mira fest in die Augen und nickte. Sie hatte gar nicht vorgehabt, so etwas noch einmal zu versuchen. Weit gekommen war sie auf diese Weise ja ohnehin nicht. Sie war auch vollkommen ratlos, was sie in der ganzen Angelegenheit unternehmen sollte. Es missfiel ihr zwar, die Sache einfach ruhen zu lassen, aber vermutlich hatte Mira Recht und es wäre das Beste. Mit etwas Glück würde sich in Zukunft eine Chance ergeben, mehr Beweise gegen Sir Abel von Silberstein zu sammeln, und sie würde ihm gegenüber stets misstrauisch bleiben.

Mira fiel ihr erleichtert in die Arme. »Danke! Ich könnte es nicht ertragen, dich zu verlieren.«

»Das geht mir ganz genauso.« Cassandra drückte Mira fest an sich. Sie konnte sich ein Leben ohne ihre Freundin gar nicht mehr vorstellen und hoffte, dass sie immer einen Weg finden würden, sich heimlich zu treffen, auch wenn Ben wieder da war.

Mit leichter Besorgnis stellte sie fest, dass es ihr immer weniger ausmachte, dass sie ihr Ehegelübde brach und ihren Ehemann betrog. Mira war ihr so viel wichtiger und die Gefühle, die sie für sie hatte, so stark und wundervoll, dass sie Ben gegenüber immer gleichgültiger fühlte. Wenn man sie ohnehin immer nur gelehrt hatte, was man sie wissen lassen wollte, was war dann überhaupt an der Moralvorstellung dran, die man ihr vermittelt hatte? War es falsch, seinen Gefühlen zu folgen? Konnte Liebe jemals falsch sein? Wenn Cassandra sich in Miras braunen Augen verlor, wollte sie das nicht glauben. Nichts an ihrer Liebe zu Mira war falsch, es war eine ganz wundervolle und überaus kostbare Sache.

»Ich liebe dich«, hauchte sie sanft in Miras Ohr, während sie sich mit ihr rücklings aufs Bett fallen ließ.

Miras Lippen umspielte ein Lächeln als sie sich auf Cassandras Beine setzte und sich ganz dicht zu ihr hinunter beugte. »Ich liebe dich auch.« Ihre Haarspitzen kitzelte Cassandras Nase und ihren Hals und Miras Worte verursachten ein wohliges Kribbeln in ihrer Magengegend. Sie würde des Klanges dieser Worte niemals überdrüssig werden und wenn Mira es ihr hundert Mal direkt hintereinander sagte. Es war einfach viel zu fantastisch, dass Mira sie tatsächlich liebte, dass sie einen Menschen gefunden hatte, der sie so innig liebte und den sie genauso lieben konnte. Und das, obwohl sie beide Frauen waren.

Miras Lippen wanderten von Cassandras Stirn über ihre Nase zu ihren Lippen. Dort verweilten sie und Mira küsste sie innig. Cassandra begann an den Schnüren von Miras Korsett zu ziehen und als sie es löste, entfuhr Mira ein wohliges Stöhnen. Das spornte sie an, Mira auch des Restes ihrer Kleidung zu entledigen. Ihre Finger strichen über Miras samtene, warme Haut und entlockten ihr einen weiteren wohligen Laut. Dann zog Mira Cassandra mit einem Ruck nach oben, um auch ihr das Kleid auszuziehen. Cassandra musste lächeln, als sie in Miras Augen die Ungeduld erblickte. Sie küssten sich leidenschaftlich und Cassandra ging voll und ganz im Augenblick und ihren Gefühlen auf. Mit Mira allein zu sein, war das Beste, was sie sich vorstellen konnte.

»Du bist so wunderschön«, flüsterte Mira, während sie

Cassandra die Haare aus dem Gesicht strich. »Die schönste Frau, die ich jemals gesehen habe.«

Cassandra lächelte schüchtern. »Ich weiß ja nicht ... in meinen Augen, bist du der wunderschönste Mensch von allen. Bei weitem!«

Miras Augen blitzten frech auf. »Willst du dich jetzt wirklich mit mir darüber streiten, wer von uns die Schönere ist?« Cassandra schüttelte lachend den Kopf. »Dann sehe ich das als einen Sieg für mich!« Bevor sie hätte widersprechen können, hatte Mira sie in einen weiteren Kuss gezogen und raubte ihr damit beinahe den Atem.

Ihr Trübsal war vergessen und Cassandra war mit dem Gefühl erfüllt, alles schaffen zu können, solange Mira nur bei ihr war und sie liebte.

Das Öffnen und geräuschvolle Zufallen der Tür riss die beiden aus ihrem innigen Moment.

Alles geschah unglaublich schnell und zugleich quälend langsam.

Ehe sie die Situation so recht begriff, hörte sie laute Rufe und jemand riss Mira aus dem Bett und warf sie mit gewaltigem Schwung gegen die Wand. Cassandra spürte einen stechenden Schmerz, als sie an den Haaren gepackt und ebenfalls aus dem Bett gezerrt wurde. Sie stolperte zu Boden. Ihr Gegenüber zog sie an der Schulter wieder nach oben und als sie ihm direkt gegenüberstand, setzte ihr Herz einen Schlag aus.

Es war Ben.

Er starrte sie mit vor Wut hochrotem Kopf an und sein Griff bohrte sich schmerzhaft in ihre Schulter.

Wie konnte er hier sein? Er sollte nicht hier sein! Das durfte nicht geschehen! Tränen traten Cassandra in die Augen und sie begann zu zittern. Er brüllte sie an, doch der Schock steckte ihr so tief in den Gliedern und ließ das Blut in ihren Ohren rauschen, dass sie seine Worte nicht verstand. Alles, was sie immer und immer wieder dachte, war, dass das einfach nicht geschehen durfte. Es konnte nicht sein. Es durfte nicht! Nein, niemals! Niemals durfte das tatsächlich geschehen!

Sie wurde unsanft wieder aufs Bett gestoßen. »Und zieh dir etwas an!«, fuhr Ben sie an, bevor er sich angewidert von ihr abwandte und sich zu Mira umdrehte, die mit zitternden Beinen an der Wand stand. Blut lief ihr aus der Nase und Cassandra befürchtete, dass Ben sie ihr gebrochen hatte, als er sie gegen die Wand gestoßen hatte. Er hob ihr Kleid vom Boden auf und warf es ihr in die Arme, dann packte er sie und zerrte sie zur Tür. »Wachen!«, rief er. Seine Stimme klang so fremd und hart. Er sah noch immer wütend aus. »Kommt her!«

Wie der Blitz traf es Cassandra und Leben kehrte in ihre vor Schock starren Glieder zurück. Sie sprang aus dem Bett und stürzte sich auf Ben. »Nein! Nein!«, schrie sie verzweifelt. »Nein, es ist meine Schuld! Nein, lass sie los! Lass sie, bitte! Ben, es ist meine Schuld! Bitte, bitte nicht!« Sie weinte und schrie und flehte ihn an, doch er ignorierte sie und übergab Mira den zwei Wachen, die hereingekommen waren. Sie ließen ihr nicht einmal die Zeit, sich anzuziehen, sondern zerrten sie sofort brutal aus dem Raum.

Mira sagte kein Wort und ließ es einfach geschehen. Als ihre Blicke sich ein letztes Mal trafen, konnte Cassandra die Panik in Miras Augen sehen und es zerriss ihr das Herz. Sie wollte den Wachen mit Mira schluchzend hinterher stürzen. Es war ihr vollkommen gleich, dass auch sie keine Kleider trug. Es scherte sie nicht, wer sie sehen könnte, sie wollte zu Mira! Sie musste Mira retten!

Ben packte sie und hielt sie zurück. Weitere Wachmänner schlossen die Tür und Cassandras verzweifelte Rufe nach Mira gingen in ihrem hemmungslosen Weinen unter. Sie warf sich schluchzend zu Boden und wurde gewaltsam von Ben wieder hochgezerrt. Er schleifte sie in ihr Ankleidezimmer und warf ihr ein Kleid in den Schoß. »Zieh dich an!«, herrschte er sie erneut an.

Dann ließ er die Tür hinter sich zuknallen und sie hörte, wie er den Schlüssel im Schloss drehte. Sie stürmte zur Tür und rüttelte am Türknauf, doch er hatte sie tatsächlich eingesperrt! Verzweifelt schlug sie gegen die Tür, bis ihre Handflächen taub wurden. Sie ließ sich an der Tür zu Boden gleiten und weinte.

20. Blinde Wut

Nachdem keine einzige Träne mehr in ihr zurückgeblieben war, stand Cassandra schließlich mit steifen Gliedern auf und zog sich etwas an. Sie fühlte sich kalt und leer. Ihre Augen brannten vom Weinen, doch alles andere fühlte sich nur dumpf an. Noch immer konnte sie nicht glauben, dass das wirklich geschehen war. Wie hatten sie so unvorsichtig sein können? Warum war Ben bereits zurück? Das musste eine Strafe des Schicksals sein.

Ruhelos pirschte sie im Zimmer auf und ab. Was würde jetzt geschehen? Sie hatte Angst, sie könnten Mira hinrichten lassen. Außerdem wusste sie nicht, was mit ihr nun geschehen würde. Wo war Ben, was tat er jetzt? Wie lange würde es dauern, bis man sie hier wieder herausließ? Und würde Mira dann noch am Leben sein? Man würde ihr nicht zuhören und sie hatte keine Chance, Mira zu helfen.

Die Angst, was alles mit Mira passieren könnte, während sie hier eingeschlossen war, schnürte ihr die Kehle zu. Sie begann erneut, auf die Tür einzuschlagen, auch wenn sie keine großen Hoffnungen hegte, dass sie jemand befreien würde. Die Tür gab ein wenig unter ihren Händen nach und beim nächsten Schlag noch ein wenig mehr. Cassandra spürte ihre Magie in sich aufsteigen. Natürlich! Wie hatte sie das vorher nicht in Betracht ziehen können? Mit einem heftigen Schlag und zusätzlichen Schub ihrer Magie stieß sie die Tür schließlich aus den Angeln. Sie fiel krachend zu Boden und Cassandra schritt entschlossen darüber hinweg. Das Schlafzimmer war verlassen. Das Bettzeug lag noch am Boden und auch ihre und die Reste von Miras Kleidung lagen überall um das Bett verteilt. Es versetzte ihrem Herzen einen weiteren Stich. Mira erschien vor ihrem inneren Auge, wie sie nur halb bekleidet in einer dunklen Zelle saß. Wut stieg in ihr auf. Wenn sie ihr etwas antaten, würde Cassandra ihnen das niemals verzeihen! Niemand durfte Mira schaden!

Entschlossen ging sie auf die Tür zum Flur zu und fand auch diese verschlossen. Hier genügten ebenfalls einige harte Schläge mit Magie und die schwere Flügeltür fiel aus den Angeln und in den Gang, wo zwei überraschte Wachmänner sich zu ihr umdrehten und ihre Waffen zogen. Sie blickte die beiden vernichtend an. Ihre Wut lenkte sie. Sie hob die Hände und stieß die beiden zur Seite, als seien sie federleicht. Dabei berührte sie sie fast gar nicht, doch sie wurden mit Schwung in beide Richtungen von ihr fortgeworfen. Sie schritt wortlos zwischen ihnen hindurch. Wohin genau sie gehen wollte, wusste sie nicht, aber sie würde Mira finden. Zunächst stieg sie die Treppen hinab. Die Kerker waren mit Sicherheit im Keller und Cassandra vermutete stark, dass Mira dorthin gebracht worden war. Die Angst um ihre Freundin trieb sie an und sie schwebte die Stufen praktisch hinunter. Es kostete kaum Zeit, die Treppen zu den Kerkern zu finden. Ob ihre Magie sie leitete oder es einfach Glück war, wusste Cassandra nicht. Schon als sie die Treppe erst zur Hälfte hinabgestiegen war, hörte sie Miras Stimme. Das spornte sie noch einmal zusätzlich an und als sie den düsteren Gang aus grobem, grauen Stein entlang schritt, konnte sie sehen, wie die Fackeln an den Wänden immer heller wurden, je näher sie ihnen kam. Ein kurzer Blick nach hinten zeigte ihr, dass sie wieder an Helligkeit verloren, sobald sie an ihnen vorübergezogen war. Ihre Magie umgab sie wie ein Energiefeld und sie konnte sie fast in der Luft um sich herum spüren.

»Ich sage gar nichts mehr!«, hörte sie Mira brüllen. Sie

musste ganz dicht sein. Mira war mutig, aber Cassandra konnte die Angst in ihrer Stimme hören. »Lasst mich meinetwegen hier verrotten, aber ich schwöre bei meinem Leben, dass die Schuld ganz allein bei mir liegt, verschont Cass- die Prinzessin!«

Es tat ihr weh, Mira so verzweifelt zu hören. Sie wollte sie schützen. Aber begriff sie denn nicht, dass sie das das Leben kosten würde? Sehr viel mehr musste geschehen, ehe der König es wagen würde, Cassandra zu töten, aber Miras Leben war ihm vollkommen egal. Sie durfte die Schuld nicht auf sich nehmen!

Als sie eine offene Tür zu ihrer Linken erblickte, stürmte Cassandra in den Raum und rief: »Hört nicht auf sie, es ist allein meine Schuld gewesen! Sie verdient es nicht, bestraft zu werden! Ich bin es gewesen, die sie ... verführt hat!«

Die Köpfe zweier Soldaten und Miras wandten sich in ihre Richtung. Man hatte Mira an einen Stuhl gefesselt und die Soldaten schienen sie zu verhören. Sie sah unverletzt aus und trug auch ein Kleid. Es war zwar schmutzig und am Saum eingerissen, aber wenigstens etwas. Ihre Blicke trafen sich und Mira sah sie flehentlich an. Cassandra schüttelte leicht den Kopf und hoffte, sie würde verstehen, dass sie nichts mehr sagen sollte.

»Lasst sie gehen!«, befahl sie den beiden Soldaten, die sich einen nervösen Blick zuwarfen und sich dann entschuldigend an sie wandten.

»Es tut uns leid, Eure Hoheit, aber wir haben den Befehl vom König, sie zu verhören. Wir können sie nicht gehen lassen«, sagte der eine und sie konnte ihm ansehen, dass er sich ein wenig vor ihr fürchtete. Seine Augen waren aufgerissen und er hatte seine Schultern leicht hochgezogen. Vermutlich konnte er die Magie in der Luft spüren.

»Ihr solltet wieder gehen, Ihr solltet nicht an diesem Ort sein«, ergänzte der andere genauso eingeschüchtert.

»Nein!«, donnerte Cassandra und war selbst etwas erschrocken über die Kraft, die in ihrer Stimme lag. »Ich gehe nicht, ehe ihr sie nicht befreit habt!«

»Sie wird nicht befreit, Cassandra.« Sie fuhr herum und sah Ben hinter sich im Gang stehen. Sein Blick war kalt und hart und er kam langsam auf sie zu. »Sie beharrt darauf, die alleinige Schuld zu tragen. Sie wird demnach für das Verbrechen bestraft. Du hast Glück, denn es hat den Anschein, als habe sie dich nur in die Irre geführt und das ist deine einzige Missetat. Sie erhält die volle Strafe und du kannst dein Leben weiterleben. Als meine Frau und die Mutter unseres ungeborenen Kindes.«

Cassandra liefen Tränen über das Gesicht. Die schiere

Kälte in Bens Stimme raubte ihr den Atem. Sie wollte ihn anschreien, ihn zwingen, Mira zu befreien, aber sie konnte nicht. Es war nicht seine Schuld, dass die Dinge so waren, wie sie waren. Es war ihre Schuld! Einzig und allein ihre Schuld.

»Tu das nicht, bitte«, flehte sie ihn leise an. »Ich bitte dich, verschone sie!«

Auf seinem Gesicht wechselte der Ausdruck von kalt und ausdruckslos zu verletzt. »Ist dir unser gemeinsames Leben so wenig wert? Ist *sie* dir wirklich mehr wert?« Wut ersetzte den Schmerz und er trat weiter auf sie zu. »Ich hätte dir alles gegeben! Was hätte ein Dienstmädchen dir jemals bieten können? Wie konntest du es wagen, mich zu hintergehen? Und wie kannst du jetzt hier vor mir stehen und, anstatt mich um Vergebung zu bitten, noch immer ihr Leben retten wollen? Sie hat es nicht anders verdient!«

»Wenn sie es verdient hat zu sterben, dann habe ich es noch mehr verdient, denn ich bin diejenige, die Ehebruch begangen hat, nicht sie.« Ihre Stimme war tonlos. Sie wusste, dass sie verloren hatte, sie wusste, dass Ben im Recht war und sich nur an die Gesetze hielt. Sie wusste auch, dass er sie nicht ihretwegen schonte, sondern um den Ruf der Königsfamilie zu wahren und um des Kindes Willen. Aber das war ihr egal. Das Einzige, was für sie zählte, war, Mira zu retten. Wenn sie dafür die Konsequenzen tragen musste, sollte es eben so sein.

»Sie hat dich verführt, obwohl sie es besser wusste. Sie ist durch und durch verdorben und bereits in der Vergangenheit deswegen aufgefallen. Nur konnte man es ihr nicht beweisen. Du jedoch bist ein unschuldiges Opfer gewesen. Dir steht die Chance zu, die Sache zu bereuen und dich wieder auf den rechten Weg zu begeben.«

»Sie hat nichts Falsches getan. Ich wollte es genauso sehr wie sie!« Cassandra sah den Schmerz erneut in Bens Gesichtszügen und es tat ihr unendlich leid, aber sie würde Mira nicht aufgeben. Entschlossen drehte sie sich wieder um und ging zielstrebig auf ihre Freundin zu. Die beiden Wachen an ihrer Seite schauten ihr nervös und unsicher entgegen. Als sie Anstalten machten, sich ihr in den Weg zu stellen, schob sie sie mit Hilfe ihrer Magie einfach beiseite und befreite Mira dann von dem Stuhl.

»Was tust du?« Mira sah sie zweifelnd an.

»Ich lasse nicht zu, dass sie dich ermorden. Komm!« Sie zog Mira an der Hand hinter sich her. Ben stellte sich ihr in den Weg, doch auch ihn schob sie beiseite.

»Du machst einen großen Fehler, Cassandra!«, brüllte er ihr nach, doch sie ignorierte ihn und zog Mira eilig hinter sich die Treppen hinauf. Sie hörte Bens Schritte dicht hinter ihnen auf den Stufen widerhallen.

Sehr weit kamen sie nicht, denn bereits ein Stockwerk weiter oben kamen ihnen zwei Wachen entgegen, die Wiebke zwischen sich führten. Miras Griff um Cassandras Hand wurde schmerzhaft fest und sie blieben stehen. Die Wachen hatten ebenfalls verblüfft mitten im Gang angehalten. Wiebke zwischen ihnen war sehr blass und der Blick, mit dem sie Mira und Cassandra betrachtete, war zugleich unendlich traurig und wütend. Aus den Augenwinkeln konnte Cassandra erkennen, wie sehr er Mira zusetzte. Tränen glitzerten in ihren Augen und sie biss sich fest auf die Lippen.

»Ganz recht, Cassandra. Vielleicht könntest du Mira mithilfe deiner Magie aus dem Palast befreien, aber wir haben ihre Mutter hier. Willst du es wirklich riskieren, dass sie für eure Verbrechen büßen muss?«

Mira ließ Cassandras Hand los und trat mit erhobenen Händen auf Ben zu. »Ich ergebe mich. Ich habe alle meine Verbrechen gestanden und akzeptiere die Konsequenzen dafür. Aber ich flehe Euch an, Hoheit, meine Mutter ist unschuldig! Sie wusste von nichts, bitte bestraft sie nicht für meine Sünden.« Sie ließ sich vor Ben auf die Knie sinken und blickte zu Boden.

»Sehr vernünftig. Bringt sie zurück nach unten. Ihrer

Mutter ist nach wie vor gestattet, sie zu besuchen, sie kann mitgehen. Du«, er zeigte auf Cassandra, »kommst mit mir.«

Sie tauschte einen letzten, verzweifelten Blick mit Mira aus, die leicht den Kopf schüttelte und sich dann abführen ließ. Erschöpft und hoffnungslos folgte sie Ben den Gang hinauf. Sie hatte es versucht und verloren.

Die Wut in ihr war verraucht und das Einzige, was blieb, war die tief einschneidende Trauer, die sie empfand. Mira musste ihretwegen sterben und sie würden sich niemals wiedersehen. Cassandra konnte sich das nicht verzeihen.

21. Nur die Pflicht

Ben führte sie in einen leeren Raum, der sonst wohl für Versammlungen des Rates genutzt wurde. Ein großer Tisch stand in der Mitte mit gepolsterten Stühlen auf beiden Seiten und einem an der Stirnseite.

Nachdem er die Tür hinter ihnen geschlossen hatte, drehte Ben sich zu ihr um. Der Schmerz war ihm deutlich ins Gesicht geschrieben und er trat zaghaft einen Schritt auf sie zu. »Warum, Cassie? Warum hast du mir das angetan? Ich liebe dich! Du bist meine Frau! Meine Prinzessin! Die Mutter meines Kindes! Warum?«

Die Schuld lastete schwer auf ihr und drohte sie mit einem Mal fast zu erdrücken. »Ich weiß es nicht, Ben, ich weiß es einfach nicht.«

»Habe ich etwas getan, das dich so sehr von mir abstößt? Was um alles in der Welt habe ich nur getan, dass du dich in die Arme einer Frau geflüchtet hast?«

Tränen rannen ihr über die Wangen, als er sie so unendlich verletzt anschaute. »Du hast nichts Falsches getan, Ben! Es ... ich ... du bist nicht der Richtige für mich, ich ... bitte glaube mir, wenn ich dir sage, dass ich es wirklich versucht habe, aber ich konnte dich einfach nicht lieben. Es tut mir so schrecklich leid, das musst du mir glauben!«

Er machte einen letzten Schritt und stand ihr direkt gegenüber. Sie konnte Wut in seinen Augen aufblitzen sehen, als er die Hand hob und ausholte, als wolle er sie schlagen. Sie schloss die Augen und machte sich auf den Schlag gefasst, doch er kam nicht. Als sie die Augen wieder öffnete, ließ er den Arm sinken und schüttelte nur betrübt den Kopf.

»Nun gut, du hast nur die Wahrheit gesprochen. Liebe kann man nicht erzwingen. Aber wir sind verheiratet und du wirst eines Tages meine Königin sein. Wenn das Kind in deinem Bauch ein Sohn ist, werde ich dich ab sofort in Ruhe lassen, ansonsten sobald wir einen Thronfolger zur Welt gebracht haben. Ich erwarte, dass du alle deine Pflichten erfüllst, und ich warne dich nur dieses eine Mal: ziehe es ja nicht in Betracht, irgendjemand anderen in dein Bett zu lassen, ganz gleich ob Mann oder Frau. Ich werde mich von dir nicht demütigen lassen und das nächste Mal werde ich dich nicht verschonen!«

Sie wusste, dass es ihm ernst war. Als er sie auffordernd ansah, nickte sie langsam. Sie war sich ohnehin sicher, dass sie außer Mira niemals jemanden lieben konnte. Er drehte sich auf dem Absatz um und verließ den Raum, ohne sie eines weiteren Blickes zu würdigen.

Sie starrte ihm nach. Cassandra fühlte sich ausgelaugt und so unendlich müde. Aber würde sie je wieder schlafen können? Sie konnte in ihrem Leben niemals wieder glücklich sein. Wie sollte sie weiterleben, wenn sie wusste, dass Mira getötet werden würde?

Die Frage beantwortete sie sich selbst. Sie konnte, weil sie musste. Ihres Kindes und auch der Prophezeiungen wegen. Es war schlichtweg ihre Pflicht.

Ergeben schloss sie die Augen. Dann würde ihr Leben eben wirklich nur die Erfüllung ihrer Pflichten sein. Sie streckte den Rücken durch, straffte ihre Schultern und setzte eine teilnahmslose Miene auf. So verließ auch sie den Raum und machte sich auf den Weg zurück zu ihrem Zimmer. Sie ging davon aus, dass man sie umquartieren würde und wollte in Erfahrung bringen, wo sie ab jetzt wohnen sollte.

Noch war sie recht dicht bei der Treppe, die zu den Kerkern führte. Als sie den Gang entlang ging, hörte sie einen lauten Schrei und wusste sofort, dass es Mira gewesen war. Entgegen aller Vernunft machte sie auf dem Absatz kehrt und stürmte zurück zu den Kerkern. Auf der Treppe bekam sie sich und ihr panisch klopfendes Herz wieder etwas unter Kontrolle und schlich den Rest der Stufen hinab. Sie hielt sich dicht an den Wänden, um möglichst nicht gesehen zu werden, und näherte sich nur so weit, dass sie verstehen konnte, was gesagt wurde.

»Nein, sie wusste es nicht, ich schwöre es! Sie ist unschuldig! Seht sie euch doch an, sie ist krank. Sie wird hier sterben, bevor ihr Zeit habt, sie hinzurichten!« Mira schrie vollkommen hysterisch und Cassandra ahnte, dass es um Wiebke ging. Warum um alles in der Welt war sie auch verhaftet worden?

»Sei still!«, herrschte ein Soldat Mira an. »Wir befolgen unsere Befehle und sie steht unter dringendem Verdacht, da du in der Vergangenheit bereits angeklagt warst und nur ihre Aussage dich vor dem Tod bewahrt hat. Da diese vergangenen Anklagen ganz offensichtlich doch der Wahrheit entsprachen, müssen wir davon ausgehen, dass sie gelogen hat.«

»Nein, hat sie nicht! Ich habe sie angelogen! Sie wusste von nichts, ich schwöre es!«

Cassandra wäre gern eingeschritten, Mira klang so

hoffnungslos und verzweifelt. Sie hielt sich jedoch mit dem letzten Rest ihrer Vernunft zurück, sie konnte nicht wieder unüberlegt handeln.

»Gib endlich Ruhe, Mädchen!«, sagte der Soldat nur und dann erklangen Schritte, die sich in Cassandras Richtung bewegten. Sie beeilte sich, zurück zur Treppe zu kommen. Sie musste noch einmal mit Ben sprechen. Er konnte nicht zulassen, dass Wiebke getötet wurde! Miras Schluchzen erklang hinter ihr und sie spürte einen dicken Kloß im Hals. Cassandra hätte ihr so gern geholfen.

Wenigstens für Wiebke musste sie etwas tun, ihre Situation war noch nicht so aussichtslos wie Miras, und vielleicht konnte sie Ben davon überzeugen. Auch wenn er sicher nicht bereit war, ihr zuzuhören. Oder sollte sie direkt zum König gehen?

Es war einfacher, zum Arbeitszimmer des Königs zu gehen. Wo Ben sich jetzt befand, konnte sie nur ahnen. Die Entscheidung, mit wem sie sprechen sollte, erübrigte sich jedoch, als sie beim Arbeitszimmer des Königs ankam und dort sowohl ihn als auch Ben vorfand. Offenbar hatte Ben gerade seinem Vater Bericht erstattet. Ob von dem Vorfall mit ihr und Mira oder seinem Auftrag zuvor, wusste Cassandra nicht. Der König war aber zweifellos bereits über alles aufgeklärt, denn der Blick, mit dem er sie bedachte, als sie den Raum betrat, war so abfällig und angewidert, dass sie am liebsten sofort geflohen wäre.

»Ich muss mit Euch sprechen.« Sie sagte es fest und in der Hoffnung, dass ihre Stimme keinen Widerstand erlaubte. Dabei sprach sie keinen von ihnen direkt an. »Wiebke, Miras Mutter, trägt keine Schuld. Sie verdient es nicht, hingerichtet zu werden. Sie ist ohnehin schon krank, sie muss verschont werden.«

Der König lachte trocken auf. »Mittwissender sein ist ebenfalls ein Verbrechen. Sie hat ihre Tochter geschützt und für sie gelogen, obwohl sie von ihrer Verderbtheit wusste.«

»Das ist nicht wahr.« Cassandra versuchte, so gut sie konnte, die aufkommenden Tränen zurückzuhalten, doch ihre Stimme zitterte bereits verräterisch. »Sie wusste es nicht.«

»Wiebke hat bereits in der Vergangenheit für ihre Tochter gelogen, jetzt gibt es eindeutige Beweise gegen Mira und damit Grund zu der Annahme, dass Wiebke auch dieses Mal versucht hat, die Verbrechen ihrer Tochter zu decken. Dafür muss sie bestraft werden.« Der König schaute Cassandra kalt an. »Sie werden beide hingerichtet. Mira hätte schon nach dem ersten Vorfall sterben sollen, dann hätte sie dir niemals den Kopf verdrehen können.«

Die Wut ließ Cassandra die Hände zu Fäusten ballen. Wie konnte er so über Mira sprechen? Sie war ein Mensch! Ein ganz wundervoller noch dazu.

Mit einem Mal kam ihr ein letzter, verzweifelter Gedanke, wie sie sowohl Wiebke als vielleicht auch Mira doch noch retten konnte.

»Wenn die beiden ermordet werden, dann werde ich mir das Leben nehmen und damit auch Eurem Enkelkind!« Sie starrte dem König herausfordernd ins Gesicht.

Er verzog keine Miene.

Ben jedoch machte einen Satz auf sie zu. »Das würdest du nicht wagen!«

Sie drehte sich langsam zu ihm um. »Oh doch, das würde ich. Was soll ich noch in einer Welt leben, in der es für mich nichts mehr gibt, was lebenswert ist?«

Er packte sie bei den Schultern und schüttelte sie. »Was redest du da? Ist dein Kind es nicht wert? Willst du wirklich ein unschuldiges Wesen mit in den Tod reißen?«

»Wiebke ist auch unschuldig. Ich erspare dem Kind nur die Grausamkeiten dieser Welt!«

Es fiel ihr schwer, in Bens entsetztes Gesicht zu sehen und trotzdem die Festigkeit ihrer Stimme zu wahren. Aber sie musste durchhalten.

Nun erhob der König mit ruhiger Stimme wieder das

Wort: »Und wenn wir dich in Ketten legen müssen und dir das Essen den Rachen hinunter zwingen, Kind, du wirst am Leben bleiben und deine Pflichten erfüllen.«

»Das wird in Ketten nicht möglich sein«, erwiderte Cassandra. Äußerlich gab sie sich einen ruhigen Anschein, aber innerlich drohte sie zusammenzubrechen. Würden sie ihre Drohungen ernst nehmen? »Und selbst, wenn ich rund um die Uhr bewacht werde, hat niemand hier die Chance mich davon abzuhalten, mich mit meiner eigenen Magie zu töten. Keiner von euch könnte es kommen sehen und keiner könnte es verhindern.« Sie verschränkte die Arme vor der Brust, um zu verbergen, wie sehr sie zitterte.

Der König dachte scheinbar über ihre Worte nach und Ben schaute fast flehentlich zu seinem Vater. Nach einer gefühlten Ewigkeit blickte der König sie schließlich an und sagte ernst: »Wenn wir Wiebke und Mira verbannen, anstatt sie zu töten, wirst du schwören, alle deine Pflichten zu erfüllen? Du wirst alles in deiner Macht Stehende tun, um die Zukunft des Königreiches zu verbessern, und meinem Sohn eine treue und zumindest den äußeren Schein wahrende Ehefrau zu sein?«

Cassandra konnte es kaum fassen und triumphierte innerlich. Er gab nach. Sie hatte es tatsächlich geschafft! Mit ebenso ernster Miene wie zuvor nickte sie. »Ich tue alles, was von mir verlangt wird, wenn ich weiß, dass Mira und Wiebke nichts geschieht.«

»Sie müssen das Königreich verlassen und du wirst sie niemals wiedersehen.«

Wieder nickte Cassandra. »Ich will aber Beweise, dass sie wirklich freigelassen werden, bevor ich irgendetwas mache. Sollte ich auch nur den geringsten Zweifel hegen, halte ich mich nicht an die Abmachung.«

»Du wirst von einem der Ausgucke auf der Mauer zusehen dürfen, wie sie den Palast verlassen. Einverstanden?«

Der König hielt ihr die Hand entgegen. Sie ergriff sie. »Einverstanden.«

Der König nickte und ließ ihre Hand los. »Sehr gut.« An einen Soldaten vor der Tür gewandt, setzte er dann hinzu: »Gib diesen Befehl bitte weiter und leite alles in die Wege, dass die beiden so bald wie möglich aufbrechen können.« Der Soldat nickte und verschwand eilig. An einen anderen gewandt ergänzte der König noch: »Und du bringst die Prinzessin auf ein neues Zimmer.« Er schaute Cassandra an. »Du wirst dortbleiben und warten, bis wir dir mitteilen, wie es weitergeht.«

Sie nickte und folgte dem Soldaten zu einem der immer bereitstehenden Gästezimmer. Es war kleiner als alle Räume, in denen sie bisher gewesen war, und sie hörte, wie man sie einschloss, doch es kümmerte sie kaum.

Mira und Wiebke würden nicht sterben. Ein kleines Lächeln schlich sich auf ihre Lippen. Auch wenn der Rest der Situation ausweglos war, hatte sie es doch zumindest fertiggebracht, die Leben zweier Menschen zu retten. Das Wissen, dass Mira nicht ihretwegen sterben musste, erleichterte sie ungemein. So konnte sie sich in ihr Schicksal fügen, solange sie nur wusste, dass Mira irgendwo da draußen in der Welt sein und ein glückliches Leben führen würde. Vielleicht konnte sie mit Wiebke nun doch auf dem Land neu beginnen, an einem Ort, der besser zu ihrem Wesen passte.

22. Wo eine Tür sich schließt ...

Cassandra wurde den ganzen nächsten Tag und die gesamte Nacht allein in ihrem Zimmer gelassen. Nur zwischendurch wurde ihr Essen gebracht und wortlos überreicht. Sie war fast froh darüber, dass man sie in Ruhe ließ. Die Aufregung der vergangenen Nacht, der Schock und die Angst hatten sie stark erschöpft. Dazu kam noch, dass sie sehr viel Gebrauch von ihrer Magie gemacht hatte und das ebenfalls an ihren Kräften zehrte.

Erst am darauffolgenden Tag kamen drei Mädchen mit dem Auftrag, sie neu einzukleiden. Sie hatten ein Kleid mitgebracht und sprachen kein einziges Wort mit ihr. Vermutlich waren sie angewiesen worden zu schweigen. Cassandra kümmerte es kaum, sie war nur froh, dass sie aus ihren alten Kleidern herauskam und endlich etwas Sauberes anziehen konnte.

Nachdem die Mädchen wieder gegangen waren, holte Ben sie ab. Er schaute sie nicht direkt an und in seinem Gesicht konnte sie keine Gefühlsregung erkennen. Begleitet von vier Soldaten stiegen sie schweigend zu einem der Ausgucktürme hinauf. Von hier oben konnte man sehr weit schauen. Cassandra sah die Felder und kleinen Dörfer um den Palast herum und sah auch Waldflächen und am Horizont Berge.

Ben wies nach unten und Cassandra konnte Wiebke und Mira unter sich erkennen, die einen kleinen Wagen aus Holz hinter sich herzogen. Sie wurden gerade von Soldaten durch das große Haupttor geführt und gingen von dort aus allein weiter. Das Tor wurde unter ihnen geräuschvoll wieder geschlossen. Cassandra blickte Mira und Wiebke nach, als sie sich langsam immer weiter entfernten. Ben ließ sie gewähren und kommentierte auch die Tränen nicht, die sie nicht zurückhalten konnte.

Da ging sie hin, ihre große Liebe, und sie wusste, dass sie sich niemals wiedersehen konnten. Cassandra würde für immer Gefangene ihrer Verpflichtungen sein. Sie hoffte inständig, dass wenigstens Mira ein schönes und erfülltes Leben haben würde.

Mira schaute sich nicht um, sie wusste schließlich nicht, dass Cassandra ihr nachblickte. Ob sie wusste, dass sie es gewesen war, die ihr das Leben gerettet hatte? Als Wiebke und Mira nur noch kleine Punkte waren, die dem Horizont immer näherkamen, fasste Ben sie am Arm. Es war eine freundliche Geste, doch er lächelte nicht, als sie sich zu ihm umdrehte.

»Wir sollten gehen«, sagte er nur knapp und sie folgte ihm wieder nach unten. Sie war davon ausgegangen, dass er sie zurück zu ihrem Zimmer bringen würde und war daher überrascht, als sie ein Stockwerk weiter oben bereits den Flur entlang gingen. Vor einer breiten Flügeltür blieb Ben stehen und drehte sich zu ihr um. »Wir müssen den äußeren Schein wahren, es wirft sonst ein schlechtes Licht auf das Königshaus. Dies sind unsere neuen Gemächer.« Er stieß die Türflügel auf und sie folgte ihm hinein. Der Aufbau glich dem ihrer alten Gemächer. Sie befanden sich in einem geräumigen Schlafzimmer mit einem großen Bett und von beiden Seiten führten Türen ab, die, wie Ben ihr bestätigte, zu ihren Ankleidezimmern führten.

»Ich halte mein Versprechen. Ich werde dich in Ruhe lassen, wenn du das wünschst. Wir schlafen lediglich im selben Bett.«

Seine Stimme war so kalt und sein Gesicht so ausdruckslos. Seine sonst so liebe und herzliche Art war gänzlich verschwunden, er kam ihr vor wie ein Fremder. Es musste ihn wirklich sehr hart getroffen haben und es tat ihr unendlich leid, dass sie ihn so tief verletzt hatte. Sie verdiente es nicht anders. Er war immer noch höflich und zuvorkommend zu ihr und mehr konnte sie auch nicht erwarten. Irgendwie würde sie damit schon leben können.

»Ich werde dich zum Abendessen abholen«, erklärte ihr Ben, bevor er den Raum wieder verließ und sie allein zurückblieb. Cassandra lief durch das Zimmer und betrachtete ihr neues Zuhause. Anschließend ließ sie sich auf das Bett fallen und starrte an die mit Blumenmustern verzierte Decke.

Da war sie wieder, die Einsamkeit, und Cassandra hüllte sich in das dumpfe Gefühl der Leere, um den Schmerz nicht mehr spüren zu müssen und nicht in ihren tristen Zukunftsaussichten zu ertrinken.

Als es schon kurze Zeit später an der Tür klopfte, stand sie überrascht auf und strich sich ihr Kleid glatt. Sie erwartete Ben nicht so früh zurück, aber wer um alles in der Welt würde denn sonst zu ihr kommen wollen? Königin Elena? Wohl kaum, nachdem Cassandra ihren Sohn verraten hatte.

Die Wachen vor der Tür kündigten auf ihre Frage hin

Sir Abel von Silberstein an. Er gehörte nun wirklich zu den allerletzten Menschen, die sie erwartet hatte oder sehen wollte. Sie ließ ihn dennoch hineinbitten und ging zu der kleinen Sitzecke, die vor einem der Fenster ihres Zimmers war. Dort wartete sie steif, bis Sir Abel das Zimmer betreten und sich zu ihr gesellt hatte. Er küsste förmlich ihre Hand und sie setzten sich. Eine Weile musterten sie sich gegenseitig. Er hatte das typisch ausdruckslose Gesicht der Adligen aufgesetzt, wirkte aber doch leicht nervös. Sein Blick aus grauen Augen zuckte unruhig im Zimmer hin und her und wanderten immer wieder zu der Tür hinter Cassandra, die zu Bens Ankleidezimmer führte.

»Was führt Euch zu mir, Sir Abel?«, fragte sie schließlich höflich, da er das Wort nicht von selbst ergriff.

Er druckste kurz herum, ehe er sich wieder fasste und ihr antwortete. »Nun, um ehrlich zu sein ... ich wollte nur sichergehen, dass unser letztes Gespräch Euch keinen falschen Eindruck von mir vermittelt hat. Ich wollte Euch keine Angst machen, das wollte ich nur klarstellen.« Sie nickte und glaubte ihm kein Wort. Noch immer wirkte er unruhig. »Gefallen Euch Eure neuen Gemächer? Sie sind sehr komfortabel, nicht wahr?«

»Das sind sie in der Tat, Sir Abel.« Sie lächelte und versuchte noch immer vergeblich, sich einen Reim auf sein

Verhalten zu machen.

»Meine Frau und ich haben oft hier übernachtet, wenn wir für längere Zeit geschäftlich im Palast waren. Unser Haus ist zwar nicht allzu weit entfernt, damit ich immer in der Nähe des Rates bin, aber manchmal wurde es doch zu spät, um noch zurückzufahren. Hättet Ihr etwas dagegen, wenn ich mich hier noch ein letztes Mal umsehe? Aus ... nostalgischen Gründen?« Er hatte im Plauderton gesprochen und einen Teil seiner Selbstsicherheit zurückgewonnen. Mit einem schiefen Lächeln wartete er nun auf ihre Reaktion. Cassandra war sich sicher, dass er hier irgendwo etwas versteckt haben musste, etwas, das ihn eindeutig als Verräter überführen könnte, und er wollte es nun unbemerkt verschwinden lassen.

Mit einem selbstsicheren Lächeln auf den Lippen sah sie ihm direkt in die Augen. »Es tut mir sehr leid, Sir Abel, aber ich fühle mich nicht sehr wohl und würde mich gern etwas ausruhen. Ich hätte auch nicht erwartet, dass Ihr tatsächlich eine so starke, emotionale Bindung zu ein paar Räumen aufbauen könntet.«

»Aber, Prinzessin -«

»Genug! Dies ist nun mein Zuhause und ich möchte gern meine Ruhe haben.«

Sie erhob sich und machte deutlich, dass sie keinerlei

Widerspruch duldete. Sir Abel funkelte sie wütend an, sagte aber nichts mehr und schritt erhobenen Hauptes zur Tür.

Sobald er fort war, begann Cassandra, sich umzuschauen. Sie suchte an allen Orten, an denen sie ein Versteck vermutete, wurde im Schlafzimmer aber nicht fündig. Ihr Blick blieb auf der Tür zu Bens Ankleidezimmer liegen. Es war ihr dabei unbehaglich zumute. Sie hatte dort drinnen nichts zu suchen. Auf der anderen Seite war das natürlich ein sehr geeignetes Versteck, da dort auch Sir Abels Ankleidezimmer gewesen sein musste und so niemand versehentlich finden konnte, was auch immer er versteckt hatte. Sie atmete also entschlossen tief durch und öffnete dann die Tür, die glücklicherweise nicht abgeschlossen war.

In dem Raum sah es fast genauso aus, wie in Cassandras eigenem Ankleidezimmer. Hohe Schränke standen an der Wand und es gab einen großen Spiegel. Nur einen Schminktisch gab es nicht. Zunächst noch unsicher blickte sie sich um, doch dann begann sie, auch die Schränke zu öffnen, darunter, darauf und hinter dem Spiegel und den Bildern an den Wänden zu suchen. Sie fand jedoch nichts.

Als sie schon aufgeben wollte, stolperte sie über ein lockeres Brett im Boden. Ihr Saum hatte sich daran verhakt und als sie sich bückte, um den Stoff zu befreien, versuchte sie, das Brett anzuheben. Es kostete sie einige Mühe, ehe sie eine Ecke des Brettes zu fassen bekam und es so aus dem Boden lösen konnte. Darunter befand sich ein Hohlraum, in dem tatsächlich etwas in ein graues Tuch eingewickelt lag. Als sie den großen, langen Gegenstand heraushob, spürte sie sofort ein vertrautes Kribbeln in ihren Fingern, und als sie das Tuch zurückschlug, bestätigte sich ihre Vermutung. Sie hielt das Schwert in Händen, das zu verzaubern man sie gezwungen hatte. Sir Abel hatte tatsächlich das Schwert hier versteckt! Sie konnte ihr Glück kaum fassen.

Cassandra entschied, dass es das Beste war, wenn sie mit Ben über ihren Fund sprach. Sie wartete also ungeduldig darauf, dass er sie am Abend abholen würde. Das Schwert hatte sie zurück in sein Versteck gelegt, für den Fall, dass sie vorher noch weitere unerwartete Besuche erhielt.

Das war allerdings nicht der Fall und als es bereits dunkler wurde, begann sie, ruhelos auf und abzugehen. Ben hatte gesagt, dass er sie abholen würde, richtig?

Als er endlich eintrat, wäre sie ihm fast vor Freude um den Hals gefallen, fasste sich aber noch rechtzeitig wieder und straffte ihre Schultern. Er hielt ihr auffordernd den

Arm hin, doch ehe sie ihn ergriff, damit er sie zum Abendessen führen konnte, schaute sie ihm unsicher ins Gesicht. Er wich ihrem Blick aus.

»Ben, ich kann nachvollziehen, dass du von mir kein Wort hören möchtest, aber ich muss dir etwas zeigen. Es ist ausgesprochen wichtig. Bitte.«

»Was ist es?«, sagte er, weiterhin kühl an ihr vorbeiblickend, doch sie hörte leichte Sorge in seiner Stimme.

»In deinem Ankleidezimmer gibt es ein lockeres Brett im Boden und -«

»Was hattest du in meinem Ankleidezimmer zu suchen?«

»Diese Gemächer wurden vorher für Sir Abel von Silberstein und seine Frau genutzt, richtig? Er war vorhin hier und wollte sich umsehen. Ich habe ihn nicht gelassen, aber anschließend geschaut, ob ich etwas finde, das er hier versteckt haben könnte. Deshalb war ich auch in deinem Ankleidezimmer, obwohl ich das normalerweise nicht tun sollte. Und ich habe etwas gefunden. Etwas unglaublich Wichtiges!«

Ben ging in sein Ankleidezimmer und sie folgte ihm, um ihm das lose Brett zu zeigen. Er öffnete das Geheimversteck mit mehr Geschick, als sie es getan hatte, und zog das Schwert heraus. Seine Augen wurden groß.

»Es ist das Schwert, das man mich hat verzaubern lassen, als ich entführt wurde«, erklärte Cassandra ihm, weil sie nicht sicher war, ob er die Magie genauso spüren konnte wie sie.

»Aber wie kam es dann hierher? Weshalb befand es sich in von Silbersteins Besitz?« Ben starrte nachdenklich auf die Klinge des Schwertes und es fiel ihm sichtlich schwer, die Tatsachen als das zu akzeptieren, was sie waren. »Warum sollte er gegen dich und die Krone arbeiten?«

»Ich weiß es nicht, Ben«, antwortete sie leise, doch er ignorierte sie und hatte wohl nur mit sich selbst gesprochen.

»Mein Vater muss unverzüglich davon erfahren!« Er sprang auf und verließ mit dem Schwert in der Hand den Raum. Cassandra folgte ihm zögernd. Wollte er, dass sie mit ihm kam, oder nicht? An der Tür war er stehengeblieben und ergriff ungeduldig ihre Hand. »Komm!« Er zog sie eilig mit sich zum Speisezimmer, wo der König und die Königin bereits warteten.

Beide blickten überrascht auf, als Ben mit einem Schwert in der Hand in den Raum stürzte. Er erklärte ihnen knapp, was geschehen war und was es mit dem Schwert auf sich hatte. Königin Elena war schockiert und schüttelte ungläubig den Kopf. Der König war wütend aufgesprungen und forderte eine ihrer Wachen auf, Sir Abel unverzüglich zu ihm zu bringen.

»Warum sollte Abel das tun?« Elena schien noch immer zu zweifeln und Cassandra erinnerte sich, dass sie in ihrer Jugend gut mit Sir Abel befreundet gewesen war.

»Nun, das müssen wir ihn fragen, nicht wahr? Denn es sieht zurzeit so aus, als habe er tatsächlich etwas mit diesem Schwert und Cassandras Entführung und damit den Rebellen zu tun«, antwortete der König ihr barsch.

Elena warf Cassandra einen misstrauischen und anklagenden Blick zu, als wolle sie ihr die Schuld an der Sache geben, doch sie sagte kein Wort. Sie alle warteten auf Sir Abels Ankunft.

Als er schließlich den Raum betrat und sich mit einer Mischung aus Überraschung und der üblichen Überheblichkeit umschaute, hatte Cassandra doch etwas Angst, dass ihre Beweise nicht ausreichten und er sich irgendwie herausreden könnte. Aber als sein Blick auf das Schwert fiel, das Ben noch immer in den Händen hielt, wurde sein Gesicht kreideweis.

»Eure Hoheiten, w-was verschafft mir die Ehre?«, fragte er etwas verunsichert, aber ohne sich irgendeine Schuld anmerken zu lassen.

Ben hob wortlos das Schwert und deutete mit der Spitze auf ihn.

»Wir haben etwas in Euren ehemaligen Gemächern gefunden, das uns stutzig macht. Dieses Schwert ist von Prinzessin Cassandra eindeutig als jenes identifiziert worden, das man ihr bei ihrer Entführung vorgelegt hat, damit sie es mit Magie versieht. Wie, mein lieber Sir Abel, kam dieses Schwert in Eure Gemächer?«

»Ich ... das ... es wurde mir von einer anonymen Person gegeben, ich wollte es sicher verwahren!« Cassandra glaubte ihm kein Wort, alles an seinem Gesichtsausdruck schrie förmlich, dass er schuldig war, doch sie fürchtete, die anderen würden darauf trotzdem hereinfallen. Königin Elena nickte bereits zustimmend.

»Und Ihr habt es nicht für nötig gehalten, mich und den Rat über einen Gegenstand von solcher Wichtigkeit zu informieren und habt ihn in Eurem Ankleidezimmer unter den Bodenbrettern versteckt?« Der König glaubte ihm also auch nicht.

»Es ... ich ...« Sir Abel fehlten nun doch die Worte und sein Blick fiel hilfesuchend auf Königin Elena. Zu Cassandras großer Erleichterung ergriff sie nicht Partei für ihn, sondern zuckte nur mit den Schultern und sah ihn auffordernd an. Sie wollte, dass er sich erklärte.

Wie ein wildes Tier, das man gefangen hatte, blickte er sich hektisch um, aber er hatte keine Möglichkeit, sich aus dem Staub zu machen. Schließlich fiel er vor dem König auf die Knie und flehte ihn an. »Es ist wahr, ich war Teil der Gruppe, die die Prinzessin entführte. Ich habe das Schwert verwahrt. Aber ich habe mit diesen Menschen nichts mehr am Hut und ich hatte niemals vor, ihnen das Schwert auszuhändigen oder es selbst zu benutzen!«

»Wie konntest du nur, Abel?« Elena klang verletzt.

»Ich weiß es nicht! Mein Vater hatte immer von diesem sagenumwobenen Schwert geschwärmt und als sich dann diese Rebellen mit mir in Kontakt setzten und es mir zeigten ... man kann mit Magie so viel schneller seine Ziele erreichen! Es ist eine wertvolle und mächtige Waffe.«

»Aber gegen wen hattet Ihr vor, sie einzusetzen?«, fragte Ben trocken.

»Gegen die Krone?«, ergänzte der König. »Wolltest du dir einen Vorteil verschaffen, um im richtigen Moment die Macht an dich zu reißen?«

»Cassandra hat Euch erkannt, Ihr seid es gewesen, der die Rebellen angeführt hat und Ihr persönlich habt sie gezwungen, das Schwert zu verzaubern. Ihr seid es auch gewesen, der es dann an einem gefangenen Soldaten getestet hat. Ich glaube Euch keine Sekunde lang, dass Ihr nur

Mitläufer gewesen seid!« Ben blickte voller Hass auf Sir Abel hinab und Cassandra war ihm unglaublich dankbar dafür. Er setzte sich trotz allem noch für sie ein und glaubte ihrem Wort.

»Ist das wahr, Abel?«, verlangte Elena zu wissen. Auch ihre Stimme war alles andere als freundlich, anscheinend hatte auch sie den Glauben an ihren ehemaligen Freund verloren.

Sir Abel von Silberstein hob den Kopf. Er kniete noch immer am Boden und alle Anwesenden starrten auf ihn hinab. Er hatte verloren und war sich dessen bewusst. Doch ein Teil seiner Überheblichkeit blieb ihm auch jetzt noch erhalten. Cassandra sah es in seinen Augen. »Wenn man mir gestattet, auf die Ländereien meiner Familie zurückzukehren, und mich nur vom Rat und vom Hof verbannt, werde ich Euch die wichtigsten Namen der Rebellen nennen.«

23. Loyalitäten

Natürlich nahmen sie das Angebot an. Der König wollte kein Adelsmitglied von solch hohem Stand hinrichten oder einsperren müssen und außerdem waren seine Informationen hilfreich, denn nur so war es möglich, den Widerstand zu bekämpfen. Cassandra wusste das und trotzdem war sie enttäuscht, dass Sir Abel so gut aus der ganzen Sache herauskam. Er würde ab jetzt mit mehr Misstrauen behandelt werden und der Rest seiner Familie vermutlich auch. Ihre Stellung am Hof war gesunken. Es war ihm auch nicht möglich, jemals wieder an den Hof zurückzukehren, doch er war noch immer das Familienoberhaupt einer sehr reichen Familie und würde weiterhin ein sorgloses und wunderbares Leben haben.

Das erschien Cassandra nicht fair. Mira und Wiebke hatten alles aufgeben müssen, um dem Tod nur haarscharf zu entrinnen, und mussten sich irgendwo Außerhalb ein neues Leben aufbauen, was sicherlich sehr schwer werden würde. Dabei hatten sie im Gegensatz zu Sir Abel gar nichts Böses getan.

Die nächsten Tage wurde Cassandra wieder viel allein gelassen und außerhalb der Mahlzeiten in ihren Gemächern eingeschlossen. Man hatte ihr eine neue Kammerfrau zugeteilt, die aber ganz offensichtlich die Anweisung hatte, über ihre Arbeit hinaus keinerlei Kontakt zu Cassandra zu haben, und so gut wie nie auch nur ein einziges Wort mit ihr wechselte.

Ben und der König waren damit beschäftigt, die von Sir Abel genannten Mitglieder des Widerstandes ausfindig zu machen, zu verhaften und zu verhören. Sie alle wurden mehr oder weniger angemessen bestraft. Cassandra hatte den Eindruck, dass die Gefahr so nicht dauerhaft gebannt werden konnte, wenn gerade die hochrangigen Mitglieder der Verschwörung glimpflich davonkamen. Es war jedoch nicht ihre Entscheidung. Ben hielt sie jeden Abend auf dem Laufenden darüber. Das waren jedoch auch die einzigen Momente, in denen er mit ihr sprach. Ansonsten ignorierte er sie vollkommen und auch wenn es sie verletzte, konnte sie es ihm nicht übelnehmen. Sie wusste nicht, wie sie sich an seiner Stelle verhalten hätte, aber dass es sie schrecklich verletzen und sie mit sich nicht mehr sprechen wollen würde, das stand für sie fest.

Einige Tage vergingen und Cassandra war wie gewöhnlich allein in ihrem Zimmer. Sie saß am Fenster und hatte ein Buch auf dem Schoß. Sie las jedoch nicht, sondern starrte aus dem Fenster und betrachtete die Wolken, die langsam über den Himmel zogen.

Als es an ihrer Tür klopfte, zuckte sie zusammen und das Buch glitt zu Boden. Sie hatte niemanden erwartet, wer würde sie mitten am Tag besuchen kommen? War etwas Schlimmes passiert?

Besorgt erlaubte sie dem Besuch, einzutreten. Ein Wachmann begleitete einen Mann mit gelangweiltem Gesichtsausdruck und eine blonde Frau in den Raum. Cassandra konnte sie nicht sofort zuordnen, aber sie kamen ihr entfernt bekannt vor. Die Frau trat mit ausgebreiteten Armen auf sie zu und lächelte.

»Eure Hoheit! Es ist so schön, Euch wiederzusehen!«

Der Mann folgte ihr und schüttelte Cassandra die Hand. Sie war vollkommen überrumpelt. Der Wachmann verließ, sich verbeugend, den Raum und ihre Besucher schoben sie zu der Sitzecke am Fenster.

Erst, als sie bereits saßen, dämmerte es Cassandra langsam: das war das Ehepaar, was sie bei ihrer Hochzeit so bedrängt hatte! Seitdem war so viel vorgefallen, dass sie sich kaum noch an sie erinnerte. Weshalb um alles in der Welt kreuzten sie ausgerechnet jetzt hier auf?

»Eure Hoheit!« Die Frau lächelte sie breit an, doch Cassandra erkannte, dass diese Miene aufgesetzt war. »Wir haben uns so lange nicht gesehen. Es ist viel passiert.«

Ihr Mann nickte hektisch. »Oh ja, sehr viel. Wie geht es Euch?«

Cassandras Blick wanderte zweifelnd zwischen den beiden hin und her. Was wollten sie von ihr? »Gut, danke.« Die gesamte Situation war ihr unangenehm.

»Ihr seid in freudiger Erwartung, erzählt man sich.«

Cassandra legte schützend die Hände auf ihren Bauch, als die Frau ihre eigenen ausstreckte. Sie war kurz davor, aufzustehen und die beiden zu bitten zu gehen. Doch es interessierte sie brennend, was sie mit ihrem Besuch bezweckten. Es waren wohl kaum reine Nächstenliebe oder die Hoffnung, dass sie ein gutes Wort für sie einlegte. Immerhin war sie dazu gerade nicht in der richtigen Position und sie war sich sicher, dass der gesamte Hof das wusste.

»Es wäre doch wirklich furchtbar, wenn die ganze Aufregung der letzten Zeit Euch oder Eurem Kind schaden würde.«

War das eine Drohung? Cassandra starrte die Frau an.

»Wir wollten sichergehen, dass es Euch noch immer gut geht. Man weiß ja nie, in welcher Ecke sich der nächste Verräter versteckt hält.«

»Abel von Silberstein ist ein guter Mann.« Ihr Mann mischte sich nun auch wieder in das Gespräch. »Ich kenne ihn, seitdem wir junge Burschen waren. Wir haben uns immer alles erzählt. Eine Schande, was mit ihm geschehen ist.«

Hatte er Angst, durch seine Freundschaft zu Sir Abel unter Verdacht zu geraten?

»Hat er meinen Mann oder mich mal erwähnt?«

Es schien tatsächlich so. Aber er hatte schließlich eine Liste mit allen angefertigt, die an dem Verrat beteiligt waren. Weshalb sollten die beiden jetzt nervös werden? Offensichtlich waren sie nicht verhaftet worden.

»Nein, ich denke nicht, Herr -?« Cassandra wusste nicht einmal seinen Namen, hätte das also gar nicht beurteilen können.

»Verzeihung, Eure Hoheit. Von Hohenehr, Walter von Hohenehr. Das ist meine Frau Lucinda.«

»Hocherfreut.« Sie kannte den Familiennamen entfernt, viel Bedeutung hatte er für sie jedoch nicht. Die beiden schienen nicht lockerlassen zu wollen.

»Was verschafft mir denn die Ehre?«

»Oh, wie wir schon sagten, wir wollten uns nach Eurem Wohl erkundigen.« Von Hohenehr strich sich über den Bart.

»Oh!« Seine Frau klatschte sich gegen die Stirn, als sei ihr gerade etwas Wichtiges wieder eingefallen. »Und wir haben einen Brief erhalten, von unserem guten Freund. Er fragte ebenfalls nach Euch.«

Sie standen also noch in Kontakt?

»Entschuldigung? Ich verstehe nicht ganz.«

»Er wollte wissen, ob Ihr Euch sicher fühlt. Er bat uns, ein Auge auf Euch zu haben, wo doch gerade so viel los ist und hier im Palast viel Staub aufgewirbelt wird. Immerhin seid Ihr direkt in die Sache verwickelt gewesen.«

Es war eine Drohung, eindeutig.

»Danke, es geht mir gut.« Sie wollte die beiden wegschicken und Ben von der ganzen Sache erzählen.

»Aber, aber!« Lucinda legte eine Hand auf ihren Arm. »Ihr seid ja ganz blass geworden. Ist Euch nicht gut? Ihr solltet jetzt nicht allein sein.«

Herr von Hohenehr stand auf und trat an ihre Seite. »Ihr müsst Euch keine Sorgen machen. Es ist zwar nicht leicht, herauszubekommen, wem man wirklich vertrauen kann, aber in Eurer Position müsst Ihr keine Angst haben.

Hier am Hof stehen trotz allem noch viele hinter Euch und dem, für was Ihr steht. Magie ist etwas Wichtiges, was unser Königreich zurückerlangen muss.«

Nun war Cassandra vollends verwirrt. Sie sprachen sich für sie aus? Hatte sie nicht gerade ihren geheimen Plan aufgedeckt und die beiden waren zu ihrem Glück bisher davongekommen?

»Skandal hin oder her, Ihr habt Freunde hier am Hof, vergesset das nicht, Prinzessin.« Lucinda strahlte sie an und ihr Lächeln wirkte dieses Mal echter.

»Von Hohenehr, behaltet den Namen im Kopf. Wir werden immer für Euch da sein. Unsere Loyalität liegt bei Euch.«

Weshalb betonte er das so? Sie hatten ihr verdeutlicht, dass sie bereit dazu waren, Verrat zu begehen. Aus welchem Grund auch immer, von Silberstein hatte ihre Namen nicht erwähnt, obwohl die beiden Männer offensichtlich seit Jahren Freunde waren, und jetzt versprachen sie ihr Loyalität? Erwarteten sie etwa, dass sie sich gegen das Königshaus stellen würde und versprachen ihr Unterstützung in einem solchen Unterfangen? Was sollte das? Was erzählte man über sie?

Entschlossen stand Cassandra auf und strich ihre Kleider glatt. »Vielen Dank für den Besuch. Ich muss mich entschuldigen, ich habe Kopfschmerzen. Es rührt mich, dass die Familie von Hohenehr hinter mir und dem Königshaus steht. Ich bin sehr froh, ein Teil dieser wunderbaren Familie geworden zu sein. Ich möchte nun allein gelassen werden.«

War das deutlich genug? Zu harsch? Die beiden zeigte keinerlei Reaktion, sie lächelten nur höflich, verbeugten sich und verließen Cassandra.

Erschöpft ließ sie sich zurück in ihren Sessel sinken. Diese Intrigen waren ihr zu anstrengend. Alles hier am Hof erschien ihr unglaublich anstrengend. Sie vermisste Mira und ihre Zweisamkeit. Es war so unkompliziert gewesen zwischen ihnen.

Sie erzählte Ben am Abend von dem Vorfall, doch er hörte ihr kaum zu und winkte ab, als sie ihre Sorge äußerte. Soweit sie das mitbekam, geschah nichts mit Herrn und Frau Hohenehr und Cassandra wusste nicht, ob sie etwas unternehmen sollte oder nicht. Wenn es hart auf hart kam, war es sicher nicht verkehrt, zu wissen, wer auf ihrer Seite stand. Die Frage war bloß, wie vertrauenswürdig diese Menschen waren.

Vermutlich war es auch egal. Solche Gestalten wie sie gab es am Hof viele. Es würde sie immer geben und Cassandra hatte keine Lust mehr, sich in ihre Spielchen verwickeln zu lassen. Sie wollte ihre Pflichten erfüllen und hoffte, dass sie mit ihrem Leben irgendwann zufrieden sein konnte. Vielleicht wenn das Kind kam.

So hüllte sie sich wieder enger in ihren Mantel aus Gleichgültigkeit und versuchte, die Schuld, die Einsamkeit und die Langeweile von sich abprallen zu lassen.

Das funktionierte jeden Tag ein wenig besser, alles um sie herum kümmerte sie jeden Tag etwas weniger.

24. Die Ruhe vor dem Sturm

Nachdem alle Personen von Sir Abels Liste verhaftet und verurteilt worden waren, sprach Ben auch abends nicht mehr mit Cassandra und ging einfach schweigend zu Bett. Jede Nacht lag sie lange Stunden wach neben ihm und fragte sich, wie er es schaffte, zu schlafen.

Das Kind in ihrem Bauch wuchs und langsam begann sie, das Leben in sich zu spüren. Es war noch ganz schwach, doch es war eindeutig da. Ben schien sich auf das Kind zu freuen, Cassandra hingegen wusste nicht, wie sie fühlen sollte. Am besten wollte sie gar nichts fühlen, dann konnte ihr auch niemand Schmerzen zufügen.

Sie aß fast jeden Abend mit dem König, der Königin und Ben zusammen und hörte dort immer wieder von verschiedenen Übergriffen der Feen. Sie setzen Felder in Brand, ließen Häuser einstürzen, sorgten dafür, dass Kutschen ihr Ziel nicht erreichten und vernichteten die Ladungen, die transportiert wurden. Es wurde anscheinend immer schlimmer und der König war der Meinung, man müsste endlich etwas dagegen unternehmen. Sie planten verschiedene Angriffe auf die Heimat der Feen. Cassandra sagte ihre Meinung dazu nicht. Es wollte sie ja ohnehin niemand hören und sie hatte versprochen zu tun, was man ihr sagte. Was konnte sie schon tun, wenn man sie nicht helfen ließ? In ihrem aktuellen Zustand empfand sie auch nicht mehr die Notwendigkeit, sich die Mühe zu machen, etwas gegen den König zu sagen.

Die ersten Angriffe auf die Feen scheiterten und machten den König noch wütender. Es schien unmöglich, die Feen zu überraschen und zu überlisten. Ben wurde für ein paar Tage mit einer Truppe fortgeschickt, um sich die Sachen aus der Nähe anzusehen, und Cassandra hatte endlich einige ruhigere Nächte. Er kehrte unversehrt zurück und verlor ihr gegenüber kein Wort über den Erfolg oder Misserfolg seiner Mission. Anschließend hörte sie eine Weile nichts mehr von den Feen und nahm bereits an, dass, was auch immer Ben und seine Truppe unternommen hatten, tatsächlich funktionierte.

Doch eines Morgens fand sie eine Fee auf ihrem Nachttisch vor, als sie erwachte. Das kleine, zierliche, grüne Wesen stand dort und beobachtete sie. Ben war bereits aufgestanden und fort. Sie wusste nicht wohin.

Als die Fee sah, dass Cassandra erwacht war, richtete sie das Wort an sie. »Wir hatten darauf gewartet, dass du zu uns Kontakt aufnimmst, Cassandra. Stattdessen sind wir angegriffen worden und die Menschen haben Teile unseres Waldes verwüstet! Was ist mit dir geschehen? Du warst so weit gekommen, als wir dich das letzte Mal besuchten, doch jetzt fehlt dir die nötige Kraft, unsere Königin zu sein. Dir fehlt die Kraft, irgendjemandes Königin zu sein!« Die Fee verschränkte die Arme vor der Brust und schüttelte mit Enttäuschung im Gesicht den Kopf. Cassandra verspürte einen leichten Stich in der Brust. »Trotzdem wollen wir dich warnen: halt dich zurück und erhebe deine Hand nicht gegen uns, dann werden wir dich und dein Kind in Frieden lassen. Wir haben den Glauben in dich noch nicht verloren.« Mit diesen Worten erhob die Fee sich in die Luft und schwirrte aus dem Fenster ins Freie.

Cassandra blickte ihr verwirrt nach. Was um alles in der Welt hatte sie gemeint?

Sie wartete nervös, bis ihre Kammerfrau endlich kam

und fragte sie sofort, ob alles in Ordnung sei oder ob es irgendwelche Angriffe gegeben hatte. Sie schaute sie mit einem unsicheren Blick an und schüttelte nur leicht den Kopf, ehe sie wieder dazu überging, stumm ihre Arbeit zu verrichten und Cassandras Worte zu ignorieren.

Sie ließ sich gedankenversunken ankleiden. Die Worte der Fee ließen sie nicht los. Was planten sie nur? Hatten sie sie nervös machen wollen? Würden sie tatsächlich angreifen? Und was sollte sie dann tun? Sie glaubte nicht, dass sie stark genug war, die Feen unter Kontrolle zu bringen. Vielleicht wäre es weiser, sich und ihr ungeborenes Kind aus der Schusslinie zu halten, und abzuwarten. Unter Umständen war der König tatsächlich so gerüstet, wie er behauptete, und ihre Hilfe war nicht nötig.

Die Prophezeiungen sagten aber etwas anderes. Es war eindeutig, dass sie oder jemand anders mit magischen Fähigkeiten der Einzige sein würde, der den Frieden wiederherstellen konnte. Wobei das Auslöschen der Feen ja auch keinen Frieden herstellen würde. Vielleicht hätte der König also doch eine Chance? Aber konnte sie das verantworten? Konnte sie sich wirklich zurücklehnen und nicht handeln? Es war ihr Schicksal, einzugreifen. Genau deshalb war sie schließlich hier.

Der König und sein Rat mochten daran nicht glauben,

aber viele andere Menschen taten das. Wenn sie der Fee vertrauen konnte, dann nahmen auch die Feen das an. Konnte sie so viele enttäuschen, so viele Leben aufs Spiel setzen und nichts tun?

Cassandra wusste, dass sie sich in ihrem Kopf das Schlimmste ausmalte und es vermutlich niemals dazu kommen würde, doch es machte ihr den ganzen Tag Angst und die Sorge ließ sie nicht los. Das Einzige, was ihr half, war, sich innerlich auf die verschiedensten Situationen vorzubereiten, damit sie im Fall der Fälle schnell und vor allem richtig handeln konnte. Auch wenn sie dadurch Selbstzweifel plagten, war es besser als einfach zu fürchten, dass bald etwas Schreckliches geschehen würde.

Der gesamte Tag verlief ereignislos, auch beim Abendessen wurden die Feen nicht erwähnt und Cassandra fragte sich, ob sie sich den Besuch der Fee vielleicht nur eingebildet hatte. Sie begann, sich langsam wieder zu entspannen und schaffte es schließlich auch, in der Nacht einigermaßen ruhig zu schlafen.

Sie träumte in letzter Zeit selten oder erinnerte sich zumindest nicht daran, doch heute Nacht sah sie Mira vor sich. Mira, die sich auf den Rücken eines Pferdes schwang und losgaloppierte. Sie wirkte besorgt und sehr angespannt. Cassandra konnte es tief in sich spüren und beobachtete Mira, wie sie sich schnell fortbewegte. Sie hatte das dringende Bedürfnis, irgendwo so schnell wie möglich anzukommen. Wo sie war oder in welche Richtung sie ritt, wusste Cassandra nicht. Sie verfolgte Miras Reise lediglich, als wäre sie ein Vogel, der über ihr flog. Mira ritt, bis es zu dunkel war und machte dann Rast. Als sie eingeschlafen war, verschwanden die Bilder von ihr aus Cassandras Kopf und den Rest der Nacht hatte sie keinen weiteren Traum.

25. Angriff

Lautes Poltern vor ihrer Tür ließ Cassandra aus dem Schlaf fahren. Als sie sich irritiert in dem noch halbdunklen Zimmer umblickte, sah sie zunächst nichts Ungewöhnliches. Ben war ebenfalls aufgewacht und sofort aus dem Bett gesprungen. Er zog sich eilig etwas über und holte sein Schwert aus dem Ankleidezimmer. Dann ging er vorsichtig zur Tür und lauschte einen Moment, ehe er sie mit erhobenem Schwert aufriss und in den Gang sprang. Die Tür fiel krachend hinter ihm zu und Cassandra starrte ängstlich darauf, während sie angespannt auf die Geräusche lauschte, die von draußen erklangen. Mit Hilfe ihrer Magie konnte sie einzelne Gesprächsfetzen erhaschen, obwohl ein unglaubliches Stimmgewirr überall im Palast herrschte.

Irgendwo schien es ein Feuer zu geben, das einige

Männer verzweifelt zu löschen versuchten. Sie hörte Kinder weinen und jammern. Es schien jedoch allgemeine Verwirrung darüber zu herrschen, wer oder was für die Angriffe verantwortlich war. Gegenstände fielen plötzlich um, Feuer brachen aus und Menschen fanden sich wie durch Zauberhand verletzt von einem Lidschlag zum nächsten. Niemand sah die Angreifer kommen.

Cassandra wusste genau, wer dahintersteckte. Einige Male spürte sie das seltsame Kribbeln und hörte, wie sich plötzliche Stille um sie herum ausbreitete. Es waren die Feen, die ihre Fähigkeit, die Zeit anzuhalten, nutzten, um die Menschen zu überraschen. Sie presste die Lippen aufeinander und rang mit sich. Was sollte sie nun tun? Die Feen hatten sie gewarnt, sich nicht einzumischen und würden sicherlich alles andere als erfreut reagieren, wenn sie es doch tat. Sie wusste, dass sie ihr gefährlich werden konnten. Aber sie konnte auch nicht tatenlos in ihrem Bett sitzen und zuhören, wie Menschen verletzt wurden und ums Leben kamen. Die meisten dieser Menschen waren unschuldig und hatten nicht einmal den Hauch einer Ahnung, was es mit den Feen und ihrem Konflikt mit den Menschen auf sich hatte. Diese Menschen vertrauten blind darauf, dass der König und auch sie selbst sich für sie einsetzten und sie vor Gefahren bewahrten. Wie um alles in der Welt konnte sie ihre Augen verschließen und wie sollte sie es mit ihrem Gewissen vereinbaren, diesen Menschen nicht zu helfen?

Entschlossen stand sie auf und zog sich hastig etwas über ihr Nachthemd. Die Feen hatten gesagt, sie dürfe ihre Hand nicht gegen sie erheben, aber vielleicht würde es ihr gelingen, Menschen zu helfen, ohne die Feen direkt anzugreifen. Würden die Feen das akzeptieren? Auch sie konnten ja wohl kaum so herzlos sein, dass sie nicht verstanden, warum Cassandra den Unschuldigen helfen wollte.

Vorsichtig öffnete sie die Tür und spähte zunächst durch den entstandenen Spalt hinaus. Der Flur vor ihrem Zimmer war nun wie leergefegt. Bilder waren von den Wänden gefallen und Rahmen zersplittert. Türen waren aus den Angeln gehoben, zum Teil sogar zerbrochen und lagen ebenfalls auf dem Boden verstreut. Es sah erschreckend aus. So viel Zerstörung.

Cassandra ging langsam durch den Flur, immer wieder knackste es unter ihren Schuhen, doch sie versuchte sich so leise wie möglich fortzubewegen. Angespannt lauschte sie auf die Geräusche, die hauptsächlich von weiter unten zu kommen schienen.

Auf ihrer Etage begegnete ihr niemand. Erst, als sie die Treppen hinabstieg, sah sie einen kleinen Jungen auf dem

Treppenabsatz zusammengekauert unter einem Fenster hocken. Das Glas der Fensterscheibe war zerborsten und lag überall um den Jungen herum, aber auch in seinen schwarzen Locken befanden sich Scherben.

Behutsam trat sie näher und räusperte sich leise, weil sie den Jungen nicht erschrecken wollte. Er zuckte dennoch zusammen und drehte sich hektisch zu ihr um. Ihr freundliches Lächeln schien ihn zu beruhigen und er wich nicht zurück, als sie nähertrat. Vorsichtig kniete sie neben ihm nieder und begann, ihm die Scherben aus den Haaren zu sammeln. Als sie dem Jungen auf die Füße helfen wollte, sah sie, dass seine Hände blutig waren. Vermutlich hatte er sich an all den Scherben geschnitten. Sanft strich sie mit ihren Händen über seine Handflächen und summte eine leise Melodie. Der Junge starrte sie aus großen, wasserblauen Augen wie gebannt an und als die Schnitte auf seiner Hand langsam zu verheilen begannen, keuchte er erschrocken auf und zog seine Hände fort.

»Hab keine Angst. Mein Name ist Cassandra, ich bin die Kronprinzessin«, erklärte sie ihm und versuchte, ihn dabei so ermutigend wie möglich anzuschauen. Er blickte sie unsicher an, schien dann aber zu dem Schluss zu kommen, dass sie ihm helfen und nicht schaden wollte und ließ sich mit einem scheuen Lächeln auf die Beine ziehen.

»Wie ist dein Name?«, fragte sie, während sie ihn die Treppe weiter nach unten führte.

»Tom«, antwortete er mit zitternder Stimme.

»Und wo ist deine Familie, Tom?« Ein leises Schluchzen ließ sie anhalten und sich zu Tom umdrehen. Einige Tränen kullerten ihm über die Wangen und sie zog ihn in ihre Arme. Er ließ sich dankbar umarmen und klammerte sich an ihr fest.

Nachdem er sich beruhigt hatte, schniefte er leise: »Ich weiß es nicht, ich habe meine Eltern aus den Augen verloren. Sie ... von einem Moment zum nächsten waren sie einfach fort und ich war allein. Ich konnte sie nicht finden und von überall her kamen laute Rufe. Dann explodierte das Fenster und ich habe mich nicht mehr getraut, mich vom Fleck zu rühren.«

Sie strich dem Kind behutsam über den Kopf. Tom war vielleicht fünf Jahre alt, er hatte es nicht verdient, solche Schrecken erleben zu müssen. Er hatte mit all dem hier nichts zu tun.

»Komm, Tom, lass uns deine Eltern finden und euch in Sicherheit bringen.« Sie nahm seine kleine Hand in ihre und zog ihn eilig die Treppen hinab. Bevor sie den nächsten Gang betraten, schob sie sich schützend vor ihn, um als erste zu sehen, was dort vor sich ging.

Diese Etage sah nicht besser aus als die vorherige, doch hier waren immerhin vereinzelt Menschen, die hinter schief hängenden Türen und in Ecken Schutz suchten. Als sie mit Tom den Gang entlang ging, forderte sie sie auf, ihr zu folgen. Cassandra redete ihnen gut zu und versprach, sie in Sicherheit zu bringen. Einige der Menschen schienen sie zu erkennen und versicherten den anderen, dass Cassandra ihnen helfen würde. Es rührte sie, dass sie so viel Vertrauen in sie hatten und sie hoffte, dass es berechtigt war.

Nach und nach sammelten sie sich um sie. Toms Eltern waren leider nicht unter ihnen. Cassandra führte die kleine Gruppe die nächste Treppe hinunter und auch ein Stockwerk tiefer sammelten sie ein paar Menschen auf.

Je weiter nach unten sie stiegen, desto lauter wurde der Kampflärm und bereits im nächsten Stockwerk begegneten ihnen die ersten Soldaten. Sie löschten ein Feuer im hinteren Bereich des Korridors und schickten ihre kleine Gruppe eilig weiter.

Auf der nächsten Treppe sah Cassandra einige Feen, die die Vorhänge an den Fenstern in Brand setzten. Sie hielten inne, als sie Cassandra erblickten und schauten sie forschend an. Cassandra erstickte mit einer Handbewegung die Flammen und wollte weitergehen, doch dann fiel ihr auf, dass ihre Begleiter ihr nicht folgten. Die Feen hatten die Zeit angehalten.

»Ich werde euch nicht angreifen«, richtete sie das Wort an die Feen, »Aber ich werde diese unschuldigen Menschen in Sicherheit bringen.«

Die Feen nickten ihr grimmig zu. Anscheinend gefiel es ihnen nicht, aber sie ließen Cassandra gewähren und flogen aus dem Fenster. Die Menschen hinter ihr regten sich nun wieder.

Wenn sie nur wüsste, wie sie den Zauber der Feen selbst auflösen konnte! Sie hatte es bereits zwei Mal getan, wusste aber noch immer nicht, wie genau sie das angestellt hatte.

Sie befanden sich nun im Erdgeschoss, wo wesentlich mehr Soldaten damit beschäftigt waren, Wände stabil zu halten, damit sie nicht einstürzten, und Menschen aus Schutthaufen zu befreien. Cassandra sammelte auch hier einige Menschen auf, bevor sie sich endlich auf den Weg zu einem der Seitenausgänge des Palastes machten. Hier unten hatten die Feen noch sehr viel mehr gewütet als weiter oben. Es gab Zimmer, die vollkommen schwarz aussahen, weil dort ein Feuer gewesen war. Cassandra war sehr froh, dass fast alle Flammen bereits gelöscht worden waren und die Feuer hier unten keine größeren Schäden angerichtet hatten, sodass Decken eingestürzt wären.

Sie mussten über einen großen Schutthaufen klettern, bevor sie die Eingangshalle erreichten. Offenbar hatten die Feen sich hier gewaltsam Zutritt verschafft, indem sie einen riesigen, alten Baum durch die Wand gestoßen hatten, dessen Äste und Zweige nun in den Flur hineinragten. Feen konnten sicherlich gut durch die Zwischenräume schlüpfen, doch für Menschen gab es hier keine Lücke, die groß genug gewesen wäre, um auch nur hindurchzukriechen. Die ganzen Steine der zertrümmerten Wand lagen jetzt mitten im Gang, zusammen mit den Überresten zweier Gemälde und den Trümmern einer Kommode, die genau dort an der Wand gestanden haben musste.

Cassandra half Tom und zwei kleinen Mädchen über den Schutt. Die Erwachsenen schafften es allein. Zum Glück war keiner von ihnen ernsthaft verletzt worden. Ein paar tiefere Schnitte hatte Cassandra bereits geheilt, alles andere waren nur harmlose, oberflächliche Verletzungen, die von selbst heilen würden und um die man sich später kümmern konnte.

Sie eilten durch die kleine Eingangshalle vor dem Seitenausgang. Cassandra befürchtete jedoch bereits, dass hier etwas nicht stimmte, bevor sie die Türen erreicht hatten. Die standen sperrangelweit offen, davor sammelten sich allerdings Menschen, die ganz offensichtlich nicht hinauskamen, oder sich nicht trauten. Direkt an der Türschwelle lag eine bewusstlose Frau. Cassandra hoffte jedenfalls innständig, dass sie nur bewusstlos war, vor allem, weil Tom gerade auf sie zustürmte und laut »Mutter!« rief.

Sie eilte ebenfalls zu der kleinen Gruppe und kniete neben der Frau nieder. Erleichtert stellte sie fest, dass deren Brust sich langsam hob und senkte, sie lebte also noch. Sachte schob sie Tom beiseite und versicherte ihm, dass sie sich um seine Mutter kümmern würde. Er wurde von einem Dienstmädchen aus ihrer Gruppe in den Arm genommen und beruhigt.

»Was ist hier geschehen? Weshalb wartet ihr vor der offenen Tür?«, fragte sie, während sie die Frau vor sich untersuchte. Sie schien unverletzt zu sein und nur bewusstlos, soweit Cassandra das erkennen konnte. Sie vermutete stark, dass Magie eine Rolle dabei gespielt hatte.

»Man kann nicht hinaus. Irgendein Fluch liegt auf der Tür. Diese Frau war die erste, die versucht hat, den Palast hier zu verlassen und Ihr seht ja, was passiert ist, Prinzessin«, erklärte ihr ein Soldat. Sie nickte und versuchte verzweifelt zu erspüren, ob ein Fluch auf Toms Mutter lag. Doch so recht unter Kontrolle hatte sie ihre Kräfte nicht. Sie fürchtete, dass das an der Aufregung lag. Sie entschied, sich zunächst der Tür zu widmen. Der Palast drohte über ihnen einzustürzen. Sie mussten einen Weg nach draußen finden. Anschließend konnte sie Toms Mutter helfen.

An der Tür konnte sie die Magie spüren. Es war, als hätte jemand eine magische Wand direkt vor der Tür errichtet, Zwischenräume konnte sie keine ertasten. Als sie vorsichtig ihre Hände gegen diese Wand legen wollte, hielt der Soldat, der neben ihr stand, ihren Arm fest. »Nicht, Prinzessin! Sie«, er wies dabei auf Toms Mutter, »ist sofort nach der ersten Berührung mit der Luft hier innerhalb des Türrahmens zusammengebrochen.«

»Schon gut.« Sie zog sanft ihren Arm aus seinem Griff. »Ich weiß, was ich tue.« Das entsprach zwar nicht ganz der Wahrheit, aber sie wollte die Umstehenden beruhigen. Sie war immerhin ihre einzige wirkliche Hoffnung, hier hinauszukommen. Der nächste Ausgang lag weit entfernt, auch den Baum aus dem Loch in der Wand in der Nähe fortzuschaffen wäre zeitaufwändig und kräftezehrend, da sie nicht genug Leute dafür waren. Das Sicherste war, wenn sie hier schnellstmöglich durch die Tür kamen. Also legte sie vorsichtig ihre Hände auf die magische Wand. Es durchzuckte sie stark beim ersten Kontakt, doch sie hielt dem stand und zog die Hände nicht weg. Vorsichtig tastete sie die Wand ab. Sie hatte keine Ahnung, wie sie gemacht worden war, oder wie sie sie auflösen könnte. Die Magie der Feen fühlte sich so anders an als ihre eigene. Aber Cassandra wusste, dass sie es versuchen musste, der Menschen wegen, die hinter ihr bangten. Sie musste ihnen helfen!

Also versuchte sie, ihre Kraft gebündelt durch ihre Hände zu schicken und hoffte, so die Wand zu zerstören. Beim ersten Mal geschah gar nichts, aber als sie es mit zusammengebissenen Zähnen erneut versuchte, flogen ein paar Funken. Ermutigt setzte sie zu einem erneuten Schlag an und dachte dabei an die Kinder hinter sich, die unbedingt in Sicherheit gebracht werden mussten. Die Funken stoben nur so in alle Richtungen und die Menschen hinter ihr wichen erschrocken zurück. Sie presste ihre Lippen fest aufeinander und schloss die Augen. Sie steckte alles, was sie hatte, in diesen Zauber. Dann konnte sie es fühlen. Es hatte funktioniert. Cassandra spürte, wie die Magie der Feen unter ihren Händen schwächer wurde und schließlich komplett verpuffte. Zur Demonstration trat sie über die Türschwelle und wieder zurück. Sie wurde mit überschwänglichen Worten des Dankes belohnt und die kleine Gruppe trat ins Freie. Zwei Soldaten hoben Toms Mutter behutsam vom Boden auf und nahmen sie mit sich. Tom lief dicht neben ihnen und behielt seine Mutter fest im

Blick.

Der Junge tat Cassandra sehr leid. Sie hoffte, dass sie einen sicheren Ort finden würden und sie seiner Mutter helfen konnte.

Der Hof, auf dem sie sich nun befanden, war in keinem besseren Zustand als das Innere des Palastes. Überall lagen umgestürzte Bäume, Ziegel von den Mauern und zersplittertes Holz von Wagen und Kutschen. Sie hasteten über die freie Fläche und Cassandra blickte sich immer wieder beunruhigt um, doch hier schienen die Feen nicht mehr zu sein und falls sie sie doch beobachteten, griffen sie sie zumindest nicht an. Sie erreichten die Außenmauer des Palastes und liefen daran entlang zum nächsten Tor. Es war verschlossen, doch das gewöhnliche Schloss hielt Cassandras Magie nicht lange stand und sie flohen erleichtert hinaus. Von weitem konnten sie Schlachtenlärm und laute Schreie hören, die vorher wohl von den Mauern abgeblockt worden waren. Cassandra vermutete, dass sie vom Haupteingang des Palastes kamen, und sie schlugen die entgegengesetzte Richtung ein.

An einem kleinen See hielten sie an und Cassandra begann, Toms Mutter noch einmal genauer zu untersuchen, während die anderen sich erschöpft ans Ufer legten, Wasser tranken und sich ausruhten. Nur Tom blieb neben ihr sitzen und beobachtete aufmerksam, was sie tat. Seine Mutter war nach wie vor bewusstlos, atmete aber regelmäßig. Cassandra versuchte, die Quelle der Magie zu finden, die auf sie wirkte, doch sie hatte so etwas noch nie getan und war vollkommen ratlos, wie sie weiter vorgehen sollte. Sie spürte die Magie, die schwach von der Frau ausging, aber sie wusste nicht, wie sie sie aufheben konnte, und wollte sie um keinen Preis verletzen. Sie schloss die Augen und fühlte sich so gut es ging in die Frau hinein, sie versuchte, genau zu spüren, was nicht stimmte. Das Pulsieren der Magie war am Kopf am stärksten und so legte sie behutsam ihre Hände an die Schläfen von Toms Mutter und stellte sich vor, sie würde die Magie der Feen einfach aus ihr herausziehen.

Cassandra glaubte, sie könnte einen Fehler gemacht haben, als sie plötzlich kein Lebenszeichen mehr von der Frau spürte. Panisch musterte sie Toms Mutter und versuchte herauszufinden, was sie getan hatte. Sie war doch nicht gestorben?

Zu ihrem großen Erstaunen setzte die Frau sich kurz darauf hustend auf und blickte sich verwirrt um. Tom fiel seiner Mutter überglücklich um den Hals und Cassandra erhob sich erleichtert, um den beiden etwas Raum zu lassen.

Sie vergewisserte sich, dass es allen anderen auch gut ging und wollte sich dann auf den Weg zurück machen. Einer der beiden Soldaten, die bei ihnen waren, hielt sie am Handgelenk zurück.» Prinzessin, bleibt hier. Wir sind dem Schlimmsten entkommen.«

Sie drehte sich um und blickte ihm in sein sorgenvolles Gesicht.»Ich muss. Ich bin die Einzige, die in der Lage ist, wirklich etwas gegen die Feen auszurichten. Es ist meine Verantwortung und meine Aufgabe. Ich kann mich unmöglich verstecken. Ihr aber solltet nicht mit mir kommen, sondern auf diese Menschen aufpassen und schauen, ob ihr noch andere Flüchtende findet, die eure Hilfe brauchen könnten.«

Sie konnte es nachvollziehen, dass die beiden nicht zurück in die Schlacht wollten, und sie nickten ihr dankbar, wenn auch unsicher zu. Vermutlich dachten sie, dass sie als Soldaten mit ihr gehen sollten. Damit die beiden sich nicht doch noch entscheiden konnten, sie zu begleiten, ging sie entschlossen los und folgte dem Lärm der offenbar noch immer heftigen Schlacht am Haupttor des Palastes.

26. Königin Elena

Noch bevor sie den weitläufigen Hof hinter dem Tor erreicht hatte, sah Cassandra unzählige verletzte Menschen. Die meisten waren Soldaten, doch es gab auch Bedienstete aus dem Palast unter ihnen. Sie schaute nach einigen von ihnen und versuchte, ihnen schnell zu helfen, doch sie wusste, dass sie ihre Zeit damit nicht verschwenden durfte. So sehr sie all die Verbrennungen, tiefen Schnittwunden und Knochenbrüche auch versorgen wollte, sie musste weiter.

Unter den Verletzten und Toten waren auch einige Feen. Der Anblick machte sie traurig. Wie hatte es nur dazu kommen können, dass sie sich hier bis auf den Tod bekämpften? Warum hatte man nicht auf sie gehört? Sie hätte mehr darauf bestehen müssen, dass man auf sie hörte! Wütend ballte sie ihre Hände zu Fäusten. Das Ganze musste augenblicklich aufhören, ehe noch mehr Leben sinnlos beendet wurden!

Entschlossen schritt sie durch das Tor und versuchte, die Verwüstung und Zerstörung um sich herum nicht zu sehen. Stattdessen bemühte sie sich, das hektische Geschehen zu verstehen. Sie war noch unsicher, wie sie vorgehen sollte. Niemand hatte ihr jemals etwas über das Kämpfen beigebracht. Cassandra hatte keine Ahnung, ob sie überhaupt dazu in der Lage war, ihre Magie gezielt dafür einzusetzen. Dazu kam noch, dass sie niemanden verletzen wollte und auch keine Hand gegen die Feen erheben konnte, um deren Zorn nicht auf sich zu ziehen. Wie also konnte sie die Aufmerksamkeit der Feen erlangen, dafür sorgen, dass die Menschen aufhörten zu kämpfen und dann den Feen zu verstehen geben, dass sie Frieden schließen sollten? Das mussten dann sowohl Menschen als auch Feen akzeptieren. Sie schüttelte entmutigt den Kopf. Es war hoffnungslos. Das würde sie niemals fertigbringen können.

Wenn sie nur die Zeit anhalten könnte wie die Feen.

Cassandra lief auf das Eingangsportal des Palastes zu. Es war aus den Angeln gehoben worden und eine der Flügeltüren war nach außen gefallen, eine nach innen. Vorsichtig schritt sie zwischen den zersplitterten Holzstücken hindurch in die Eingangshalle. Von überall war Geschrei und Kampflärm zu hören. Soldaten versuchten, die Feen, die sich den Menschen nun offen zeigten, mit ihren Schwertern in der Luft zu erwischen. Hin und wieder schien ihnen das gelungen zu sein, doch in den meisten Fällen war es den Feen ein Leichtes, auszuweichen und ihr unbekannte Zauber auf die Soldaten zu jagen. Es waren viel mehr verletzte Soldaten als Feen zu sehen. Cassandra lief langsam durch das Geschehen hindurch. Sie wusste nicht, wohin sie sich als erstes wenden, wem sie helfen und was sie überhaupt tun sollte. Sie beobachtete alles um sich herum genau und versuchte fieberhaft, einen Plan zu entwickeln.

Der Anblick des vielen Blutes überall bereitete ihr Übelkeit und hinderte sie daran, klar zu denken. Die Feen ließen sie in Ruhe und die Soldaten waren größtenteils viel zu beschäftigt, um sie überhaupt wahrzunehmen.

Cassandra traute sich noch immer nicht, in das Kampfgeschehen direkt einzugreifen. Die Warnung der Fee hatte sie nicht vergessen. So begann sie lediglich, den Verletzten am Boden aus der unmittelbaren Gefahrenzone zu helfen und einige ihrer Verletzungen mit Hilfe von Magie zu heilen.

»Cassandra!« Der laute Ruf ließ sie erschrocken herumfahren. Es war Ben. Sie sah ihn auf einem Treppenabsatz in der Nähe stehen. Seine Kleidung war voll Blut, doch er stand noch sicher auf den Beinen. In seinen Händen hielt er das magische Schwert und kam nun eilig auf sie zu.

»Was tust du hier? Du solltest nicht hier sein, bring dich in Sicherheit!«

Sie erhob sich und stellte sich ihm gegenüber. »Es ist meine Aufgabe zu helfen. Ich bin die Einzige, die magische Kräfte hat.«

Er zeigte ihr das Schwert in seiner Hand. »Du hast uns bereits geholfen, diese Waffe wirkt hervorragend gegen die Feen.«

»Es ist nur ein einziges Schwert, Ben, wie willst du mit einem einzigen Schwert gegen die Feen gewinnen? Wie willst du mit einem einzigen Schwert all diese Menschen schützen?«

Er blickte sie erschöpft an. »Aber du bist schwanger.«

»Ich kann besser auf mich aufpassen als all diese Soldaten, keine Sorge«, sagte sie fest, obwohl sie sich dessen gar nicht so sicher war. Sollte sie tatsächlich anfangen, die Feen zu bekämpfen, würden die sie auch nicht mehr verschonen.

Er legte seine Hand behutsam auf ihre Schulter. »Bitte gib auf dich und unser Kind Acht«, sagte er flehentlich. Sie nickte und er wandte sich widerstrebend von ihr ab, um sich wieder dem Kampf zu widmen. Sie blickte ihm nach und beobachtete, wie er gezielt mit dem Schwert die Feen aus der Luft schlug.

Dann hörte sie einen lauten Schrei und wandte sich augenblicklich in die Richtung, aus der er gekommen war. Ohne groß darüber nachzudenken, hetzte sie die Treppen hinauf in das erste Stockwerk und versuchte, den Ursprung des Schreis ausfindig zu machen. Als er erneut erklang, rannte sie schnell noch weiter nach oben, weil er von dort zu kommen schien. Er war laut und durchdringend und sie meinte, die Stimme zu erkennen.

Als sie schließlich durch eine offene Tür stürzte, sah sie Königin Elena von Feen umgeben am Fenster stehen. Sie drängten sie zurück und schienen sie durch das offene Fenster stoßen zu wollen.

Wie angewurzelt blieb Cassandra hinter der Türschwelle stehen und versuchte, die aufkommende Panik in sich niederzuringen. »Stopp!«, rief sie schrill. Einige der Feen wandten sich ihr zu, doch die Mehrzahl ignorierte ihren Ruf. »Lasst sie in Frieden!« Die Feen reagierten nicht und drängten Elena noch weiter. Sie stand bereits direkt am Fenster, konnte keinen einzigen Schritt mehr zurückweichen und die Feen umschwirrten sie in raschem Tempo, um sie aus dem Gleichgewicht zu bringen. »Nein! Hört auf! Stopp!« Leben kehrte in Cassandra zurück und sie stürzte vorwärts und in den Schwarm aus Feen hinein. Sie versuchte, sie fortzustoßen und Elena zu erreichen, doch die Feen zogen an ihren Haaren und Kleidern und rissen sie zurück.

»Ich bin eure Königin und befehle euch, sie in Frieden zu lassen!«, versuchte sie es verzweifelt erneut. Diese Aussage entlockte einigen der Feen ein herablassendes Lachen.

»Du bist niemandes Königin. Denn wärest du die, von der sich erzählt wird, dann wäre es niemals so weit gekommen«, spie eine der Feen ihr abfällig ins Gesicht.

Cassandra spürte die Tränen in ihren Augen und blinzelte sie fort. Sie musste die Feen von sich überzeugen und sie musste es sofort tun, denn sonst starb Elena. Die Königin stand bereits gefährlich nach hinten geneigt am Fenster und die Feen ließen ihr keinen Raum mehr. Sie zerrten an ihren Fingern, die sie rechts und links in den Fensterrahmen gegraben hatte. Die Panik war ihr deutlich ins Gesicht geschrieben und Cassandra wusste, dass es nur noch eine Frage von Sekunden war, bis sie den Halt verlieren würde.

Voller Verzweiflung versuchte sie, ihre Stimme mit Magie zu füllen, wie sie es damals getan hatte, als Mira dabei war und schrie ein letztes Mal: »Ich befehle euch, sofort von ihr abzulassen!«

Einige der Feen zögerten, doch der Effekt war bei weitem nicht stark genug. Die restlichen Feen lösten Elenas Finger vom Holz des Rahmens und verpassten ihr einen Stoß.

Ihr Schrei ging Cassandra durch Mark und Bein. Als er schlagartig verstummte, konnte Cassandra ihre Tränen nicht mehr zurückhalten. Entsetzt stürzte sie ans Fenster und starrte nach unten. Die Feen schwirrten um sie herum und durchs Fenster nach draußen. Ihr wurde speiübel, als sie die Königin am Boden liegen sah. Sie war auf dem Bauch gelandet, Arme und Beine in unnatürlichen Winkeln von sich gestreckt. Sie bewegte sich nicht und Cassandra konnte Blut um ihren Kopf herum erkennen.

»Wie konntet ihr nur?«, fuhr sie die letzten Feen, die noch geblieben waren, angewidert an. »Wie könnt ihr so etwas Grausames tun?«

»Ihr Menschen habt unsere Ehrenwerten Ältesten angegriffen und getötet, wir rächen sie nur! Du hättest das alles verhindern müssen«, fauchte eine der Feen sie an, ehe sie mit den anderen ebenfalls durch das Fenster verschwand. Cassandra blickte ihnen wie erstarrt hinterher und versuchte, sich von dem Schock zu erholen. War das alles wirklich ihre Schuld? Starben und litten die Menschen und die Feen, weil sie nicht in der Lage war, ihr Schicksal zu erfüllen? Weil man sie nicht ließ und sie zu schwach war, sich durchzusetzen?

Dieses Mal hatte es nicht funktioniert, die Feen zurechtzuweisen. Es hatte doch bereits einmal geklappt. Weshalb konnte sie dieses Gefühl nicht mehr wiederherstellen? Was war anders gewesen dieses Mal?

Ganz langsam fasste sie sich wieder und wandte sich vom Anblick der toten Königin ab. Mit einem tauben Gefühl verließ sie den Raum und machte sich auf den Weg zurück nach unten.

Sie musste eingreifen.

Wie viele Lebewesen sollten noch sterben, ehe sie endlich den Mut aufbrachte zu tun, was ihre Bestimmung war? Wovor hatte sie solche Angst? Immerhin hatte sie immer gewusst, dass es einmal ihre Aufgabe sein würde, zwischen Feen und Menschen zu verhandeln.

Doch niemand hatte sie jemals darauf vorbereitet, dass es so gefährlich und grausam sein würde.

27. Mira

Cassandra schluckte mehrfach schwer, während sie die Treppen hinabstieg. Die Tränen waren versiegt, doch der dicke Kloß in ihrem Hals blieb. Sie war unendlich schockiert von allem, was um sie herum geschah, und jetzt wusste sie auch, dass sie etwas tun musste, ganz gleich, was die Konsequenzen für sie waren. Sie konnte nicht tatenlos mit ansehen, wie hier alles schieflief und unzählige Menschen und Feen starben.

Als sie dem Kampflärm wieder näherkam, entschied sie, nicht bis ganz nach unten zu gehen. Stattdessen machte sie sich im ersten Stock auf den Weg zu der Brüstung, von der aus man die Eingangshalle überblicken konnte.

Gerade so gelang es ihr, einen Soldaten festzuhalten, der über die Brüstung gestolpert war. Er blickte sie dankbar an und sie biss fest die Zähne aufeinander, als ihr Versagen zuvor bei Elena bildhaft vor ihrem inneren Auge erschien. Immerhin hatte sie sein Leben gerade retten können.

Sie positionierte sich möglichst mittig an der Brüstung, nachdem sie alle Soldaten fortgeschickt hatte. Drei Feen schwirrten hinter ihr durch die Luft und sie konnte ihre kritischen Blicke spüren. Sie wussten, dass Cassandra etwas vorhatte und schienen abzuwarten, was es war und ob sie sich gegen sie wenden würde.

Für einen kurzen Augenblick starrte Cassandra auf das Bild von Zerstörung, das sich unter ihr bot und versuchte, ihr heftig pochendes Herz zu beruhigen. Sie atmete tief ein und aus und schloss die Augen, um sich auf ihre Kraft im Innern zu konzentrieren. Innständig hoffte sie, dass es dieses Mal ausreichen würde und die Feen und auch die Menschen ihr zuhörten.

Mit einem Ruck öffnete sie die Augen und brüllte so laut sie konnte: »Halt! Stopp!« Sie spürte die Magie in ihrer Stimme, wusste aber auch, dass der Effekt sehr viel stärker hätte sein können. Ein Großteil der Menschen und viele der Feen wandten sich ihr dennoch zu und der Kampflärm ebbte ab. »Das muss aufhören.« Sie konnte fühlen, wie die Magie sie verließ und die Wirkung auf alle Umstehenden schwächer wurde und klammerte sich verzweifelt an die Magie, die sie noch spüren konnte. »Ihr müsst Frieden schließen! Es muss einen Weg für uns geben, friedlich miteinander auszukommen. Bitte, bitte hört mir zu!«

Doch der Moment war vorbei und fast alle wandten sich ab und ihren Feinden zu. Cassandra starrte sie an und ballte verzweifelt die Hände zu Fäusten. Irgendwie musste sie es doch hinbekommen.

»Du hast es versucht, Mädchen, aber du siehst, es ist aussichtslos. Du solltest dich zusammen mit Benedikt in Sicherheit bringen, euer Kind ist die Zukunft des Landes.« Der König war hinter ihr aufgetaucht und zog sie unsanft vom Geländer fort. Sie fragte sich, ob er bereits vom Tod seiner Frau wusste, brachte es aber nicht übers Herz, es ihm zu sagen. Er hielt nun das magische Schwert und führte sie die Treppe hinab, wo Ben auf sie wartete. Er legte sofort beschützend den Arm um sie und zog sie dicht an sich. »Geht jetzt! Versucht, zu den Ställen zu kommen und Pferde zu nehmen, damit ihr so schnell wie möglich vom Palast fortkommt.« Der König schob sie ungehalten an, doch Ben zögerte ganz genauso wie sie selbst. Es fühlte sich nicht richtig an, jetzt fortzulaufen und alle diese Menschen ihrem Schicksal zu überlassen. Wer hatte das Recht, darüber zu entscheiden, dass sie beide wichtiger waren als

299

all die anderen Menschen?

»Vater«, begann Ben, doch der König fiel ihm ins Wort. »Geht, los, beeilt euch!« Er brüllte sie ungehalten an. Ben setzte sich in Bewegung und zog Cassandra mit sich. Die aber hatte den Grund für den plötzlichen Wutausbruch des Königs entdeckt. Etwas links vom Eingangsportal stand Mira. Sie hatte den Kopf eingezogen und sah sich hektisch um. Genau in dem Moment, als ihre Blicke sich trafen, stürzte eine Fee sich auf sie.

Es kam Cassandra vor, als würde die Zeit plötzlich langsamer vergehen und sie konnte den kurzen Moment der Wiedersehensfreude in Miras Augen in erschrockenes Erkennen umschlagen sehen. Augenblicklich riss sie sich von Bens Seite los und stürzte auf Mira zu. Quälend langsam schien sie voranzukommen, die Fee hatte ihre kleinen Hände gegen Mira gerichtet und Cassandra vermutete, dass sie einen Zauber wirkte.

»Halt!«, keuchte sie, als sie beinahe bei Mira angekommen war. »Lass sie in Ruhe!« Sie konnte die Magie spüren. Ganz plötzlich und vollkommen, ohne dass es ihr bewusst gewesen war, hatte sie ihre vollen Kräfte mobilisiert. Miras Anblick hatte etwas in ihr ausgelöst und die Fee hielt augenblicklich inne, ließ die Hände sinken und drehte sich zu Cassandra um. Fast schien es ihr, als ob die

Fee sich freute. Sie nickte Cassandra zu und schwirrte davon.

Mira warf sich ihr in die Arme und Cassandra bekam für einen kurzen Moment keine Luft mehr. Die plötzliche Umarmung verwirrte sie. Weshalb war Mira hier? Sie war so fest davon ausgegangen, dass sie sich nie wiedersehen würden.

Ehe sie ihr diese Frage stellen konnte, wurden sie unsanft auseinandergerissen. Der König hatte Miras Haare ergriffen und zwang sie mit vor Wut rotem Gesicht zu Boden. Ben hatte Cassandras Handgelenk mit einem schmerzhaft festen Griff umklammert und zog sie einige Schritte zurück, ehe sie sich mit all ihrer Kraft dagegen zu sträuben begann. Sie würde Mira nicht zurücklassen, schon gar nicht mit dem König!

»Du! Du wagst es hierher zurückzukommen? Ich habe es ja gleich gewusst, dir ist nicht zu trauen. Na warte!«

Er hob zu Cassandras großem Entsetzen das magische Schwert in seiner Hand.

»Nein!« Sie stürzte auf ihn zu und packte seine Schwerthand, um seinen geplanten Hieb auf Mira zu verhindern. »Aufhören«, schluchzte sie panisch und versuchte mit all ihrer Kraft, dem König standzuhalten, der wütend an seiner Hand zog. Mira kauerte zu seinen Füßen am

Boden, er hielt ihre Haare noch immer fest gepackt.

»Vater.« Ben stand hilflos neben ihnen und schien unentschlossen, wem er zu Hilfe kommen sollte.

»Nimm deine verdammte Frau und verschwinde«, presste der König unter Anstrengung hervor. Cassandra spürte, wie Ben ihren Arm sanft berührte und sie fortziehen wollte. Sie schlug seine Hand weg.

»Cassandra, bitte, komm«, sagte Ben flehentlich und versuchte erneut, dieses Mal etwas kräftiger, sie von seinem Vater und Mira fortzuziehen. Sie wandte den Kopf in seine Richtung. Die Anstrengung ließ sie stoßweise atmen.

»Ich ... werde ... nicht ... gehen ... ohne Mira!«, presste sie gequält hervor.

»Vater, das Mädchen ist doch nicht so wichtig, lass sie gehen, wir schweben noch immer in Gefahr«, versuchte Ben nun, seinen Vater zu beschwichtigen. Cassandra hörte die Sorge in seiner Stimme und wusste, dass er sie und das ungeborene Kind dringend in Sicherheit wissen wollte. Anscheinend betrachteten er und sein Vater diesen Kampf bereits als verloren. Ben ergriff das Handgelenk des Königs und half Cassandra, das Schwert von Mira fernzuhalten. »Diese Waffe können wir so viel sinnvoller einsetzen.«

Der König funkelte seinen Sohn vernichtend an. »Du lässt dich von deiner Frau beeinflussen und dir von diesem

Mädchen auf der Nase herumtanzen? Oh nein, ich muss hart durchgreifen!«

Mit einem Ruck zog er seinen Arm zurück und entriss sich so Cassandras und Bens Griffen. Anschließend zog er Mira an den Haaren nach oben und einen Schritt zurück, um mit dem Schwert Raum zum Hantieren zu haben.

In Cassandra kochte mit einem Mal eine Kraft auf, die sie kaum zu kontrollieren vermochte. »Mira!«, schrie sie und das war alles, woran sie denken konnte. Ihre Umgebung verschwamm, der Kampflärm verstummte. Sie sah weder Ben noch den König, nur das Schwert, das auf Mira hinabsauste und Mira selbst, die ängstlich ihrem Tod entgegenblickte. Aber Cassandra war nicht bereit, Mira sterben zu lassen. Sie war nicht bereit, zusehen zu müssen, wie der König ihr den liebsten Menschen auf der Welt nahm. Ohne einen Gedanken daran zu verschwenden, was sie tat, sprang sie zwischen die Klinge und Mira und stieß diese dabei aus dem Weg. Sie hob ihre Hände und packte die scharfe Klinge, um sie aufzuhalten. Schmerz durchzuckte ihre Handflächen und sie nahm ganz dumpf Miras entsetzten Schrei neben sich wahr. Blut lief ihr über die Arme, doch sie hatte den Schwung des Schwertes abgebremst und spürte neben dem stechenden Schmerz auch einen plötzlichen Schwall von Magie. Es war, als ob das Schwert und ihre eigene Kraft einander anzogen. Ihre Hände begannen zu leuchten, das grelle, weiße Licht breitete sich über die gesamte Schwertklinge aus und als es auf den Griff überging, ließ der König die Waffe schlagartig los. Das Schwert fiel nicht zu Boden, sondern schien in der Luft zu schweben. Cassandras Hände leuchteten immer stärker und sie musste selbst die Augen zukneifen, weil es zu schmerzhaft wurde, in das Licht zu schauen. Der Schmerz in ihren Händen war längst verschwunden und sie spürte auch keine Verletzungen mehr. Das Einzige, was sie fühlen konnte, war eine unglaubliche Wärme, die von dem Schwert auszugehen schien und ihren ganzen Körper durchfloss.

Dann war der Augenblick vorbei und das Schwert fiel scheppernd zu Boden. Cassandra starrte auf ihre vollkommen unversehrten Hände und begann langsam, noch immer benommen, ihre Umgebung wieder wahrzunehmen. Mira stand mit Tränen auf den Wangen und weit aufgerissenen Augen direkt neben ihr. Als sie Cassandra unversehrt vor sich sah, fiel sie ihr erneut in die Arme und schluchzte leise. »Du lebst! Oh, ich bin so froh, dass du lebst!«

Cassandra legte beinahe automatisch ihre Arme um Mira, um sie zu trösten, dann fiel ihr Blick auf den König, der ein Stück von ihr entfernt auf dem Boden saß. Gerade war er dabei, sich aufzurappeln und Ben half ihm dabei. Weil die beiden sich unsicher umblickten, ließ auch Cassandra ihren Blick schweifen und stellte voller Überraschung fest, dass der Kampf um sie herum unterbrochen war. Sowohl Menschen als auch Feen starrten sie an und hatten voneinander abgelassen. Die Feen kamen immer dichter und scharten sich um sie. Cassandra schob Mira hinter sich und ließ die Feen nicht aus den Augen. Die kleinen Wesen aber machten keinerlei Anstalten, sie anzugreifen und wirkten auch nicht so, als wollten sie Cassandra oder irgendwem sonst schaden.

Aus den Augenwinkeln konnte sie sehen, dass Ben und der König sich bewegten, doch sie wagte es nicht, den Kopf von den Feen abzuwenden. Angespannt wartete sie ab, was geschehen würde. Mira hielt sich an ihrer Schulter fest und Cassandra konnte spüren, wie sehr sie sich fürchtete, weil ihr Griff immer fester wurde.

Einige der Feen blieben ihr gegenüber in der Luft stehen, der Rest ließ sich wie auf ein unhörbares Kommando zu Boden sinken und fiel vor ihr auf die Knie. Cassandra starrte die Feen verblüfft an.

»Du musst noch viel lernen, doch es bleiben uns keine Zweifel mehr, dass du die nötige Macht besitzt. Du bist würdig, unser Volk anzuführen. Wir werden -«

Ehe die Fee, die gesprochen hatte, ihren Satz beenden konnte, sah Cassandra, wie der König vorstürzte und das Schwert vom Boden aufhob, um sich dann auf die am Boden knienden Feen zu stürzen.

Ben hatte noch versucht ihn aufzuhalten, war aber unsanft von ihm zu Boden gestoßen worden und erhob sich nun, während sich vor Cassandras Augen ein entsetzliches Schauspiel bot.

Der König hatte einige der Feen mit dem Schwert getroffen. Sie lagen reglos am Boden. Ehe er jedoch erneut zu einem Schlag ausholen konnte, erhoben sich alle restlichen Feen vom Grund und stürzten sich auf ihn. Sie hüllten ihn ein und Cassandra hörte ihn schreien. Sie konnte aber nicht erkennen, was geschah und wusste, dass sie die Feen nicht mehr hätte zurückhalten können. Auch Ben schien das zu wissen und starrte genau wie sie von Entsetzten gepackt auf den Schwarm der Feen, die wie wütende Hornissen durch die Luft fegten.

Es schepperte geräuschvoll, als das Schwert erneut zu Boden fiel. Die Schreie des Königs schwollen an und verstummten dann schlagartig. Erst da ließen die Feen von ihm ab und kehrten in ihre kniende Position vor Cassandra zurück, als sei nichts gewesen.

Der Körper des Königs fiel blutüberströmt zu Boden und es bestand für Cassandra keinerlei Zweifel daran, dass er tot war. Was auch immer die Feen genau getan hatten, sie wollte es lieber gar nicht wissen. Ihr Blick ruhte einen langen, schrecklichen Augenblick auf all dem Blut, dann brach Ben das allgemeine entsetzte Schweigen und stürzte zu seinem Vater.

Die Soldaten um sie herum erhoben erneut kampfbereit ihre Waffen, doch die Feen blieben ruhig am Boden. Die, die vorhin bereits zu Cassandra gesprochen hatte, lenkte ihre Aufmerksamkeit wieder auf sich »Du bist würdig. Mit dir werden wir verhandeln und dich respektieren wir. Er«, sie wies auf den toten König, »war nicht würdig und hatte den Tod verdient. Er hat zahllose Mitglieder meines Volkes ermordet und hatte keinerlei Interesse daran, mit uns Frieden zu schließen. Es war weise, nicht einzugreifen und ich rate dir, auch jetzt deine Leute zurückzurufen, ehe der Kampf erneut ausbricht. Wir werden uns verteidigen und dabei gnadenlos sein.«

Auffordernd blickte die Fee Cassandra an und sie spürte, dass auch die Blicke von Ben und den Soldaten auf ihr ruhten. Würden sie nun endlich auf sie hören?

Einen Moment starrte Cassandra in die Stille und spürte all die Blicke auf sich. Nervös strich sie sich die Haare aus dem Gesicht und hob dann den Kopf. Sie blickte einmal in die Runde, ließ den Blick etwas länger auf Ben ruhen, der weniger wütend und mehr elend aussah, und wandte sich dann den Feen zu.

»Ich fühle mich geehrt, dass ihr mich akzeptiert, und werde mir alle Mühe geben, meiner Verantwortung gerecht zu werden. Es liegt mir sehr viel daran, dass unsere Völker Frieden schließen, und ich werde mich immer dafür einsetzen. Keiner von uns möchte kämpfen und ich denke, es gibt zu viele Missverständnisse zwischen uns. Ich schwöre hiermit feierlich, dass ich mir immer Mühe geben werde, beide Seiten zu verstehen und mich dafür einsetze, dass niemand – weder Menschen noch Feen – unter dem jeweils anderen leiden muss. Die Schlacht ist beendet! Rachsucht wird uns nicht weiterbringen.«

Die Soldaten begannen, ihr zu applaudieren und gingen ebenfalls vor ihr auf die Knie. Auch Mira hinter ihr sank ehrfürchtig zu Boden und sogar Ben kniete nieder. Sie nickte ihnen errötend zu, wandte sich dann aber wieder an die Feen. »Ihr habt schwere Verluste erlitten und wir ebenso. Ich würde euch bitten, euch zurückzuziehen und verspreche euch, dass euch keine Menschen belästigen werden. Sobald ihr euch wieder erholt habt, schickt eure

Gesandten zu mir und wir werden uns über die genaueren Details des Friedensabkommens unterhalten. Jetzt sollten wir uns alle die Zeit nehmen, unsere Toten zu betrauern und unsere Verletzten zu pflegen.«

Die Feen nickten ihr beinahe synchron zu und erhoben sich dann in die Luft. Sie umschwirrten sie noch einmal, aber nicht, wie sie den König umschwirrt hatten, dieses Mal war es in ehrfürchtigem Abstand und mit keinerlei gewaltsamer Intention. Sie wollten ihr lediglich noch einmal ihre Dankbarkeit ausdrücken. Cassandra schaute ihnen bewundernd nach, als sie durch das offene Eingangsportal nach draußen schwirrten und dann gegen die bereits tief stehende Sonne in die Ferne flogen.

Ben erhob sich und trat auf sie zu. Er legte ihr beide Hände auf die Schultern und schaute ihr in die Augen: »Ich bin unendlich stolz auf dich. Du hast bewiesen, dass du tatsächlich diejenige bist, um die es in den Prophezeiungen geht. Du hast geschafft, was keiner außer dir imstande gewesen wäre zu tun.« Er drehte sich zu den Soldaten um und legte einen Arm um Cassandra. »Der König ist tot, ich bin sein rechtmäßiger Nachfolger und werde das Amt schweren Herzens antreten. Es erfüllt mich jedoch mit Freude und Stolz zu verkünden, dass ich eine Königin wie Cassandra an meiner Seite haben werde.«

Die Soldaten erhoben sich jubelnd und riefen erfreut: »Lang lebe Königin Cassandra!«

Sie wusste nicht, was sie sagen sollte. Selbstverständlich fühlte sie sich geehrt, doch auch sehr benommen. Sie sollte nun Königin sein. Sie bekam den Respekt, den sie sich gewünscht hatte. Keiner der Soldaten würde ihre Worte in Frage stellen, doch das Bewusstsein über die ungeheure Verantwortung, die damit auf ihren Schultern lag, machte ihr Angst. War sie dem gewachsen?

Ben war der König, er wusste, was er tat, da hatte sie Vertrauen in ihn, doch konnten sie miteinander arbeiten? Würde er ihr zuhören? Nach allem, was sie ihm angetan hatte? Hier, vor allen anderen und nachdem sie sie alle gerettet hatte, machte es den Anschein, als stünde er voll und ganz hinter ihr, doch wirklich glauben konnte sie das nicht.

Dann war da auch noch Mira, die unsicher und verloren hinter ihnen stand. Was würde nun mit ihr geschehen?

Nachdem der Jubel langsam abebbte, begann Ben herumzugehen und den Soldaten Befehle zu erteilen. Einige von ihnen sollten die Verletzten suchen und in den Krankenbereich des Palastes bringen, andere bekamen den Auftrag, weitere Zimmer dort in der Nähe vorzubereiten, weil sie mehr Platz für die Verletzten benötigen würden, als bisher vorhanden war. Er hielt sich viel besser, als sie in Anbetracht der Tatsache, dass sein Vater gerade vor seinen Augen gestorben war, erwartet hätte. Er war wirklich ein starker, guter Mann.

Einige Männer hatten den Auftrag, die Toten zu bergen und angemessene Bestattungen vorzubereiten. Sie begannen gleich damit, den König fortzutragen. Eine weitere Soldatengruppe sollte die Geflüchteten in der Nähe des Palastes ausfindig machen und informieren, dass sie zurückkehren konnten. Auch dort sollte den Verletzten geholfen werden. Nachdem er eine letzte Gruppe beauftragt hatte, in die nahegelegenen Dörfer zu reiten, dort zum einen in Erfahrung zu bringen, wie weitreichend die Angriffe der Feen auch im Umland gewesen waren, zum anderen aber auch Heiler und andere Freiwillige mit zum Palast zu bringen, um hier genug Personal zu haben, um alle Verletzten gut versorgen zu können, wandte Ben sich ihr wieder zu. Die Eingangshalle leerte sich langsam. Mira war neben Cassandra getreten und die beiden hielten sich an den Händen fest und bangten, was als nächstes geschehen würde.

»Wir werden uns einen ruhigeren Ort suchen müssen. Du brauchst Ruhe, Cassandra, auch dem Kind zuliebe.« Er winkte ihnen, ihm zu folgen und sie tauschten einen unsicheren Blick aus, gehorchten dann aber. Er schickte ein paar Soldaten weg, die sich anschickten, ihnen zu folgen. »Wir brauchen euren Schutz gerade nicht, helft lieber den anderen, wo ihr nur könnt.« Sie nickten und entfernten sich. Cassandra folgte Ben mit klopfendem Herzen die Treppen hinauf. Der Anstieg kam ihr vor wie eine Ewigkeit. Er führte sie geradewegs zum Arbeitszimmer des Königs, das durch den Angriff kaum beschädigt worden war. Die Tür war noch intakt und die Fenster ebenso. Der Tisch und die Stühle lagen umgeworfen am Boden, doch Ben hob einfach drei der Stühle auf und bedeutete ihnen, sich zu setzen. Dann schloss er die Tür hinter ihnen und schritt langsam um sie herum zum letzten freien Stuhl. Seine Miene war ausdruckslos und Cassandra wusste sein Verhalten nicht recht zu deuten. Er hätte Mira sofort verhaften lassen können, er hätte sogar ihren Tod fordern können. Wollte er nur kein Aufsehen auf die Sache lenken? Was würde er mit Mira tun?

Nervös betrachtete sie ihn und wartete darauf, dass er endlich etwas sagen würde. Er sah von ihr zu Mira und wieder zurück, dann starrte er eine Weile auf den Boden, ehe er sich räusperte und heiser zu sprechen begann. »Du bist verbannt worden, Mira.«

Cassandra warf einen Blick zur Seite auf Mira, die

ängstlich nickte und nervös mit einem Zipfel ihres Rocks spielte. Sie sagte kein Wort und wagte es auch nicht, den Kopf zu heben, um Ben oder Cassandra anzusehen.

»Was machst du dann also trotzdem hier?« Ben sah sie eindringlich an und wartete, dass Mira ihm antwortete.

Die Stille war bedrückend und Cassandra hätte sie gern gebrochen, doch auch sie wusste nicht, weshalb Mira zurückgekommen war, und wartete angespannt auf ihre Antwort.

Mira hob den Kopf, ihr Blick streifte Cassandra kurz, bevor sie Ben direkt in die Augen blickte und mit erstaunlich fester Stimme sagte: »Ich hatte von den Angriffen der Feen gehört und wollte zu ... ich wollte helfen.«

Cassandra erwartete, dass Ben wütend werden, dass er Mira auslachen würde, weil sie allein wohl kaum helfen konnte, oder dass er sie nun augenblicklich zum Tode verurteilte. Was er tatsächlich tat, hätte sie jedoch nie und nimmer vorhersehen können. Er nickte ruhig und erhob sich dann, um zum Fenster zu gehen. Während er hinaus starrte, sagte er leise: »Das hast du auch. Danke sehr.«

Mira und Cassandra schauten sich vollkommen perplex an und wagten es nicht, etwas zu sagen. Was ging hier vor sich?

Ohne sich zu ihnen umzudrehen, sprach Ben weiter.

»Vielleicht habt ihr beiden es noch nicht bemerkt, aber ich sehe es ganz deutlich. Mira macht dich stärker, Cassandra, sie verändert etwas in dir und lässt dich förmlich von innen heraus erstrahlen. Das ist etwas, was ich in dir nie auslösen konnte und wohl auch niemals auslösen werde.« Nun drehte er sich doch wieder zu ihnen um. Sein Gesicht hatte einen gequälten und unendlich traurigen Ausdruck angenommen. »Ihr zwei, ihr gehört zusammen. Da ist etwas, das euch verbindet, und ohne dich, Mira, kann Cassandra nicht ihr volles Potential ausschöpfen. Sobald du hier aufgetaucht bist, waren ihre Kräfte viel stärker als zuvor.« Cassandra bekam richtig Mitleid mit ihm, als er sie beide so traurig ansah, doch sie wusste nun auch, dass er Recht hatte. Miras Liebe machte sie stärker und ohne Mira fühlte sie sich unvollständig. »Ich verstehe es nicht und ich wünschte, ich könnte es ändern und derjenige in deinem Leben sein, der dich stärkt, aber ich bin es nicht. Mira ist es. Und auch wenn es Gesetze gibt, die die Liebe zwischen euch verbieten und ich es kaum wirklich glauben kann, sehe ich es mit meinen eigenen Augen. Wer wäre ich, wenn ich trotz all dem zwischen euch stehen würde? Wie könnte ich es dir und dem Königreich antun, dir Mira zu nehmen? Wie könnte ich sie töten lassen oder für immer fortschicken, wenn sie dir so viel bedeutet? Sie hat uns alle gerettet.« Er ging vor Cassandra auf die Knie. »Wir sind verheiratet, das kann ich nicht rückgängig machen. Du trägst unser Kind unter dem Herzen und das möchte ich nicht rückgängig machen. Eine Beziehung zwischen Mira und dir muss ein Geheimnis bleiben, mehr kann ich dir nicht einräumen.«

Sie konnte ihren Ohren kaum trauen. Das hatte Ben unmöglich gerade gesagt! Er bot ihr an, Mira sehen zu können, sie bei sich zu haben, obwohl Cassandra seine Frau war, solange es ein Geheimnis blieb? Ungläubig sah sie Ben an, doch er nickte nur noch einmal, um seine Worte zu unterstreichen, bevor er sich erhob und Mira zuwandte. Die sah mindestens so verwirrt aus wie Cassandra und hatten den Mund vor Staunen geöffnet.

»Ich kann nicht behaupten, dass mir der Gedanke gefällt, aber ich liebe Cassandra zu sehr, um sie von dir fernzuhalten. Ich habe heute meine Eltern verloren, ich kann nicht auch noch meine Frau verlieren. Sei gut zu ihr.«

Mira nickte vorsichtig, noch immer sichtlich verwirrt. »Das werde ich. Ich schwöre es Euch.«

»Ich werde auch nach deiner Mutter schicken lassen. Eure Verbannung ist aufgehoben.«

»Ich danke Euch!« Mira hatte Tränen in den Augen, so erleichtert war sie.

»Jetzt bitte ich dich nur, Cassandra und mich eine Weile allein zu lassen. Ich muss ein paar Dinge mit ihr besprechen.«

Mira blickte Cassandra fragend an, sie nickte ihr zu und schaute ihr nach, als sie aufstand und den Raum verließ. Nachdem Mira die Tür hinter sich geschlossen hatte, wandte sie sich wieder Ben zu. So recht glauben, was geschehen war, konnte sie noch immer nicht, und sie erwartete fast, dass er nun all seine Worte zurücknehmen würde.

Er setzte sich auf den Platz neben ihr und ergriff ihre Hand. »Ich liebe dich, Cassandra, und ich hasse es, dass du nicht genauso fühlst. Ich werde es niemals wirklich gutheißen können. In meinen Augen wird es immer falsch sein und ich werde mir immer wünschen, dass ich es bin, dem dein Herz gehört. Aber ich möchte, dass du glücklich bist. Für dich, für mich, unser Kind und das ganze Reich.«

Cassandra blickte ihm in die Augen. Sie fühlte sich schuldig und Ben tat ihr schrecklich leid, aber seine Worte bedeuteten ihr viel. »Danke, Ben, ich weiß nicht, was ich sagen soll.«

»Versprich mir nur, deine Pflichten als Königin wahrzunehmen, versprich mir, für das Reich und für unser Kind da zu sein.«

»Natürlich! Ich verspreche es dir hoch und heilig, Ben.

Ich werde immer alle meine Pflichten wahrnehmen und niemand soll von Mira und mir erfahren.«

»Vorerst wäre das gut, ich befürchte allerdings, dass sich ein solches Geheimnis am Hof nicht hüten lassen wird. Früher oder später wird es ans Licht kommen. Wir beide müssen nur dafür sorgen, dass wir einen Aufruhr verhindern und vorsorglich bereits anfangen, die Wogen zu glätten. Es wird nicht einfach sein, die Meinungen der Menschen zu ändern, aber ich denke, wenn wir es geschickt anstellen, könnten wir es schaffen. Gemeinsam.«

Sie sah ihn fragend an. Hatte er gerade angedeutet, sie beide sollten darauf hinarbeiten, die Gesetze zu ändern, damit ihre Liebe zu Mira irgendwann eines der geduldeten, offenen Geheimnisse sein konnte, von denen es in den Adelshäusern so viele gab? Das würde bedeuten, dass auch anderen, denen es so ging wie ihr, in Zukunft das Leben erleichtert werden würde. Sie spürte die Tränen in ihren Augen und versuchte, sie fortzublinzeln. »Ben, das ... vielen, vielen Dank. Du bist ein wahrer König!«

Ben schenkte ihr ein schwaches Lächeln. »Nur, weil du meine Königin bist, Cassandra.«

28. Endlich vereint

Ben ließ sie allein und riet ihr, sich einen unversehrten Ort zu suchen, um sich auszuruhen. Zwar hätte sie lieber all den anderen geholfen, doch Cassandra musste sich eingestehen, dass sie die Kraft dazu nicht mehr hatte. Als sie den Raum nach Ben verließ, sah sie Mira am Ende des Ganges stehen. Sie beobachtete die Tür und schaute Cassandra unsicher an. Cassandra schenkte Mira ein glückliches Lächeln und ging auf sie zu. Schnell schaute sie sich um, um sich zu vergewissern, dass niemand außer ihnen in der Nähe war, dann nahm sie Miras Hand in ihre und drückte sie kurz.

»Lass uns einen ruhigen Ort suchen, ich muss mich etwas ausruhen.«

Mira nickte zustimmend und sie gingen schweigend nebeneinanderher und suchten nach einem leeren Zimmer. Hier im oberen Teil des Palastes war es wie ausgestorben und es dauerte nicht lange, bis sie eines der Gästezimmer geradezu unversehrt vorfanden und erleichtert die Tür hinter sich zu fallen ließen. Mira drehte den Schlüssel im Schloss und wandte sich dann zu Cassandra um. Endlich war sie wieder mit Mira vereint und allein. Sie warf sich ihr in die Arme und legte ihren Kopf auf Miras Schulter.

»Ich bin so froh, dass du hier bist. Ich dachte, ich würde dich niemals wiedersehen.« Sie konnte ihre Tränen nicht zurückhalten und schluchzte leise. Die ganze Anspannung fiel mit einem Mal von ihr ab. Mira strich ihr über die Haare und hielt sie ganz fest im Arm.

»Ich auch«, flüsterte sie sanft an Cassandras Ohr. »Ist es wirklich wahr? Er lässt zu, dass wir zusammenbleiben?«

Cassandra löste sich aus der Umarmung und schaute Mira in die Augen. Sie waren voller Hoffnung, aber auch Unglaube und Angst. Sie nickte leicht und zog Mira zum Bett. Sie fühlte sich auf einmal schrecklich müde und traute ihren Beinen nicht zu, sie noch lange aufrecht zu halten.

Sie legten sich nebeneinander auf das Bett, nur ihre Hände berührten sich, und starrten an die Decke. »Es gefällt Ben nicht, aber ja, er duldet es. Er hat mir sogar versprochen, dass wir gemeinsam an den Gesetzen arbeiten können, damit weder wir noch sonst jemand, dem es so geht wie uns, zum Tode verurteilt werden kann.«

»Das ist zu schön, um wahr zu sein.« Miras Worte entsprachen Cassandras Gedanken. Sie konnte es nicht wirklich glauben, irgendwie schien es zu perfekt, sie wartete noch immer auf den Moment, in dem ihr ganzes Glück schlagartig zerstört wurde. Ein kleiner Teil von ihr hoffte jedoch, dass das nicht geschehen und ihr Leben wirklich eine Wendung zum Positiven nehmen würde.

Sie ließ sich auf die Seite rollen und küsste Mira auf die Wange. Als die ihren Kopf drehte und sie anstrahlte, ging Cassandra das Herz auf. »Ich liebe dich«, flüsterte sie, ehe Mira sie mit einem Kuss zum Schweigen brachte. Cassandra hatte das Gefühl, zu träumen. Das unendliche Glücksgefühl, das sie durchströmte, wusch alle Sorgen einfach fort. Für einen kurzen Augenblick gab es nur Mira und sie und die Welt war vollkommen.

Nachdem sie den Moment genossen hatte, wollte sie von Mira aber doch ein paar Dinge wissen. »Wie geht es deiner Mutter?«

Mira seufzte. »Als ich sie zuletzt gesehen habe, ging es ihr besser, aber die Anstrengungen des Reisens haben ihr sehr zu schaffen gemacht.«

»Wir werden sie mit einer Kutsche abholen lassen und

hier wird sie dann versorgt, bis sie wieder gesund ist.«

»Ich weiß.« Mira strich Cassandra sanft mit der Hand über die Wange. »Ich kann dir gar nicht genug danken. Du hast uns das Leben gerettet. Ich weiß, dass du es warst, die dafür gesorgt hat, dass wir nur verbannt und nicht getötet wurden. Wer sonst hätte das für uns getan?« Ein paar Tränen glitzerten in Miras Augen, doch sie blinzelte sie eilig fort.

»Mira, ich hätte alles dafür getan, dass du nicht getötet wirst. Ich hätte mein Leben für dich gegeben, wenn ich es gemusst hätte!«

Mira setzte sich auf und schaute ernst auf Cassandra herab. »Womit habe ich das nur verdient?«

Cassandra legte ihren Kopf auf Miras Schoß und lächelte zu ihr herauf. »Du verdienst noch so viel mehr.«

Miras Mundwinkel zuckten und sie strich durch Cassandras Haare. »Ich brauche nichts im Leben, solange du bei mir bist.«

»Wirst du deiner Mutter von uns erzählen?«, fragte Cassandra nach einer kurzen Stille zögernd.

Mira presste die Lippen aufeinander und ihr Gesichtsausdruck verdüsterte sich. »Ich weiß es nicht ... der Prinz - der König hat gesagt, dass es niemand wissen darf. Außerdem ... nun ja, ich denke, sie wird es auch weiterhin nicht gutheißen.«

Cassandra setzte sich nun ebenfalls auf und zog Mira an ihre Schulter, wo sie dankbar ihren Kopf ablegte.

»Ich kann mir nicht vorstellen, dass sie es jemals irgendwem erzählen würde, und sie ist deine Familie. Sie verdient Ehrlichkeit. Ben wird dagegen schon nichts sagen und falls doch, dann überzeuge ich ihn davon, dass es das Richtige ist und dass Wiebke unser Geheimnis niemals preisgeben würde. Immerhin geht es hier um dich!« Mira nickte, sagte aber nichts. »Ich wünschte, wir müssten es nicht geheim halten. Ich wünschte, wir müssten nicht aufpassen, dass uns niemand sieht oder hört. Es tut mir so leid, dass es so niemals sein kann«, setzte Cassandra traurig hinzu.

»Das kümmert mich nicht«, murmelte Mira leise an ihrer Schulter. »Ich bin nur froh, dass wir uns begegnet sind, dass du mich liebst und ich bei dir sein kann. Ob die Welt es erfährt oder ich mich mit dir für immer vor anderen verstecken muss, ist mir vollkommen gleich. Solange ich dich sehen kann und du mich noch liebst, ist meine Welt perfekt.«

Cassandra zog Mira in einen innigen Kuss. Freudentränen liefen ihr über die Wangen.

»Ich werde dich immer lieben, Mira«, keuchte sie zwischen zwei Küssen und gab sich dann überglücklich Mira und dem Moment hin.

Epilog

Cassandra schritt beschwingt den Flur entlang. Sie hatte einen langen Tag hinter sich und konnte es kaum noch erwarten, endlich Mira zu sehen.

Seitdem Ben und sie offiziell zu König und Königin gekrönt worden waren, war beinahe ein Jahr vergangen. Ihre Verhandlungen mit den Feen waren mehr als gut verlaufen und seitdem herrschte Frieden in Ileandor. Regelmäßig traf sie sich nun mit dem königlichen Rat und einigen Vertretern der Feen, sodass sie gemeinsam Entscheidungen für das Reich treffen konnten. Auch so hörten der Rat und vor allem Ben auf ihre Ratschläge und schätzten ihre Meinung.

Es fühlte sich gut an, endlich etwas bewirken zu können.

Ben und sie hatten bereits, kurz nachdem der Palast

und die umliegenden Ländereien und Dörfer nach dem Feenangriff wiederaufgebaut worden waren, vorsichtig begonnen, verschiedene Gesetze zu reformieren. Dabei ging es nicht nur darum, wen man lieben durfte, sondern auch um die Rechte der Frauen allgemein. Sie setzten sich dafür ein, dass auch Frauen Positionen im Rat und in der Armee besetzen durften und dass junge Mädchen genauso unterrichtet wurden wie Jungen. Bisher war es eine frustrierende Angelegenheit, weil viele der Ratsmitglieder an ihren alten Ansichten festhielten und starrköpfig gegen jede noch so kleine Änderung stimmten. Trotzdem war sie guter Dinge, da sie der lebende Beweis dafür war, dass Frauen ganz genauso fähig waren, ein Reich zu leiten und wichtige Entscheidungen zu treffen, wie Männer.

Die Geburt ihres Sohnes Benjamin einige Monate zuvor hatte Ben und ihr großes Glück bereitet. Sie setzte große Hoffnung in die Zukunft ihres Sohnes und war fest entschlossen, ihn selbst zu erziehen und ihm alle Werte zu vermitteln, die sie für wichtig hielt. Er war das süßeste Kind, das sie jemals zu Gesicht bekommen hatte. Er hatte Bens braune Augen und ihr blondes Haar geerbt.

Dass er ein Junge war, hatte Cassandra ungemein beruhigt, denn es bedeutete, dass der Druck von ihr und Ben genommen war, einen Thronerben zu zeugen. Wäre das

Kind eine Tochter gewesen, wären die Augen der Öffentlichkeit sehr viel genauer auf sie beide und ihre Beziehung gerichtet gewesen und vermutlich hätten sie ein weiteres Kind zeugen müssen, damit niemand zu genau hinschaute und womöglich von ihr und Mira erfuhr.

Aber so hatte sich alles perfekt ergeben. Benjamin war der erwartete Erbe, er war kräftig, wohlauf und putzmunter und sie liebte ihn sehr.

Auch Wiebke hatte sich zu Miras großer Erleichterung wieder vollkommen erholt. Cassandra hatte dafür gesorgt, dass sie nach ihrer Rückkehr bestens versorgt wurde und nicht arbeitete, ehe sie von den Ärzten wieder für vollkommen gesund erklärt wurde. Zunächst hatte Mira sich nicht getraut, mit ihrer Mutter über ihre Beziehung zu sprechen, doch schließlich hatte Cassandra sie beinahe gezwungen und auch wenn Wiebke zunächst schockiert und auch wütend gewesen war, hatte sie sich sehr viel schneller mit dem Gedanken abgefunden, als Mira oder Cassandra erwartet hätten.

Wann immer sie sich begegneten, schenkte sie Cassandra ein fast dankbares Lächeln und vor einigen Wochen hatte sie ihr sogar diskret zugeraunt, wie dankbar sie sei, dass Cassandra Mira so glücklich machte. Und sie waren glücklich zusammen. Glücklicher ging es fast nicht mehr.

Da es bereits später Abend war, öffnete Cassandra behutsam die Tür zu ihren Gemächern. Sie hatten die Räume des Königspaares bezogen, die die größten im gesamten Palast waren. Durch die Tür gelangte man zunächst in einen Vorraum und außer ausgewählten Dienern war es niemandem gestattet, die dahinter liegenden Räume zu betreten. So konnte außer dem Kindermädchen und Bens Kammerdiener niemand zufällig mitbekommen, dass vom eigentlichen Schlafzimmer eine Tür in ein zweites führte. Es handelte sich dabei um das Ankleidezimmer der Königin, doch es hatte dort ohne Probleme ein Bett hineingepasst, in dem Cassandra nun jede Nacht neben Mira schlafen konnte. Die hatte als ihre Kammerzofe ohnehin ein Zimmer innerhalb der Gemächer, sodass ihr Verbleib jede Nacht auch keine Fragen aufwerfen konnte.

Benjamin schlief abwechselnd bei ihnen oder bei Ben mit im Zimmer. Heute Nacht war er bei Ben und lag dort bereits in seinem kleinen Kinderbettchen, als Cassandra den Raum betrat. Sie wusste, dass Ben noch nicht zu Bett gegangen war, weil sie gerade zuvor noch mit ihm gesprochen und ihn dann im Büro zurückgelassen hatte. Da ihr auf dem Gang Lady Janett, die Tochter eines der Ratsmitglieder, begegnet war, vermutete sie, dass er auch noch eine Weile aufbleiben würde. Es war ihr nicht entgangen, dass die beiden sich in letzter Zeit häufiger nach Ratsversammlungen trafen. Bisher hatte sie Ben noch nicht nach Lady Janett gefragt, musste sich aber eingestehen, dass sie hoffte, dass mehr zwischen den beiden war als eine gute Freundschaft. Sie wünschte es sich für Ben.

Leise ging sie zu dem Kinderbett und warf einen Blick auf ihren schlafenden Sohn. Er sah glücklich aus, seine Mundwinkel waren zu einem leichten Lächeln nach oben verzogen und seine Wangen waren rosig. Er atmete ruhig und entspannt und Cassandra genoss diesen friedlichen Augenblick. Ganz behutsam, um ihn auch ja nicht aufzuwecken, küsste sie ihn auf die Stirn, ehe sie sich auf den Weg zu ihrem Zimmer machte. Da sie nicht wusste, ob Mira noch wach war, drückte sie die Türklinke so leise und sanft herunter wie nur möglich und schlüpfte durch die Tür. Sie schloss sie genauso leise wieder hinter sich und drehte sich dann im Halbdunkel um. Mira lag bereits im Bett und schlief.

Cassandra zog sich ungeschickt ihr viel zu voluminöses Kleid aus und ließ es auf einem Stuhl an der Wand liegen. Sie schlich zum Bett und zog langsam die Decke zurück, während sie versuchte, möglichst wenige Schwingungen auf der Matratze zu erzeugen, damit Mira nicht geweckt wurde.

Als sie sich gerade hingelegt hatte, drehte Mira sich zu ihr um und legte ihre Arme um sie. Leise flüsterte sie: »Da bist du ja endlich!« Cassandra konnte das Grinsen in ihrer Stimme regelrecht hören. Sie war die ganze Zeit wach gewesen und hatte Cassandras Bemühungen, leise zu sein, beobachtet. Als hätte sie Cassandras Gedanken gelesen, setzte sie noch hinzu: »Du sahst sehr süß aus, wie du dich bemüht hast, keinen Lärm zu machen.«

Cassandra musste lächeln und zog Mira einfach in ihre Arme. Sie konnte noch immer nicht fassen, wie glücklich ihr Leben war.

Küsse für Ileandors König

Kurzgeschichte

Janett

Janett versuchte, möglichst unauffällig zur Seite zu schauen. Die Königin von Ileandor saß direkt neben ihr und lachte gerade über etwas, das der König gesagt hatte. Eilig schob sie sich den nächsten Bissen in den Mund und versuchte, nicht auffällig zu wirken. Sie war zu abgelenkt, um den Gesprächen zu folgen.

Weshalb hatte Königin Cassandra sie eingeladen? Janett hatte stets den Eindruck gehabt, die junge Königin mochte sie nicht besonders – keine der Hofdamen, um genau zu sein. Für gewöhnlich verbrachte sie ihre freie Zeit lieber allein oder in Gesellschaft ihrer Zofe. Seit ein paar Tagen schenkte sie ihr jedoch sehr viel Aufmerksamkeit. Immer wieder verwickelte sie Janett in Unterhaltungen, ermutigte sie, ihre Meinungen kundzutun oder etwas über sich zu erzählen.

Janett befürchtete, dass diese plötzliche Aufmerksamkeit nichts Gutes bedeutete. War der Königin aufgefallen, wie sie König Benedikt anschaute? Sie schluckte. Es war nur eine harmlose Schwärmerei. Natürlich machte sie sich keine Hoffnungen. Er war der König und verheiratet. Die beiden hatten ein Kind großzuziehen und ein Königreich zu regieren. Was machte es da für einen Unterschied, dass seine Augen strahlten und jedes Lächeln, das er ihr schenkte, ein Flattern in ihrem Bauch erzeugte? Er hatte bereits die perfekte Frau an seiner Seite, wie sollte er da jemals Augen für eine andere haben?

Vielleicht war sie auch nur paranoid und die Königin sah in Janett tatsächlich eine Freundin, die sie näher kennenlernen wollte.

Das hatte zumindest ihre Mutter gesagt. Die Königin stammte nicht aus einer Adelsfamilie und hatte einen großen Teil ihres Lebens weit fort vom Hof verbracht. Daher hatte sie kaum enge Freundinnen unter den Hofdamen und auch wenn Janett bisher nie den Eindruck gehabt hatte, dass Königin Cassandra einsam war, versicherte ihre Mutter ihr, dass jede Frau sich nach engen Freundinnen sehnte.

Dass die Königin mehr Zeit mit ihrer Dienerin verbrachte als mit den Töchtern des Adels, missfiel nicht nur Janetts Eltern. Allgemein schien die Königin sich nicht an die Traditionen halten zu wollen. Etwas, das Janett immer wieder faszinierte.

»Es ist eine Schande. Sie hätten den armen Prinzen nicht mit einem Mädchen aus einer gewöhnlichen Familie verheiraten dürfen. Sie mag magische Kräfte haben, aber sie hat keinerlei Verständnis dafür, wie es am Hofe zuzugehen hat. Immerzu setzt sie sich über Regeln und Traditionen hinweg und unser guter König lässt es ihr durchgehen. Was soll er auch sonst tun? Seine Eltern sind tot, sie ist die Mutter seines Sohnes, des Thronerben. Wer weiß, was für Schaden sie mit ihren magischen Kräften anrichten könnte, wenn er ihr ihre Wünsche verwehrt?« Janetts Mutter hatte den Kopf betrübt geschüttelt und dann Janetts Hand getätschelt. »Aber mach dir nicht zu viele Gedanken, meine Schöne. Wir finden einen Ehemann für dich, ob die Königin sich nun dazu herablässt, ihre Hofdamen mit geeigneten Männern bekannt zu machen oder nicht.«

Sie fand nicht, dass die Königin gefährlich wirkte. Es kam ihr auch nicht vor, als drohe sie dem König auf irgendeine Weise. Janett hatte erlebt, wie die beiden nicht einer Meinung waren, und es war sehr gesittet zugegangen. Zumindest in der Öffentlichkeit stritten sie nicht so, wie Janetts Eltern es manchmal taten.

Der König hörte seine Frau an und schien ihrer Meinung viel Gewicht zu geben. Wenn sie nicht mit seiner überein-stimmte, bekam er einen abwesenden Gesichtsausdruck, so als ginge er innerlich alle Möglichkeiten durch und lege sich sorgsam seine Worte zurecht. Was auch immer er anschließend sagte, klang in Janetts Ohren perfekt. Er wusste genau, wie er sich ausdrücken musste, sorgte stets dafür, dass sich niemand vor den Kopf gestoßen fühlte und fand Kompromisse, die Janett im Traum nicht eingefallen wären.

Nein, auch wenn sie viel auf die Ansichten ihrer Mutter gab, wusste Janett in ihrem Herzen, dass König Benedikt und Königin Cassandra dem Königreich mit all ihren Veränderungen guttaten und stets das Beste für die gesamte Bevölkerung im Sinn hatten.

»Janett? Was meinst du?« Hitze schoss ihr ins Gesicht, als sie sich unter dem fragenden Blick der Königin wiederfand, die sie offensichtlich in das Gespräch einbinden wollte.

Sie hatte nicht zugehört. Beschämt senkte sie den Kopf und flüsterte: »Entschuldigt, Eure Hoheit, ich war mit meinen Gedanken nicht bei Euch.«

Ein Lächeln legte sich auf die Lippen der Königin und sie streckte ihre Hand aus, um Janetts Arm zu tätscheln. »Keine Sorge, ich kann das verstehen.«

Täuschte sie sich oder warf die Königin dabei einen Bick in Richtung ihres Mannes? Janetts Gesicht glühte und sie war sich sicher, dass alle Anwesenden sehen mussten, wie rot ihr Kopf geworden war. Es ließ sich jedoch niemand etwas anmerken.

»Unsere Konversationen sind heute auch nicht sonderlich spannend für eine Lady wie dich.« Sie sah entschuldigend aus, während sie in die Runde blickte. Die Königin und Cassandra waren die einzigen Frauen am Tisch. König Benedikt unterhielt sich mit einigen seiner Berater über irgendetwas, das mit Getreide zu tun hatte. Janett hatte von Anfang an nicht folgen können. »Das Wetter ist so herrlich draußen. Ich wünschte auch, wir würden nicht den gesamten Tag im Palast sitzen müssen.«

Janett wurde bewusst, dass sie die Luft angehalten hatte, und entließ sie nun erleichtert. Die Königin musste an ihrem Mann vorbei zum Fenster geschaut haben! Sie schalt sich. Wenn sie sich weiterhin so impulsiv verhielt, würde das ein schlechtes Bild auf ihre Familie werfen.

Die Hand der Königin ruhte noch immer auf ihrem Arm. Sie lächelte Janett freundlich an. »Was hältst du von einem Verdauungsspaziergang?«

»M-mit Euch?« Janett schluckte.

Die Königin lachte. »Aber natürlich. Ich würde dich doch nicht allein hinausschicken. Wenn der König nichts dagegen hat, würden wir uns entschuldigen.« Sie schaute ihrem Ehemann in die Augen.

Ein strahlendes Lächeln trat in sein Gesicht, das seine Augen zum Leuchten brachte. Er nickte seiner Frau zu. »Aber natürlich. Meine Herren, vielleicht sollten wir unser Gespräch auch in mein Arbeitszimmer verlegen. Oder seid Ihr noch nicht fertig mit dem Essen?« König Benedikt schaute Janett direkt an und hatte eine Augenbraue fragend erhoben.

Am liebsten hätte sie sich in diesem Moment in Luft aufgelöst. Ihre Stimme versagte ihr und sie schaffte es auch nicht, den Blickkontakt zu halten und schaute stattdessen auf ihren noch halb gefüllten Teller. Schnell schüttelte sie den Kopf.

Die Königin erhob sich und legte ihre Serviette auf dem Tisch ab. »Ich befürchte, unsere liebe Janett hat heute keinen Appetit. Wir sind fertig mit dem Essen, nicht wahr?«

Wieder nickte Janett und traute sich nicht, aufzublicken. Dass der König überhaupt Rücksicht auf sie nahm, war eine Ehre, mit der sie nicht umzugehen wusste. Es war ungeschriebenes Gesetz, dass das Essen beendet war, wenn er es ankündigte.

Der König und seine Berater verabschiedeten sich von der Königin und Janett und verließen den Raum. Janett hob vorsichtig den Blick und schaute zu Königin Cassandra auf.

»Na komm, worauf warten wir noch? Lass uns das Wetter genießen und in meinen Lieblingsgarten gehen.«

»Ja, Eure Majestät.« Janett stand eilig auf und knickste vor der Königin, ehe sie ihr aus dem prunkvoll eingerichteten Esszimmer folgte.

Die mit Gemälden geschmückten Flure des riesigen Palastes zogen an ihr vorbei. Als Kind hatte sie sie immer ehrfurchtsvoll betrachtet und sich gefragt, wie die darauf abgebildeten Menschen wohl gewesen waren. Nun war sie mit ihren Gedanken ganz woanders.

Sie hätte sich darüber freuen sollen, dass sie Zeit mit der Königin verbringen durfte, doch ihr Magen fühlte sich wie zugeschnürt an und sie wurde das Gefühl nicht los, dass etwas an der Situation nicht richtig war und die Königin sie jeden Moment für die Gedanken verurteilen würde, die sie an den König hatte.

Cassandra

Cassandra führte Janett aus dem Palast und atmete tief durch. Auch nach all den Jahren war es noch immer eine Erleichterung, nicht den ganzen Tag zwischen den dicken Mauern verbringen zu müssen. Zwar fühlte sie sich längst zuhause im Palast, ihre Familie und ihr Lebenswerk befanden sich hier. Ein Teil von ihr würde Freiheit jedoch immer einem Leben als Königin vorziehen. Deshalb nutze sie jede Gelegenheit, wenigstens ein wenig Freiheit zu spüren.

Die Sonne schien ihr ins Gesicht und sie ließ ihren Blick erfreut über die Blütenpracht wandern, die in den letzten Wochen im Garten entstanden war. Der Sommer fing gerade so richtig an und die Natur erstrahlte in neuem Glanz. Rosen in Rot, Weiß und Rosa verbreiteten ihren betörenden Duft und leuchteten zwischen sattem Grün.

Janett stand schüchtern neben dem Ausgang und beobachtete Cassandra. Die Königin seufzte innerlich. Freundschaften zu schließen, lag ihr offenbar nicht sonderlich gut. Aus irgendeinem Grund wollte es ihr nicht gelingen, Janetts Vertrauen zu gewinnen. Andere Hofdamen taten alles, um in Cassandras Gunst zu gelangen, aber diese junge Frau war anders – natürlich war sie das.

Janett schien schüchtern zu sein. Sie benahm sich stets korrekt und schaffte es, in einer Gruppe an Menschen zugleich unauffällig zu sein und doch ins Auge zu stechen. Ihr langes, braunes Haar trug sie ordentlich hochgesteckt, die großen, grauen Augen waren fast immer auf den Boden oder ihre Hände gerichtet. Die wenigen Male, in denen Janett ihr länger als eine Sekunde in die Augen geschaut hatte, konnte Cassandra an einer Hand abzählen. Auch jetzt vergrub sie die Hände nervös in ihrem ausschweifenden, grünen Rock und schaute auf den sandigen Boden.

Tatsächlich hatte sich Cassandra zunächst nicht sonderlich für die junge Frau interessiert. Sie war immer eines der Mädchen gewesen, die man ihr nach ihrer Ankunft im Palast als Gesellschaft an die Seite gesetzt hatte. Cassandra hatte sich nie wie eine von ihnen gefühlt. Sie konnte mit den Gesprächsthemen, die die verwöhnten Töchter am Hof liebten, nichts anfangen und hatte sich sehr schnell nur noch nach Miras Gesellschaft gesehnt. In ihrem Dienstmädchen hatte sie die Freundin gefunden, die sie dringend gebraucht hatte. Jemanden, der wusste, wie es war, sich fehl am Platz zu fühlen. Mira hatte von Anfang an verstanden, was in Cassandra vorging, und nie erwartet, dass sie sich verstellte und eine königliche Fassade aufrechterhielt. Im Gegenteil. Mira liebte Cassandra genau so, wie sie war.

Über all die Zeit war Mira die wichtigste Stütze in ihrem Leben geblieben.

Cassandra hatte keine andere Wahl gehabt, als Ben zu heiraten und nach dem Tod des Königspaares Königin zu werden. Sie liebte ihren kleinen Sohn Benjamin und würde wohl den Rest ihres Lebens dankbar dafür sein, dass Ben Verständnis für sie hatte und sie und ihre Meinung respektierte. Cassandra wusste, dass sie Ileandor gemeinsam zu einem besseren Land für alle machen konnten. Sie wollte, dass ihr Sohn den Thron eines Reiches erbte, das in der Welt angesehen war und in dem Menschen neben magischen Wesen in Frieden leben konnten.

Ben war ein Teil von Cassandras Familie, aber sie würde ihren Ehemann niemals so lieben, wie alle Welt es erwartete.

Ihr Herz gehörte Mira. Ihrer frechen, klugen, wunderschönen Mira. Im geheimen, aber mit dem Segen ihres Ehemannes. Sie würde ihm auf ewig dankbar dafür sein, dass er Verständnis für ihre Situation hatte und ihr erlaubte, ihre Liebe auszuleben.

Cassandra wünschte sich, dass auch Ben sein Glück finden würde. Ihre Ehe verwehrte ihm ein glückliches Ende seiner Geschichte.

Wäre das Leben nur so simpel wie die romantischen Geschichten in den Büchern, die Mira seit neustem am liebsten las. Dort überwanden Prinzen für die Liebe jedes Hindernis und am Ende heirateten sie ihre Prinzessin. Mira liebte diese Geschichten, doch Cassandra fragte sich jedes Mal, weshalb niemand auf die Idee kam, die Prinzessin nach ihrer Meinung zu fragen.

Ben hatte die falsche Prinzessin geheiratet und die Welt erwartete, dass er niemals eine andere Frau auch nur liebevoll anschauen sollte. Er würde sich folgsam daranhalten, aber Cassandra wollte das nicht zulassen. Sie wünschte ihm dasselbe Glück, dass er ihr mit Mira ermöglichte. Sie hatte wachsam beobachtet, wem er ab und an doch etwas mehr Aufmerksamkeit schenkte, und ihr waren auch Janetts heimliche Blicke nicht entgangen, die sie dem König schenkte.

Also entschied sie, der disziplinierten, folgsamen jungen Frau näherzukommen und ihr und Ben eine Chance zu geben, einander kennenzulernen.

Doch hier im Garten wusste sie nicht, was sie zu Janett sagen sollte. Es war, als stammten sie aus unterschiedlichen Welten.

»Sind die Rosen nicht wunderschön? Komm, schau sie dir ruhig näher an.« Sie winkte Janett zu sich, die der Aufforderung zögernd folgte. »Als Ben mir zum ersten Mal einen der königlichen Gärten gezeigt hat, fand ich die Rosen am schönsten.« Vermutlich war es nicht die eleganteste Lösung, auf Ben zu sprechen zu kommen und im selben Satz daran zu erinnern, dass er mit ihr verheiratet war. Cassandra fiel jedoch nichts Besseres ein.

Janett bewunderte die Rosen und trat dann eilig einen Schritt zurück. So würde Cassandra nicht weiterkommen. Sie wollte Janett auf keinen Fall unter Druck setzen. Cassandra musste sich eine bessere Strategie einfallen lassen.

Schweigsam liefen sie eine Runde durch den Garten, dann entließ Cassandra Janett, die sofort eilig ins Innere des Palastes floh.

Sie selbst blieb noch ein wenig an der frischen Luft und genoss das gute Wetter, bevor sie sich auf den Weg zu ihren Schlafgemächern machte, wo ihr kleiner Benny zusammen mit Mira bereits auf sie wartete.

Sie brachte ihren Lieben jedem eine Rose mit. Als sie den Raum betrat, drehte Mira sich zu ihr um und Cassandra hätte alles gegeben, um den Blick in ihren Augen niemals zu vergessen. Dieses Strahlen erschien ihr beinahe unwirklich. Ihre Partnerin hielt Benny im Arm und hatte am Fenster gestanden. Nun kam sie Cassandra entgegen, die sich beeilte, die Lücke zwischen ihnen zu schließen. Ihre Lippen trafen sich und Cassandra hielt Mira im Arm bis Benny anfing, an ihren Haaren zu ziehen. Behutsam löste sie seinen kleinen Finger von den blonden Strähnen, die er umklammert hatte. Mira beobachtete sie und ihre Mundwinkel zuckten.

Als ihre Haare befreit waren, reichte Cassandra Mira die Rose. Die Wangen ihrer Freundin färbten sich rot. Cassandra nahm ihr Benny ab und zeigte ihrem Sohn die andere Rose, die sie mitgebracht hatte. Er brabbelte erfreut und wollte danach greifen. Cassandra hielt sie außerhalb seiner Reichweite und ließ die Blüte in ihrer Hand sich öffnen und schließen. Benny war von diesem Anblick wie gebannt. Als sie ihm die Blüte schließlich überließ, zupfte er an den Blättern, als wolle er seine Mutter nachahmen.

»Ich bin mir sicher, mein Kleiner, schon bald wirst du dasselbe können.« Sie küsste ihm auf die Stirn und legte ihn in sein Bett, wo er weiter an der Blüte herumzupfte.

»Wie kannst du dir so sicher sein, dass er magische Kräfte hat?« Mira legte ihre Arme von hinten um Cassandra. Die schloss die Augen und lehnte sich an ihre Partnerin.

»Ich weiß es einfach.« Cassandra konnte es nicht erklären, aber etwas tief in ihrem Herzen sagte ihr, dass Benny ihre magischen Fähigkeiten geerbt hatte. Er würde eines Tages Wunder vollbringen.

»Wie war das Essen?« Mira zog Cassandra sanft zu der Sitzgruppe am großen Fenster ihres Schlafraumes. Sie ließen sich nebeneinander nieder und Mira legte ihren Kopf an Cassandras Schulter.

»Ereignislos.« Cassandra seufzte.

»Wie hat Lady Janett sich in der hohen Gesellschaft gemacht?« Mira kraulte Cassandra im Nacken.

Sie schloss die Augen. »Sehr gut, wie zu erwarten gewesen war. Die Arme wirkte etwas nervös, aber ihre

Manieren sind fabelhaft. Nur weiß ich nicht, wie ich sie aus der Reserve locken kann. Ich möchte die wahre Janett kennenlernen.« Gedankenverloren fuhr sie durch Miras Haare und spielte mit ihren dunklen Locken.

»Du bist die Königin. Da wundert es mich nicht, dass sie distanziert bleibt.«

»Ich weiß. Aber das ist lästig. Dich hat das auch nie gekümmert.«

Mira setzte sich auf und schaute Cassandra mit hochgezogenen Augenbrauen an. »Natürlich hat es das! Ich habe mir diese Tatsache immer und immer wieder ins Gedächtnis gerufen. Ich konnte deiner Anziehungskraft nur nicht widerstehen.« Ein freches Grinsen legte sich auf ihre Lippen und sie beugte sich vor, um Cassandra einen flüchtigen Kuss zu geben.

»Warum kann Janett nicht auch meinem Charme erliegen?«

»Du möchtest, dass Lady Janett dich küsst?« Mira schob empört ihre Unterlippe vor und verschränkte die Arme vor der Brust.

Cassandra lachte und zog Mira an sich. »Nein. Natürlich nicht. Ich möchte, dass sie Ben küsst.«

Nun seufzte Mira und schmiegte sich wieder an Cassandra. »Du spielst mit dem Feuer.«

Cassandra streckte ihre Hand aus und ließ kleine Flammen in der Handfläche erscheinen. »Und das sehr gut.«

Mira knuffte sie in die Seite. Sie versuchte bereits seit Anfang an, Cassandra die Idee auszureden. Sie vertrat die Meinung, dass sich eine Beziehung zwischen Ben und Janett nur ohne Cassandras Zutun entwickeln sollte. »Mira, sie sind beide viel zu pflichtbewusst.«

»Dann ist das so. Du musst aufpassen. Wenn die Hofgesellschaft mitbekommt, dass du versuchst, eine andere Frau für deinen Mann zu finden, werden sie genauer hinschauen und könnten unser Geheimnis lüften.«

Cassandra wollte Mira sagen, dass ihr das egal war. Sie wollte, dass die Welt wusste, was für eine wundervolle Frau an ihrer Seite war. Allerdings wussten sie beide nur zu gut, dass die Gesellschaft dafür noch nicht bereit war. Sie könnten all ihr Glück verlieren. Cassandra hatte als Königin einen Schutz, den Mira nicht besaß. Sollte ihre Beziehung bekannt werden, war es ihre Freundin, die den höheren Preis zahlen musste. Also nicke sie und biss sich auf die Unterlippe.

»Ich werde mit Ben sprechen. Wenn ich ihn dazu bekomme, den ersten Schritt zu machen, muss ich mich nicht weiter einmischen.«

»Ich würde das auch als Einmischen bezeichnen. Aber fein, rede mit ihm. Hoffentlich hörst du auf seine Worte. Ich kann mir nicht vorstellen, dass er die Dinge anders sieht als ich.«

»Er mag Janett, da bin ich mir sicher.«

»Er ist verheiratet. Und der König.«

»Ich bin verheiratet und die Königin. Das bedeutet nicht, dass wir beide es nicht verdienen, unser Glück zu finden. Oder siehst du das anders?«

»Natürlich nicht.« Mira stand auf und ging zum Fenster. »Ich möchte nur, dass dein schlechtes Gewissen dich nicht zu leichtsinnigen Taten führt.«

»Mein schlechtes Gewissen?« Cassandra schluckte.

Mira wandte sich zu ihr um. »Wir haben uns gefunden. Du bist glücklich, das weiß ich, aber das schlechte Gewissen nagt noch immer an dir. Du hast Ben verletzt und er ist jetzt der Einsame. Ich verstehe dich, Cassie. Ich wünsche ihm auch nur das Beste und möchte, dass er sein eigenes Glück findet. Nach allem, was er uns ermöglicht hat, ist das das mindeste. Aber ich bitte dich!« Sie kniete sich vor Cassandra und ergriff ihre Hände. »Sei vorsichtig!«

Sie sah Tränen in Miras Augen und nickte, weil ein dicker Kloß im Hals ihr das Sprechen erschwerte. Sie zog Mira auf ihren Schoß und legte die Arme um sie. »Ich würde niemals etwas tun, was dich verletzt. Niemals.«

Kurze Zeit später musste Cassandra sich bereits wieder von Mira und Benny verabschieden, weil sie gemeinsam mit Ben den Tee mit einigen Adelsfamilien einnehmen sollte. Sie mochte diese Veranstaltungen nicht, aber sie sah ein, dass es wichtig war, gute Beziehungen zu den einflussreichen Familien in Ileandor zu pflegen.

Mira half ihr in ein anderes Kleid. Ohne sie würde Cassandra im Leben nicht in die bauschigen Röcke und Korsette kommen, die sie als Königin tragen musste. Und ganz gleich, wie hübsch sie in diesem dunkelblauen

Kleid auch aussehen mochte, sie hasste es. Miras schlichte, graue Gewänder sahen so viel bequemer aus. Ihre Freundin gab ihr einen Kuss zum Abschied. Cassandra beugte sich über ihren schlafenden Sohn und flüsterte: »Ich liebe dich, mein Kleiner. Sei gut zu Mira.« Dann ließ sie sich von einem wartenden Wachmann in die Bibliothek begleiten, wo der Tee stattfinden sollte.

Wenigsten das hatte sie durchsetzen können. »Wenn ich schon ganze Tage damit verbringen muss, Adelsfamilien zu umgarnen, dann möchte ich es wenigstens an einem Ort tun, an dem ich mich wohlfühle.« Das hatte sie zu Ben gesagt.

Sie hatte eine Ecke in der riesigen Bibliothek des Palastes herrichten lassen. Gepolsterte Bänke und Stühle waren zwischen den Regalen voller Bücher platziert worden. Dazwischen kleine Tische, auf denen Tee und Gebäck ihren Platz finden konnten. Dieser neue Treffpunkt war sehr gut bei den Adelsfamilien angekommen. Ben war überrascht gewesen. Cassandra sah es als Chance und hatte seitdem viele angeregte Gespräche über Bücher mit den hohen Herren und Damen des Hofes gehabt. Sie versuchte, jedes Buch zu lesen, das ihr empfohlen wurde. Das war ihr Weg, zu beweisen, dass sie mehr war als Bens Königin und die Mutter des Thronerben. Sie wusste, dass die Mehrheit der Adeligen nicht viel von ihr und ihrer Herkunft hielt, aber wenn sie ihre Liebe zu Büchern teilen konnte, schaffte sie es immer öfter, sie auf ihre Seite zu ziehen. Abgesehen davon freute Cassandra sich, immer neue Gesprächspartner zu finden, die mit ihr über Literatur und Geschichte reden wollten.

Als sie die Bibliothek betrat, drang bereits heiteres Gelächter aus der Sitzecke an ihr Ohr. Sie atmete einmal tief ein und aus, drückte ihren Rücken durch und schritt dann lächelnd auf ihre Gäste zu. Ben war bereits da und warf ihr einen erleichterten Blick zu, als sich die allgemeine Aufmerksamkeit auf sie richtete.

»Eure Hoheit, Ihr seht hinreißend aus.« Eine der älteren Damen verneigte sich vor ihr. Cassandra hatte noch immer Probleme damit, alle Mitglieder des Adels beim Namen zu nennen. Sie kannte das Gesicht der Frau, da war sie sich sicher, ihr Name wollte ihr jedoch nicht einfallen.

»Vielen Dank, aber das Kompliment muss ich zurückgeben. Der Schnitt Eures Gewandes ist außerordentlich«, antwortete sie ausweichend. Tatsächlich war das nicht einmal gelogen. Gerade von den älteren Damen am Hof war Cassandra es gewohnt, immer dieselbe Art Gewänder zu sehen. Farben, Stoffe und Stickereien mochten variieren, aber der Schnitt tat dies nur äußerst selten. Alle Kleider waren hoch geschlossen, die Korsette eng geschnürt und die bauschigen Röcke bodenlang. Bei dieser Dame war ihr sofort aufgefallen, dass das Kleid weiter und weniger figurbetont geschnitten war. Es sah bequemer aus, etwas, das Cassandra an Kleidung sehr zu schätzen wusste.

Sie schaffte es, sich die nächsten Minuten mit der Dame über die Nachteile von Korsetten zu unterhalten, ohne in die Verlegenheit zu kommen, sie beim Namen nennen zu müssen. Schließlich holte Ben sie ab, damit sie alle Platz nehmen konnten. Cassandra lächelte ihrem Mann entgegen, ihre Gesprächspartnerin verbeugte sich tief. »Eure Majestät.«

»Lady Grünthal. Es ist mir eine Ehre.« Ben küsste ihre Hand und Cassandra hatte ein Bild von Lord Grünthal vor Augen. Er war ein gemütlicher, älterer Herr, stets höflich und mit einem schelmischen Blitzen in den Augen, was ihn jünger aussehen ließ als er war.

Cassandra hatte bereits ganze Nachmittage mit ihm über Literatur gefachsimpelt und das schlechte Gewissen, dass sie sich seine Frau nicht gemerkt hatte, stach etwas. Jetzt würde sie sie nicht mehr vergessen.

Sie setzten sich und Cassandra lauschte eine Weile den Gesprächen um sich herum und widmete sich ihrem Tee. Sie ließ den Blick über die Anwesenden schweifen und er blieb an der Gesprächspartnerin von Lady Grünthal hängen. Wenn sie nicht alles täuschte, war das Janetts Mutter. Der griesgrämig schauende Herr an ihrer Seite musste Janetts Vater sein. Sie erkannte die Ähnlichkeit zur Tochter. Sie hatten dieselben grauen Augen und dieselbe Nase, die in seinem Gesicht zu klein wirkte. Ihr schmales Kinn hatte Janett von ihrer Mutter, genau wie das brünette Haar.

Lady Grünthal hatte Cassandras Aufmerksamkeit bemerkt und winkte sie resolut zu sich heran. Der Platz neben ihr war frei geworden, weil Lord Grünthal sich die Bücher in den umliegenden Regalen anschaute. Cassandra verspürte wenig Lust, sich mit Janetts missmutigem Vater zu unterhalten, kam der Aufforderung aber mit einem höflichen Lächeln nach.

»Eure Hoheit, Ihr kennt meine Schwester Elise Wertholdt und ihren Ehemann?«

Cassandra nickte. Die Damen und der Herr erhoben sich und neigten die Köpfe. Sie ergriff ihre Hände und begrüßte sie nacheinander. »Selbstverständlich. Es ist mir eine Freude, Lord und Lady Wertholdt.« Sie ließ sich neben Lady Grünthal nieder, deren Vorname Anette war, wie ihr glücklicherweise von selbst wieder einfiel.

Sie führte ein elendig langes Gespräch über das Wetter mit Lord Wertholdt, ehe sie es schaffte, auf Janett zu sprechen zu kommen. »Lady Janett ist Eure Tochter, nicht wahr? Eine sehr freundliche junge Dame.«

Elise nickte begeistert. »Oh ja, uns ist nicht entgangen, dass unsere liebe Janett Eure Aufmerksamkeit erregt hat. Wir fühlen uns geehrt.«

»Ich hoffe, in Lady Janett eine Freundin fürs Leben gefunden zu haben.« Cassandra lächelte und warf einen schnellen Seitenblick in Bens Richtung. Er schien in ein Gespräch mit einigen der Herren vertieft und schaute nicht in ihre Richtung.

»Das hoffen wir auch.« Elise hob ihre Tasse an, um Cassandra zuzuprosten. Ihr Ehemann schien ihre Begeisterung nicht zu teilen. Vielleicht schaute er auch einfach immer so missmutig drein und Cassandra bildete sich nur ein, dass er sie mit seinen Blicken am liebsten erdolcht hätte.

Anette mischte sich nun ebenfalls in das Gespräch ein. »Die liebe Janett wird das wohl nie so offen zugeben, aber sie ist sehr aufgeregt gewesen in letzter Zeit. Eure Gunst ist zugleich eine Ehre und eine Last, weil sie sich stets von ihrer besten Seite zeigen möchte. Aber wir freuen uns alle sehr.«

»Nun, ich hoffe, die Nervosität wird sich legen, wenn wir uns etwas besser kennen. Ich möchte, dass sie sich in meiner Gegenwart wohlfühlt.«

»Das wird sie«, versicherte Elise ihr. »Und dann könnt Ihr ihr sicher helfen, den richtigen Ehemann zu finden, nicht wahr? Sie ist schließlich im heiratsfähigen Alter.«

Cassandra hätte sich beinahe an dem Stück Gebäck verschluckt, in das sie gebissen hatte. Sie wusste nicht, was sie erwidern sollte, und nickte nur stumm, während sie eilig kaute.

Sie wechselten das Thema und sprachen über den Schmuck, den Elise trug – Erbstücke. Cassandra entschuldigte sich kurz darauf und kam ihrer Pflicht nach, mit jedem der Anwesenden ein kurzes Gespräch zu führen.

Als der Tee schließlich beendet wurde, spürte sie, wie tief die Erschöpfung in ihren Gliedern steckte. Es kostete sie jedes Mal ungemein viel Kraft, mit so vielen Menschen zu sprechen. Ben geleitete sie zu ihren Gemächern und sah ähnlich müde aus, wie sie sich fühlte.

»Du solltest dich vor dem Abendessen etwas ausruhen. Seit heute Morgen steckst du wieder nur in Besprechungen. Die Schatten unter deinen Augen werden immer tiefer.« Sie legte ihm sanft eine Hand auf den Arm und er lächelte leicht.

»Das werde ich tun, meine Liebe. Vorher möchte ich aber meinen Sohn sehen.«

»Natürlich.« Wenn sie gemeinsam Zeit mit ihrem kleinen Benny verbrachten, hatte Cassandra das Gefühl, dass sie trotz allem eine richtige Familie waren. Vielleicht eine, die nicht den Traditionen entsprach, aber das änderte nichts daran, dass sie ihren Sohn über alles liebten und ihm gute Eltern waren. Auf eine gewisse Weise liebte Cassandra Ben ja. Nur nicht so, wie sie Mira liebte.

Als sie in den Vorraum ihrer Gemächer traten, hörte sie ihre Partnerin singen. Sie betraten das Schlafzimmer, von dem alle Welt glaubte, Ben und Cassandra würden es teilen, und gingen weiter in den angrenzenden Raum, in dem sie tatsächlich mit Mira schlief. Ihre Freundin hatte Benny im Arm und sang ihm etwas vor. Cassandra blieb in der Tür stehen und betrachtete die beiden eine Weile. Benny war ein Glückspilz, weil er neben seinen leiblichen Eltern auch noch Mira als Mutter hatte. Denn ganz gleich, wie die Außenwelt sie wahrnahm, in ihrer Familie hatte Mira einen festen, gleichgestellten Platz.

Mira bemerkte sie und verstummte. Cassandra gab ihr einen Kuss und nahm ihr Benny aus dem Arm. »Ben möchte vor dem Abendessen etwas Zeit mit ihm verbringen. Ich werde bei ihm bleiben, weil er aussieht, als könne er jeden Moment einschlafen.«

Mira nickte wissend, sprach das Thema um Janett allerdings nicht an. Cassandra wusste, dass sie gehofft hatte, sie würde es nun komplett ruhen lassen, aber Cassandra musste mit Ben darüber sprechen.

Mit Benny auf dem Arm ging sie zu Ben. Er saß auf dem Bett und streckte sofort die Hände nach seinem

Sohn aus. Cassandra setze sich zu ihm und ließ ihn Benny auf den Schoß nehmen. Eine Weile beobachtete sie die beiden dabei, wie sie miteinander spielten, und lächelte.

»Ich habe Lady Janett in letzter Zeit öfter eingeladen«, begann sie schließlich beiläufig, während sie Benny eine ihre Haarsträhnen entwand.

»Das ist mir nicht entgangen. Ihr versteht euch gut?«

»Ich denke schon. Ich mag sie.«

»Dann hoffe ich, dass ihr gute Freundinnen werdet.«

»Magst du sie?«

Ben stockte einen Augenblick in seinen Bewegungen, doch er fasste sich schnell wieder. »Sie ist eine sehr anständige, stets höfliche Lady. Viel mehr kann ich nicht über sie sagen.«

»Nicht?« Cassandra verschränkte die Arme vor der Brust und versuchte, Ben in die Augen zu schauen. Er wich ihrem Blick aus. »Und ich dachte mitbekommen zu haben, dass du bereits einige angeregte Gespräche mit ihr geführt hast. Noch bevor ich mich mit ihr angefreundet habe.«

»Das ... nun, mag sein. Sie ist sehr gescheit, das lässt sich nicht leugnen.«

»Sie liebt Pferde, genau wie du. Hast du sie reiten gesehen?«

»Ja.« Eine leichte Röte kroch in Bens Wangen und er wandte den Kopf ab. Benny begann unruhig auf seinem Schoß zu zappeln.

Cassandra grinste und hob ihren Sohn auf ihren Schoß. Ben stand augenblicklich auf und ging zum Fenster.

»Ben, du kannst ehrlich mit mir sein. Sie ist dir bereits aufgefallen.«

Ben verschränkte die Hände hinter dem Rücken und starrte hinaus. »Möglich.«

»Dann freust du dich, dass ich dir mehr Zeit ermögliche, die du in ihrer Gesellschaft verbringen kannst?«

Ben zögerte, dann atmete er tief durch. »Ja und nein. Cassie, es ist nicht so, als könnte ich in irgendeiner Form um ihre Gunst werben.«

»Das brauchst du nicht. Sie erwidert deine Gefühle.«

»Hat sie etwas in der Richtung gesagt?« Ben drehte sich mit weit aufgerissenen Augen zu ihr um.

»Nun, nicht direkt. Aber ich sehe, welche Blicke sie dir zuwirft, wie sie rot wird, wenn du in ihre Richtung schaust.«

Ein kleines Lächeln huschte über Bens Lippen, wurde aber sofort von einer ernsten Miene ersetzt. »Das ändert nichts daran, dass ich bereits verheiratet bin.« Cassandra nahm Benny auf den Arm und stand auf.

»Ja, mit mir. Ich gebe euch meinen Segen.«

Ben stöhnte leise auf und begann mit den Armen wild zu gestikulieren. »Das ist ja schön, aber es macht keinen Unterschied! Sie ist die Tochter einer einflussreichen Adelsfamilie. Von ihr wird erwartet, einen Ehemann zu finden, der ihrem Stand angemessen ist.«

»Und der König ist ihrem Stand nicht angemessen?«

»Ich kann sie niemals heiraten, Cassie! Das verdient sie nichts. Alle Welt würde sich über sie auslassen, ganz zu schweigen davon, dass ihre Eltern das nicht erlauben würden.«

Cassandra schob ihm Benny sanft in die Arme, damit er sich beruhigte. Das funktionierte jedes Mal einwandfrei. »Wir würden einen Weg finden, da bin ich mir sicher. Du hast einen für Mira und mich gefunden. Ich ... möchte dasselbe auch für dich tun.«

Ben schloss die Augen. Er sah ergeben aus. »So einfach ist das nicht.«

Cassandra legte ihm eine Hand auf die Schulter. »Was, wenn ich dir helfen würde? Lern sie doch erst einmal besser kennen, verbringe Zeit mit ihr. Dann werden wir sehen, ob es sich lohnt, für eine gemeinsame Zukunft zu kämpfen.«

Ben schaute sie mit einem sanften Lächeln im Gesicht an. »Es klingt so vollkommen klar, wenn du darüber sprichst.«

»Wenn es um Liebe geht, muss es nicht kompliziert sein.« Sie lächelte zurück und in ihrem Kopf begann sich bereits ein Plan zu bilden, wie Janett und Ben Zeit miteinander verbringen könnten. Abseits vom Trubel am Hof.

Janett

Janett starrte die Königin ungläubig an. »Ihr wollt, dass meine Familie und ich Euch begleiten?« Cassandra lächelte. »Ja, ganz richtig. Der König und ich wollen einige Wochen mit unserem Sohn im Grünen verbringen und ich wünsche mir die Gesellschaft einer Freundin. Selbstverständlich ist die Einladung an deine gesamte Familie gerichtet.«

Janett wusste nicht, was sie sagen sollte. Sie senkte den Blick und schaute auf ihre zitternden Hände. Die Königin hatte *sie* eingeladen! Sie wollte tatsächlich ihre Freundin sein, Zeit mit *ihr* verbringen. Die gesamte Familie einzuladen, gehörte zum guten Ton. Als unverheiratete Frau hätte Janett ohne ihren Vater oder einen ihrer Brüder ohnehin nicht reisen dürfen.

Wie lange sie geschwiegen hatte, wusste sie nicht, aber als die Königin sich leise räusperte, knickste Janett eilig vor ihr und hauchte: »Ich danke Euch, Eure Hoheit. Ich werde meine Familie von Eurer Einladung in Kenntnis setzen.« Anschließend suchte sie das Weite. Ihr Herz raste wie wild und ihre Hände wollten noch immer nicht aufhören zu zittern. Eine Reise mit dem Königspaar? Tage in Abgeschiedenheit mit *ihm*? Sie wusste beim besten Willen nicht, wie sie darüber denken sollte. Alles in ihr schrie, dass es nicht sein durfte und sie ohnehin nie allein sein würden, doch ein kleiner, egoistischer Teil von ihr freute sich über die Nähe, die sie dennoch zueinander haben würden.

Ihre Familie war Feuer und Flamme. Die Ehre mit der Königsfamilie zu verreisen, ließ andere Adelsfamilien vor Neid grün werden. Das gefiel Janetts Mutter und so kam es, dass das Königspaar mit dem kleinen Prinzen und ihrem Gefolge bereits einige Tage später abfahrbereit war.

Janett stand nervös in ihrem roséfarbenen Reisekleid neben der Kutsche, die sie mit ihren Brüdern teilen würde. Sie beobachtete, wie der König seiner Frau in ihre Kutsche half. Die Dienerin der Königin hielt den Prinzen im Arm und reichte ihn seiner Mutter nach oben. Anschließend stieg sie ebenfalls ein und der König folgte ihr.

»Sie lassen sie sogar in der Kutsche mitfahren.« Ihr Bruder James stand neben ihr und schüttelte den Kopf. »Das Gerede scheint unsere gute Königin nicht zu scheren.«

»Na, wenigstens hat sie nun endlich eine echte Freundin gefunden.« Janetts Mutter Elise trat zu ihnen und zog ihre Tochter in die Arme. »Ich bin so aufgeregt, du sicher auch, meine Liebe? Kommt, steigt ein! Alle miteinander. Euer Vater und ich werden direkt in der nächsten Kutsche sein.«

Elise schob Janett zur Tür und half ihr hinein. James und ihr zweiter Bruder Thomas folgten und ließen sich ihr gegenüber auf die gepolsterten Sitze fallen.

»Wenn es nach Mutter ginge, säßest du jetzt beim Königspaar.« Thomas lachte und schob sich eine Strähne seiner dunklen Locken aus der Stirn.

»Sei froh, dass du es nicht tust. Der kleine Prinz wird sicher die gesamte Fahrt schreien.« Ein Lächeln zuckte um James' Mundwinkel.

Ihre Brüder waren jünger als Janett. James ein Jahr und Thomas drei. Die Geschwister hatten früher sehr viel Zeit gemeinsam im Pferdestall verbracht. Sie teilten ihre Liebe zu Pferden miteinander. Janett liebte ihre Brüder und wenn sie drei allein waren und sich nicht auf Etikette und Ansehen konzentrieren mussten, fühlte sie sich frei und geborgen zugleich. Insgeheim war sie froh, dass sie die Fahrt zu dritt bestreiten würden und sie eine Weile nicht darauf achten musste, dass ihre Frisur saß und sie den Rücken immerzu gerade durchstreckte. So machte es Janett auch nichts aus, lange Zeit in einer engen Kutsche festzusitzen.

James erzählte Witze, bis Thomas sich vor Lachen verschluckte, dann lachten sie eine Weile darüber, wie ulkig er dabei ausgesehen hatte. Die Zeit verging wie im Flug. Janett bemerkte zwar, dass es draußen dunkler wurde, sie hielten auch zwei Mal an, um sich die Beine zu vertreten, den Pferden eine Pause zu gönnen und selbst etwas zu essen, aber es kam ihr nicht vor, als seien sie den gesamten Tag gereist.

Als sie schließlich auf einem kleinen Hof vor einem großzügigen Anwesen ankamen, das mitten im Wald stand, wünschte sie sich mehr Licht herbei. Außer dem Haus mit seinen hell erleuchteten Fenstern und dem etwas abseits gelegenen Pferdestall, aus dem vertraute Geräusche und Gerüche drangen, konnte sie von der Umgebung kaum noch etwas erkennen. Thomas murmelte etwas von einer Tour über das Gelände, die er am nächsten Tag fordern würde. Sie stimmte ihm insgeheim zu und war dennoch froh, dass sie nun erst einmal ihre Räume gezeigt bekamen. Sie fühlte sich auf einmal unendlich erschöpft, obwohl sie ja den gesamten Tag nichts getan hatte, außer zu sitzen.

Das Abendessen war eine kurze und sehr ruhige Angelegenheit. Königin Cassandra sah etwas blass aus und auch der König wirkte erschöpft. Erleichterung erfüllte Janett, als sich das Paar entschuldigte und auch die Gäste zu Bett gehen konnten.

Kurze Zeit später fiel sie in die weichen Kissen des großen Himmelbettes, in dem sie schlafen durfte.

Es stand in einem geräumigen Raum mit großen Fenstern, der mit Möbelstücken aus hellem Holz eingerichtet war. Für deren Schönheit hatte sie allerdings wenig Aufmerksamkeit übrig, ihr fielen die Augen so schnell zu, dass sie es kaum mitbekam.

Am nächsten Morgen wurde Janett von den ersten Sonnenstrahlen geweckt und eilte gleich zu einem Fenster, um sich die Aussicht anzusehen.

Ihr stockte der Atem. Die Sonne kroch langsam über die Wipfel der Bäume, die sie umgaben, soweit das Auge reichte. Direkt vor sich erblickte Janett eine eingezäunte Weide, auf der die Pferde grasten. Ein Fohlen hüpfte immerzu um seine Mutter herum und in die Luft. Janett spürte das wohlige Kribbeln in ihrem Bauch, das sie stets bekam, wenn sie Pferde beobachtete. Sie versank in dem Anblick der schönen, eleganten Tiere unten auf der Weide und bemerkte gar nicht, wie die Zeit verging.

Ein Klopfen an der Tür riss sie aus ihren Gedanken. Die Dienerin, die ihre Mutter und sie hierher begleitet hatte, trat ein und fragte, ob sie bereit sei, angekleidet zu werden. Janett trat unwillig vom Fenster fort und nickte zustimmend.

Als ihre Brüder sie zum Frühstück abholten, war sie in ein hellblaues Kleid gehüllt. Das Korsett war ordentlich geschnürt und hielt Janetts Oberkörper aufrecht. Die Stickereien darauf zeigten Blumenmuster. Ihre Haare waren ordentlich hochgesteckt und mit Spangen befestigt, die ebenfalls mit blauen Blümchen verziert waren.

Sie folgte James und Thomas durch den Flur und ging dabei langsam, um die Bilder an den Wänden bewundern zu können, die ihr gestern nicht aufgefallen waren. Es waren alles Landschaften, viele Szenen im Wald, die Hirsche, Hasen und Vögel zeigten, aber auch Seen mit Bergen im Hintergrund. Ein Bild ließ Janett kurz innehalten. Es zeigte einen großen See, in dessen Mitte ein kleines Boot trieb. Man konnte erkennen, dass zwei Personen darinsaßen, doch nicht, um wen es sich handelte. Im Vordergrund trank ein Hirsch mit einem prächtigen Geweih aus dem See und ein Vogel saß auf seinem Rücken. Obwohl die Szenerie in Sonnenlicht getaucht war, hatte der Künstler dunkle Wolken an den Ecken untergebracht. Das gesamte Bild löste in Janett ein Gefühl von Unbehagen aus, was sie nicht recht einzuordnen verstand.

»Janett! Die anderen warten.« Ihre Mutter stand am Ende des Flures an der Treppe. Hinter ihr befanden sich James und Thomas. Ihr Vater kam ihr bereits entgegen. Janett raffte ihre Röcke und eilte ihnen entgegen. Ihr Vater reichte ihr seinen Arm und sie ließ sich von ihm die Treppe hinabführen.

James schwärmte von der Umgebung und dem Ausritt, den er plante. Elise legte ihm eine Hand auf den Arm. »Warte erst einmal ab, was die königliche Familie geplant hat. Wir sind ihre Gäste. Sie haben sicher ein Programm vorbereitet.«

Janett spürte, wie der Griff ihres Vaters um ihren Arm fester wurde. »Und wir werden gemeinsam als Familie an den Aktivitäten teilnehmen.«

Elise warf ihrem Mann einen finsteren Blick zu, den Janett nicht zuordnen konnte. »Wir richten uns nach den Wünschen des Königs und der Königin, die selbstverständlich nur unser Bestes im Sinn haben.«

»Da wäre ich mir nicht so sicher«, murmelte Thomas an Janetts anderer Seite. Sie verstand beim besten Willen nicht, worauf sie ansprachen, kam jedoch nicht dazu, es zu erfragten. Sie erreichten das Esszimmer, wo Königin Cassandra sie bereits erwartete. Sie lud Janett ein, neben ihr Platz zu nehmen und ihre Familie verteilte sich um den großen, bereits reichlich gedeckten Tisch. Als der König den Raum betrat, erhoben sich alle und wartete, bis er sie aufforderte, sich zu setzen. Das Essen war köstlich, doch Janett bekam nicht viel davon hinunter, weil sich ein komisches Gefühl in ihrer Magengegend eingenistet hatte. Es lag eine Spannung in der Luft, die von ihren Eltern ausging und Janett verstand nicht, woher die Reserviertheit kam. Waren sie nicht überglücklich über diese Einladung gewesen?

Die Königin schlug vor, mit einem Spaziergang über das Anwesen zu beginnen, damit die Gäste sich einen Überblick verschaffen und auch allein zurechtfinden konnten. Das Angebot wurden dankend angenommen und nach dem Frühstück machten sie sich gemeinsam auf den Weg. Janett bewunderte die Architektur der Gebäude, die alle mit kunstvollen Verzierungen versehen waren. Es schien ein florales Motiv vorzuherrschen und doch sah jede Verzierung einzigartig aus. Sie versuchte, sich nicht zu sehr ablenken zu lassen und sich alle wichtigen Wege zu merken. Ihr schwirrte bereits der Kopf, als sie das Haus verließen und die Königin ihnen die Gärten zeigte.

Unübersehbar waren dies Cassandras Lieblingsorte. Etwas an der jungen Königin veränderte sich, wann immer sie sich im Garten befand. Es war Janett bereits des Öfteren aufgefallen, doch hier, abseits vom Hof, strahlte sie beinahe noch mehr. Der König musste alles dafür geben, seine Frau so oft wie möglich so glücklich zu sehen. Janett schaute in seine Richtung und ihre Wangen wurden heiß als sie bemerkte, dass er sie anblickte. Eilig wandte sie sich ab.

»Stimmt etwas nicht?« Thomas trat neben sie und legte ihr eine Hand auf die Schulter. Obwohl er jünger war, überragte er sie bereits um einen halben Kopf.

Janett atmete tief durch, hoffte, ihre Wangen waren nicht so rot, wie sie sich anfühlten, und schüttelte den Kopf. »Alles bestens, ich wollte nur ... einen Blick auf diesen ... Baum werfen.« Sie deutete auf ein kleines Bäumchen, das schief wuchs und durch mehrere Stäbe gestützt werden musste. Thomas warf ihr einen Blick zu, dem sie zu gern ausgewichen wäre, da er in ihre Seele zu blicken schien. Sie standen sich nahe und sie log ihre Brüder nicht an. Er spürte, dass etwas nicht stimmte, doch sie wusste beim besten Willen nicht, wie sie ihm die Situation hätte erklären können.

Die Königin war bereits weitergegangen und Janett und Thomas eilten ihrer Familie und ihren Gastgebern hinterher. Ihr Bruder sagte nichts weiter, doch Janett hatte das ungute Gefühl, dass er sie beobachtete.

Ihr Rundgang endete im Pferdestall, wo der König sogleich einen Ausritt am nächsten Tag vorschlug. Janett schaute sich ehrfürchtig um und bewunderte die prächtigen Tiere, die hier standen. Der Stall war nicht so groß, wie der des Palastes. Es befanden sich nicht einmal viele Pferde hier, die meisten waren wohl noch draußen auf der Weide. Janett fühlte sich augenblicklich wohl, es erinnerte sie an das Anwesen ihrer Eltern.

»Ihr mögt Pferde, nicht wahr?«

Sie schrak zusammen, weil es ihr vorkam, als sei König Benedikt vollkommen unvermittelt neben ihr aufgetaucht. Sie öffnete den Mund, doch kein Ton wollte herauskommen, also nickte sie und richtete ihre Aufmerksamkeit wieder auf die dunkle Stute, vor der sie stehengeblieben war.

Der König trat vor und streckte dem Tier seine Hand entgegen. »Ihr habt ein gutes Auge. Sie ist mein großer Stolz.« Er lächelte in Janetts Richtung und ihr Herz begann so heftig zu flattern, dass sie meinte, es würde aus ihrer Brust herausfliegen. Janett wusste, dass sie etwas sagen sollte, doch ihr fiel kein kompletter Satz mehr ein.

»Sie ist …«, begann sie und wusste nicht weiter. Der König störte sich nicht daran. Er nickte leicht und lächelte noch immer. Seine Aufmerksamkeit richtete sich auf das Pferd und Janett spürte, wie sie sich langsam wieder entspannte. »Ich habe sie noch nie im Stall des Palastes gesehen.«

»Nein. Sie ist etwas menschenscheu, deshalb lebt sie auf diesem Anwesen und ich besuche sie so oft ich kann.« Sehnsucht lag in seinem Blick, als er an der Stute vorbei zum Fenster schaute. Janett wusste, dass der König den Palast selten verließ, wenn, dann noch seltener, um sich in die Einsamkeit für sein privates Vergnügen zurückzuziehen. »Ich fühle mich sehr geehrt, dass meine Familie und ich Euch begleiten durften.« Sie streckte der Stute vorsichtig ihre Hand entgegen. Besonders menschenscheu kam sie ihr gar nicht vor.

»Es ist mir eine Freude, Euch und Eure Familie hierzuhaben.« König Benedikt musterte sie eine Weile, Janett wusste nichts mehr zu erwidern und konzentrierte sich lieber auf das Pferd. Ihr Gesicht brannte wie Feuer und immer wieder stellte sie fest, dass sie für kurze Augenblicke die Luft angehalten hatte. Der König entschuldigte sich schließlich und Janett blieb noch eine Weile, wo sie war, ehe sie zum Rest ihrer Familie aufschloss, die bereits am Zaun der Weide standen, die Janett von ihrem Fenster aus gesehen hatte.

Ihr Vater stellte sich direkt neben sie und raunte: »Janett, ich möchte, dass du auf dich Acht gibst. Verbringe keine Zeit allein mit dem König.«

Sie zog unwillkürlich ihren Kopf ein. Wonach hatte ihre Unterhaltung mit dem König ausgesehen? »Aber wir waren doch nicht allein.«

»Ich habe gesehen, wie er dich anschaut und welche Blicke du ihm zuwirfst.« Thomas stellte sich auf ihre andere Seite.

Janett biss sich auf die zitternde Unterlippe. Verhielt sie sich so offensichtlich? Was musste König Benedikt nur von ihr denken? »Ich wollte gar nichts -«

»Natürlich nicht, meine Liebe.« Ihr Vater tätschelte ihr den Rücken. »Ich möchte nur, dass du dich vorsiehst und dich nicht zu etwas überreden lässt, was deinem Ruf schaden könnte.«

»Und dem Ruf der Familie«, ergänzte Thomas. Janett nickte. Das wollte sie auf keinen Fall. »Aber natürlich. Ich bin stets darauf bedacht, mich wie eine Lady zu verhalten und werde nichts gegensätzliches tun.«

Den Rest der Führung über die weitläufigen Außenanalagen zogen an Janett vorbei, ohne dass sie viel davon behielt. In ihren Ohren rauschte es und sie konnte sich nicht auf die Gespräche konzentrieren, die um sie herumgeführt wurden. Es wurde bereits Zeit zum Mittagessen und auf dem Weg zurück zum Haus hakte die Königin sich schwungvoll bei ihr unter. Janett stolperte vor Schreck und musste sich von Cassandra auffangen lassen.

»Entschuldigt vielmals, Eure Hoheit.« Sie senkte den Kopf, doch die Königin lachte nur.

»Nichts da. Ich habe dich erschreckt, mir tut es leid! Du sahst etwas traurig aus und ich wollte sichergehen, dass alles in Ordnung ist.«

»Selbstverständlich.« Janett zwang ein Lächeln in ihr Gesicht. Offenbar war sie leichter zu durchschauen, als sie angenommen hatte. »Ihr müsst Euch keine Sorgen machen.«

»Janett, wenn wir Freundinnen sein wollen, musst du mich nicht so förmlich ansprechen.« Janett blieb ruckartig stehen und schaute die Königin an. »Ihr ... wie bitte?«

»Du würdest mir eine Freude machen, wenn du mich nicht so förmlich, sondern wie eine Freundin ansprechen würdest.« Königin Cassandra legte ihre Hand auf Janetts Arm und lächelte sie an.

Sie atmete tief durch, unsicher, was sie von diesem Angebot halten sollte. »Ich ... vielen Dank. Ihr ... du ehrst mich.«

»Unsinn, ich freue mich, dich hier zu haben.« Cassandra hakte sich wieder bei ihr unter und zog sie mit sich. Die anderen waren bereits am Haus angekommen.

Cassandra

Am Ende des Tages wusste Cassandra, dass ihr Vorhaben sich noch schwieriger gestalten würde, als sie angenommen hatte. Nicht nur benahmen Ben und Janett sich nach wie vor wie ein perfektes Bild von Anstand, Janetts Familie schien sie beschützen zu wollen. Ob sie etwas ahnten? Die verliebten Blicke des Mädchens waren vermutlich nicht nur Cassandra aufgefallen.

Sie musste Augenblicke schaffen, in denen Ben und Janett allein sein konnten, nur dann würden sie überhaupt ins Gespräch kommen und nicht bloß steif lächelnd nebeneinanderstehen. Aber womit sollte sie die Familie Wertholdt erfolgreich ablenken? Am besten wäre es wohl, wenn sie alle glaubten, dass Janett bei

Cassandra war und sie dann ein Treffen mit Ben arrangierte.

In ihrem Schlafzimmer erwarteten sie bereits Mira und Ben, der seinen Sohn im Arm hielt. Sie lächelte beide müde an. Ben würde im Raum nebenan schlafen. Eine Tür verband die Räume miteinander, sodass ihre Gäste nicht mitbekommen würden, dass das Ehepaar kein Zimmer teilte.

Cassandra gähnte und setze sich neben ihren Mann und ihren Sohn. »Es war doch ein erfolgreicher Tag, nicht wahr?«

Ben schaute sie ebenfalls müde an und hob eine Augenbraue.

»Ich habe gesehen, dass du ein paar Worte mit Janett wechseln konntest.«

»Cassie, ich bitte dich, lass es ruhen. Das wird nichts werden.«

»Warum nicht?«

Benny streckte die Arme nach seiner Mutter aus und sie nahm ihn auf den Schoß.

Ben fuhr sich durch sein Haar. »Es soll nicht sein. Alles spricht gegen eine Verbindung zwischen mir und

Lady Janett. Wir können nicht einmal allein in einem Raum sein, ohne dass ihr Ruf Schaden nimmt.«

»Aber Ben, es ist doch nicht fair, dass das eurem Glück im Weg steht.«

Er stand auf und begann im Raum hin und her zu gehen. Mira warf Cassandra strenge Blicke zu, doch sie ignorierte ihre Partnerin.

»Ben, ich möchte, dass du dasselbe Glück hast, was ich mit Mira gefunden habe. Verstehst du das nicht?«

»Doch, Cassie, das verstehe ich. Aber mir ist es nicht egal, welchen Schaden die Beteiligten dabei nehmen könnten. Ihr Ruf, der Ruf ihrer Familie, mein Ruf und der Ruf der Königsfamilie stehen auf dem Spiel. Das kann ich nicht riskieren!«

Sie wollte ihm widersprechen, aber sie fand die richtigen Worte nicht und schwieg.

»Benny kann heute bei mir schlafen.« Ben streckte die Hände nach seinem Sohn aus und Cassandra übergab ihn mit einem kleinen Stich im Herzen. Ben wollte nicht allein sein, das spürte sie. Offensichtlich war das Thema für ihn abgeschlossen, aber sie hatte das Gefühl, dass sie noch etwas sagen oder tun sollte.

Auch als Ben längst mit Benny im Nebenraum verschwunden war, verließ sie dieses Gefühl nicht. Mira hatte ihr beim Ausziehen geholfen, sich anschließend selbst umgezogen und zog sie sanft zum Bett. Cassandra setzte sich und Mira strich ihr behutsam über den Rücken. »Komm, leg dich hin, meine Liebe.«

»Mira, ich will doch nur das Beste für die beiden, das verstehst du?« Widerstrebend ließ sie sich in die Kissen fallen.

»Ja.« Mira legte sich zu ihr. Ihr Kopf ruhte an Cassandras Schulter. »Aber ich habe dir gesagt, dass du dich nicht einmischen sollst. Du hast ihm Hoffnungen gemacht, ob er es nun möchte oder nicht. Er denkt ganz sicher viel an Lady Janett und weiß, dass eine Beziehung zu ihr unmöglich ist.«

»Ist sie das denn wirklich? Wir haben doch auch einen Weg gefunden.«

Mira seufzte und strich Cassandra eine Haarsträhne aus der Stirn. »Darf ich dich daran erinnern, dass wir Ben dabei das Herz gebrochen haben und unsere Geschichte beinahe als Tragödie geendet wäre? Ich hätte sterben können. Meine Mutter und ich mussten den Hof verlassen und nur der Tatsache, dass Bens Eltern die

Schlacht mit den Feen nicht überlebt haben und er die Entscheidung zu unseren Gunsten getroffen hat, ist es zu verdanken, dass wir jetzt hier sind.«

Cassandra dachte ungern an die Zeit zurück, in der sie zwischen ihren Pflichten und ihren Gefühlen für Mira hin- und hergerissen gewesen war, aber Miras Worte weckten das alte Gefühl der Beklommenheit in ihr und sie begann, Ben zu verstehen. »Es muss auch für ihn einen Weg geben.« Sie sprach die Worte mehr als ein Flehen an höhere Mächte als aus Überzeugung.

»Darf ich dir einen Vorschlag machen?«, flüsterte Mira ihr ins Ohr. Cassandra nickte. »Rede mit Janett. Sei ehrlich zu ihr. Du vertraust ihr doch, nicht wahr?«

»Ja, aber ... ich meine, du meinst, ich soll ihr von uns erzählen?«

»Wenn du sicher bist, dass sie unser Geheimnis sicher verwahren würde, denke ich, dass das der beste Weg ist. Wenn sie weiß, worauf sie sich einlässt, kann sie entscheiden, ob es ihr das wert ist. Ben hat Angst, aber wenn Janett sich selbst dafür entscheidet, könnte es seine Meinung ändern.«

»Du hast Recht. Meine kluge Mira.« Cassandra lächelte in die Dunkelheit und wusste genau, dass Miras

Wangen sich rosig verfärbt hatten, obwohl sie es nicht sehen konnte.

»Lass uns schlafen. Ich bin müde.« Mira beugte sich über sie und gab ihr einen Gutenachtkuss. Anschließend ließ sie sich schwungvoll neben Cassandra auf die Kissen fallen und zog sie an sich.

Cassandra atmete den vertrauten Geruch von Mira ein und schloss die Augen. Es gab keinen Ort auf der Welt, an dem sie sich wohler fühlte als in Miras Armen. Auch nach all der Zeit kam es ihr noch immer wie ein kleines Wunder vor, dass sie ihr ihr Glück gefunden und eine so wundervolle Frau an ihrer Seite hatte.

Janett

Die Königin hatte sie nach dem Frühstück in die Bibliothek eingeladen, während die Herren einen Ausritt machten. Sie wäre lieber mit ihnen gegangen, doch dem Wunsch der Königin konnte sie sich nicht widersetzen und ihr Vater war froh, sie so weit wie möglich vom König entfernt zu wissen. Das hatte sie ihm angesehen. Ihre Mutter hatte sich bereits zum Frühstück aufgrund von Kopfschmerzen entschuldigen lassen. Janett schaute nach ihr und vergewissert sich, dass es sich nur um ihre übliche Unpässlichkeit einmal im Monat handelte, ehe sie der Königin in die Bibliothek folgte.

Es gab hier bei weitem nicht so viele Bücher, wie im Palast, aber es waren genug, um Janett Respekt einzuflößen. Von Büchern umgeben fühlte sie sich klein und unbedeutend. Sie las nicht gern und konnte nur schwer nachvollziehen, dass Menschen wie die Königin es zum Zeitvertreib taten. Sie befürchtete einen Vormittag voller Gespräche über Bücher, die sie nie gelesen hatte und niemals lesen würde, und ihre Stimmung sank.

Königin Cassandra saß am Fenster und schaute konzentriert nach draußen. Als Janett näherkam, erkannte sie, dass vor dem Fenster drei Blätter schwebten. Sie bewegten sich parallel zur Handbewegung der Königin durch die Luft und schwebten erst wieder sanft dem

Boden entgegen, als Cassandra sich zur ihr umdrehte und ihre Hand sinken ließ. »Janett!« Sie lächelte. Täuschte Janett sich oder wirkte die Königin etwas nervös?

»Setz dich. Wie geht es dir? Ich hoffe, es gefällt dir hier mit uns?«

Die Königin ließ sich auf einen Sessel am Fenster sinken und strich ihre seidigen Röcke glatt. In dem zarten Rosé, das sie heute trug, wirkte die Königin jünger und irgendwie zerbrechlicher.

Janett nahm ihr gegenüber auf einem identischen Sessel Platz und spielte mit ihren Händen im Schoß. Sie schaute abwechselnd zum Fenster und zur Königin.

»Mir geht es gut. Vielen Dank für Eur- deine Einladung.«

»Schön. Schön.« Sie strich weiter über ihren Rock.

»Ist Eu- dir nicht wohl? Ich ... du wirkst etwas zerstreut, Hoheit.« Die Kombination aus persönlicher Ansprache und dem förmlichen Titel fühlte sich falsch in ihrem Mund an und die Königin lachte auf.

»Bitte, Janett, nenn mich Cassandra, ja?«

»In Ordnung ... Cassandra.«

»Es ist nur ein Name, keine Sorge, er ist nicht vergiftet.« Sie lächelte und Janett spürte, wie sich ein Druck auf ihrer Brust löste, den sie zuvor gar nicht wahrgenommen hatte.

Cassandra sprach das Wetter an und wie lange die Männer fortbleiben würden, sie erkundigte sich nach dem Wohlbefinden von Janetts Mutter, doch nichts davon schien sie tatsächlich zu beschäftigen. Janett war schockiert, wie gut sie die Gefühlslage der Königin bereits lesen konnte, traute sich allerdings nicht, noch einmal nachzufragen, was ihr wohl auf dem Herzen lag.

Schließlich schien Cassandra selbst zu entscheiden, dass es an der Zeit war, zum Punkt zu kommen. Sie schaute Janett aus ihren klaren, blauen Augen an und neigte sich leicht zu ihr vor. »Janett, wir sind Freundinnen, richtig?«

»Ich ... ja.« Janett erwiderte den Blick. Sie musste schlucken, obwohl ihr Hals trocken war.

»Ich werde dir jetzt etwas erzählen. Ein Geheimnis. Ich habe Vertrauen, dass du es nicht weitererzählen wirst.«

Ihr Herz klopfte schneller. Was würde Cassandra ihr erzählen? Sie nickte heftig. »Ich würde dein Vertrauen niemals brechen.«

»Danke.« Cassandra war blass geworden. »Ich habe es noch nie jemandem erzählt. Ben – der König weiß es selbstverständlich, aber sonst niemand.«

Wieder nickte Janett und hielt den Atem an, bis Cassandra weitersprach.

»Du weißt, wie sich Liebe anfühlt, nicht wahr? Du brauchst gar nichts zu sagen, Janett, ich sehe es dir an. Um Liebe geht es auch hier. Du musst wissen, dass ich mich verliebt habe, als ich an den Hof kam.«

Ein Ausdruck tiefer Traurigkeit legte sich auf das Gesicht der jungen Königin. Janett verstand nicht. Hatte sie nicht den Mann ihrer Träume an ihrer Seite?

»Mein Herz sehnte sich nach einer Person, die ich nicht heiraten durfte. Ich hatte keine Wahl, ich musste Ben heiraten. Meine Liebe hätte uns beinahe alle zerstört, aber wir haben einen Weg gefunden.«

Cassandra starrte an Janett vorbei und schien tief in ihren Gedanken versunken. Janett schluckte einige Male und wartete ab, ob die Königin fortfahren würde. Gänsehaut legte sich auf ihre Arme und in ihren Nacken. Sie wusste nicht, wie sie die Informationen verarbeiten sollte. Die Bibliothek erschien ihr mit einem Mal zu groß, zu weitläufig. Cassandra erzählte ihr etwas schrecklich Intimes. Unruhig schaute Janett um sich.

»Janett, ich weiß, dass du Gefühle für Ben hast. Ich sehe es in deinem Blick, wann immer du ihn anschaust. Du musst mir glauben, dass ich ihm alles Glück der Welt wünsche. Er hat mir einen Ausweg aus einer ausweglosen Situation gewährt und sich selbst damit das Herz gebrochen. Dank ihm habe ich alles Glück, was ich mir wünschen könnte. Einen verständnisvollen Ehemann, der die Welt mit mir verändern möchte, den süßesten Sohn, den es je gegeben hat, und ... meine Liebe. Mira.«

Stille legte sich über sie beide und hüllte Janett in eine betäubende Schwere ein. Cassandra hatte ihr gerade etwas gestanden, was sie aus den dunkelsten Ecken und boshaftesten Mündern gehört, aber niemals geglaubt hatte. Die Königin liebte eine Frau? War mit ihr zusammen, obwohl sie verheiratet war. Sie betrog den König mit einem Dienstmädchen?

Cassandras Blick ruhte auf ihr. Die Königin sah aus, als halte sie die Luft an und auch Janett musste sich daran erinnern zu atmen.

»Sag etwas, Janett. Ich bitte dich.«

»Ihr ... du ... und Mira?«

Cassandra nickte und in ihren Augen glänzten Tränen. »Das Herz will, was es will, Janett. Ich denke, du verstehst das sehr gut. Du musst mir glauben, wenn ich dir sage, dass ich machtlos gegen meine Gefühle war. Ich wollte Ben niemals etwas Böses tun, aber ich brauchte diese Liebe wie die Luft zum Atmen.«

Ein Windstoß schlug ein Fenster zu.

Janett zuckte zusammen und spürte erst jetzt, wie angespannt sie auf der äußersten Kante ihres Sessels gesessen hatte. Auch Cassandra war bei dem lauten Knall aufgesprungen und eilte zum Fenster, um es zu schließen.

Als sie zu Janett zurückkehrte, schaute sie sie mit schräg gelegtem Kopf an. »Hasst du mich jetzt, Janett?«

»Nein.« Janett stand langsam auf und strich über ihre Röcke. Sie war überrascht von sich selbst, aber es stimmte. Wie konnte sie die Königin für ihre Gefühle verurteilen, wenn sie selbst nur zu gut wusste, dass man sie sich nicht aussuchte und sie auch nicht durch bloße Willenskraft loswurde? Tatsächlich hatte sie den Eindruck, ihr neues Wissen hatte ein stärkeres Band zwischen Cassandra und ihr gesponnen. Sie fühlte sich der Königin mit einem Mal verbundener als jemals zuvor. Zuvor hatte sie sie nicht wirklich als wahre Freundin gesehen, doch nun fühlte sie sich ihr auf eine Art ebenbürtig und vertraut, wie sie es seit ihrer Kindheit nicht mehr erlebt hatte. »Ich könnte niemanden für seine Gefühle hassen. Schon gar nicht dich.«

Cassandra atmete aus und ihre steife Haltung entspannte sich langsam. Farbe kehrte in ihr Gesicht zurück und die Königin lächelte sanft. »Das ist sehr beruhigend. Ich hatte Angst, ich könnte die einzige Freundin verlieren, die ich habe.«

»Nein, du hast sie dadurch erst wirklich gewonnen.« Janett lächelte vorsichtig und legte ihre Hand auf Cassandras Arm. Noch traute sie sich nicht, wirklich offen zu sprechen, aber sie fühlte sich unbefangener in Cassandras Gegenwart als noch am Vortag. »Und er ... der König weiß es?«

»Wir hätten dieses Geheimnis ohne ihn niemals bewahren können. Es hat ihm das Herz gebrochen, aber er hat es verstanden und gesehen, dass ich ihm meine Liebe niemals geben konnte. Aber er verdient jemanden, der ihn aus ganzem Herzen liebt. Jemanden wie dich«

»Wie mich? Aber ...« Janett wich einige Schritte zurück.

»Ben ist ein anständiger Mann und er würde niemals etwas tun oder sagen, was deinen Ruf gefährden könnte. Aber Janett, ich habe nicht nur die Blicke gesehen, die du ihm zuwirfst. Er sieht dich auf dieselbe Weise an.«

»Ich ... tatsächlich?« Janetts Herz schlug schneller. Sie legte ihre Hand an die Brust und spürte es unter ihren Fingern vibrieren. Was bedeutete das? Es konnte doch nicht bedeuten ...? Cassandra meinte doch sicher nicht, dass ...?

»Ich weiß, dass es ein großes Risiko ist und ich würde verstehen, wenn ihr beide euch nicht darauf einlassen wollt. Aber ich sehe auch eine Chance auf etwas ganz Wunderbares zwischen euch. Ben würde dich nicht unter Druck setzen und in eine unangenehme Situation bringen wollen. Die Entscheidung liegt bei dir.«

Es rauschte in Janetts Ohren und ihre Gedanken wirbelten wild in ihrem Kopf herum. Sie hatte große Probleme, die Worte der Königin zu begreifen.

»Ich möchte euch helfen.«

»Ich ... weiß nicht. Es ...« Janett spürte einen dicken Kloß in ihrem Hals. Sie wollte Cassandra glauben und sich der Hoffnung hingeben, dass ihre Gefühle für den König nicht auf ewig unerwidert blieben. »Es ist komplizierter für mich. Meine Familie ...«

»Ja, Janett, ich weiß. Ich verstehe, dass du auf den Ruf deiner Familie achtgeben musst und es ein großes Risiko birgt, dich auf Ben einzulassen. Glaube mir, wenn ich könnte, würde ich die Bedingungen für euch ändern. Ich kann dir nur schwören, dass ich alles daransetzen werde, eine Lösung für euch zu finden. Ben würde dich niemals im Stich lassen, auch ohne Ehegelübde.«

Janett schluckte und nickte dann knapp. »Verzeih mir, aber ich denke, ich muss mir darüber erst einmal Gedanken machen. Ich hoffe, du verstehst das.«

Sie schaute zur Königin, die nickte. »Natürlich verstehe ich das. Ich werde dich in der Sache nicht bedrängen. Sag mir Bescheid, wenn du dich entschieden hast, und ich werde deinem Wunsch folgeleisten.«

»Danke.« Janett knickste und verließ dann die Bibliothek.

Auf dem Weg zu ihrem Zimmer ballte sie ihre zitternden Hände zu Fäusten und versuchte, sich nicht zu verlaufen. Ihr Herz hörte nicht auf, wie wild zu flattern. Ihr Kopf hielt sie in einer endlosen Schleife aus Gedanken gefangen.

Gab es tatsächlich Hoffnung? Der König hatte Gefühle für sie? Er war trotzdem verheiratet. Es war verboten. Aber seine Frau liebte jemand anders und war ihm untreu. Er wusste davon. Dann gab es vielleicht tatsächlich Hoffnung?

Sie öffnete die Tür zu ihrem Zimmer und trat ein. Erstaunt blieb sie an der Schwelle stehen. »Mutter? Ist alles in Ordnung?«

Elise Wertholdt stand mit verschränkten Armen mitten im Raum. Eine tiefe Falte hatte sich auf ihrer Stirn gebildet und sie schaute Janett finster an. »Ich habe nach dir gesucht.« Hinter ihr standen Janetts Vater und Thomas.

Janett nickte ihnen verwirrt zu. »Ihr seid zurück? Ich war -«

»Mit der Königin in der Bibliothek, ja ich weiß.« Der Ton, den Elise anschlug, war schrill.

Unsicher trat Janett auf ihre Mutter zu. »Weshalb bist du dann hier?«

»Ich habe mit deinem Vater und deinem Bruder gesprochen. Wir werden um eine Audienz beim König bitten.«

Panik kroch in Janetts Glieder. »Mutter, was ist passiert?«

»Du wirst ihm berichten, was die Königin dir eben anvertraut hat.«

Hitze schoss in Janetts Gesicht. »Aber -«

»Deine Loyalität zur Königin ist unangebracht. Wenn du es dem König nicht sagst, werde ich es tun.«

Janett versuchte, Ordnung in ihre verwirrenden Gedanken zu bringen, und hatte Schwierigkeiten ihrer Mutter zu folgen. »Du hast uns belauscht? Er -«

»Janett, die Königin hat dir gestanden, dass sie ihren Ehemann mit einem Dienstmädchen betrügt. Er muss es wissen! Keine Widerrede. Dein Vater wird gleich vorgehen und den König bitten, sich Zeit für uns zu nehmen. Wir warten hier und gehen dann gemeinsam zu ihm. Verstanden?«

Das war es also. Ihre Mutter hatte aber offenbar nicht das gesamte Gespräch gehört. Janett wusste nicht, was sie tun sollte, und nickte langsam. Ihr Vater verließ den Raum.

Sie wollte erklären, dass der König bereits Bescheid wusste, wollte ihre Mutter zur Vernunft bringen, aber jedes Mal, wenn sie zu sprechen ansetzte, fiel ihre Mutter ihr ins Wort.

»Unglaublich.« Elise schüttelte den Kopf.

»Hat sie tatsächlich versucht, unsere Janett zu benutzen, um den König dazu zu veranlassen, ihr ebenfalls untreu zu sein?« Thomas lief mit verschränkten Armen durch den Raum und ließ Janett dabei nicht aus den Augen. Trotz seiner jungen Jahre strahlte er eine Autorität aus, die Janett Unbehagen bereitete.

»Wirklich verwerflich. Und du hast dich überzeugen lassen, wie es aussieht.« Elise zeigte anklagend auf Janett.

Sie zog den Kopf ein und schwieg. Fieberhaft überlegte sie, was sie tun sollte. Sie wollte Cassandras Geheimnis bewahren, aber dafür war es bereits zu spät.

Der König war längst eingeweiht, sodass kein Schaden angerichtet würde, wenn sie es ihm nun erzählten. Richtig? Er würde ein Machtwort sprechen und ihrer Familie erklären können, wie die Dinge lagen. Janett atmete tief durch. Ja, Ben würde einen Ausweg aus dieser Situation finden und alles richten.

Nur die zarten Hoffnungen auf ein glückliches Ende mit ihm sah sie bereits in Scherben am Boden liegen.

Als ihr Vater zurückkehrte und sie aufforderte, ihm zu folgen, straffte sie ihre Schultern und flehte alle höheren Mächte an, ihnen beizustehen. All ihre Hoffnung ruhte auf dem König.

Auf dem Flur kam ihnen James entgegen und zog eine Augenbraue nach oben. »Was geht hier vor sich?« Niemand antworte ihm. Er schloss sich der Gruppe an und lief neben Janett her. Sanft stieß er ihr in die Seite. »Ist alles in Ordnung?«

Janett schüttelte den Kopf. Tränen brannten hinter ihren Augen, sie brachte kein Wort der Erklärung heraus, auch wenn sie ihrem Bruder gern alles erzählt hätte. James schien zu verstehen und blieb an ihrer Seite ohne weitere Fragen zu stellen.

König Benedikt stand allein in einem kleinen Raum, den er hier wohl zum Arbeiten benutzte. Ein großer, mit wichtig aussehenden Dokumenten bedeckter Schreibtisch, drei Stühle und einige Regale voller Bücher waren die einzigen Möbel, die sich hier befanden. Elise und Edgar Wertholdt traten bestimmt ein. Ihre Kinder folgten zögernd. Janett bildete den Schluss und schloss die Tür hinter sich. Sie wollte verhindern, dass irgendjemand dieses Gespräch zufällig belauschen konnte.

Der König lächelte seine Gäste freundlich an. Schwere Stille hatte sich über sie gelegt und Janett sah, wie das Lächeln auf seinen Lippen langsam einfror. Er hielt es an Ort und Stelle, doch das Strahlen in seinen Augen erlosch und der Rest seines Gesichtes wurde zu einer Maske. Sie spürte, wie sein Blick länger auf ihr ruhte als auf den anderen Mitgliedern ihrer Familie. Schmerzlich wurde ihr bewusst, dass sie nun niemals die Chance haben würde, mit ihm über ihre Gefühle zu sprechen, dass sie aber genau das unbedingt tun wollte.

Er stand nur wenige Meter vor ihr und schien doch in unerreichbare Entfernungen gerückt zu sein. Zusätzlich schwebte das Leben seiner Frau – ihrer neu gewonnen Freundin – und deren Partnerin in Gefahr. Janett wollte im Erdboden versinken. Sie war die Ursache für all dieses Übel.

»Was kann ich für Euch tun?« Der König räusperte sich und fuhr sich mit einer Hand in den Nacken.

»Unserer lieben Tochter, Lady Janett, ist etwas zu Ohren gekommen, über das wir Euch dringend in Kenntnis setzen mussten.« Janetts Vater verneigte sich und trat dann zur Seite, um seiner Tochter Platz zu machen.

Janett starrte in die Runde und schüttelte den Kopf. Sie wusste nicht, was sie sagen konnte, um die Situation zu entschärfen, doch dem Plan ihrer Eltern wollte sie nicht folgen.

Elise schaute sie aus verengten Augen an und murmelte etwas, was Janett nicht verstand, dann wandte sie sich dem König zu. »Die Königin hat unserer Tochter erzählt, dass sie Euch hintergeht. Mit ihrem Dienstmädchen. Und wer weiß, mit wem noch!«

Der König presste seine Lippen aufeinander. Janett entging nicht, wie er blasser wurde und sich alles in ihm anspannte. Sein Blick richtete sich abermals auf sie. Dieses Mal lag eine Kälte darin, die ihr den Atem raubte. »Und Lady Janett hat die Worte meiner Ehefrau weitergetragen?«

Sie sog scharf die Luft ein und schrie dann beinahe: »Nein!« Alle Blicke richteten sich auf sie. »Ich würde niemals -«

»Ich war auf der Suche nach meiner Tochter und habe einen Teil dieses Gespräches gehört«, erklärte Elise.

Ben nickte. Janett konnte sich kaum ausmalen, was ihm durch den Kopf gehen mochte. Er musste einen Ausweg finden!

»Das ist sicher ein Schock für Euch, Ihr solltet -«

Ben ließ ihren Vater nicht weitersprechen und hob stattdessen die Hand. »Lord Wertholdt, ich danke Euch vielmals für Eure Fürsorge, aber maßt Euch nicht an zu wissen, was in mir vorgeht.« Seine Stimme hatte ihren vollen, tiefen Klang, mit dem er sich in jeder noch so großen Versammlung Gehör verschaffen konnte. Janett spürte, wie Gänsehaut ihre Arme überzog. »Es ist ausgesprochen bedauerlich, dass meine Frau sich einen öffentlichen Ort ausgesucht hat, um ihr Geheimnis auszusprechen, und dabei belauscht wurde.« Sein Blick bohrte sich in Elise, die allerdings mit keiner Wimper zuckte. »Seid gewiss, dass ich von der Liebesbeziehung der Königin bereits wusste und sie befürworte.«

»Wie bitte?« Thomas trat vor. Janett erhaschte einen Seitenblick auf James, der neben seinem Bruder gestanden hatte. Wie nahm er die Neuigkeiten auf? Er war der Einzige, der es nicht bereits gewusst hatte. Seine Augen waren geweitet, ansonsten zeigte er keine Gefühlsregungen.

»Thomas!« Elise versuchte, ihren Sohn zurückzuhalten, doch er stellte sich direkt an den Schreibtisch und beugte sich zu Ben vor.

»War es dann auch Euer Plan, dass die Königin eine Affäre zwischen Euch und unserer Schwester arrangiert? Als Ausgleich?«

Nun sah Janett Überraschung im Gesicht des Königs. Er musterte zunächst Thomas, dann Janett und die anderen im Raum. Nach einem kurzen Räuspern sagte er nüchtern: »Ich kann Euch versichern, dass ich derlei Absichten niemals hatte.«

Janett spürte einen Stich im Herzen, als er sie dabei direkt anschaute. Hatte Cassandra sich doch geirrt?

»Nichtsdestotrotz habt Ihr sicher Verständnis dafür, dass wir umgehend abreisen werden.« Janetts Vater trat neben seinen Sohn an den Tisch.

Ben nickte langsam. »Selbstverständlich. Allerdings muss ich um absolutes Stillschweigen in dieser Angelegenheit bitten.«

»Oh nein.« Thomas schüttelte heftig den Kopf. »Die Gesellschaft am Hof muss über diese Zustände informiert werden!«

»Diese *Zustände* haben den Hof nicht zu interessieren. Es handelt sich hierbei um eine Angelegenheit, die einzig und allein meine Ehefrau und mich etwas angeht.« Bens Stimme war scharf, aber Janett sah, dass seine Augen sich ein wenig geweitet hatten. Er hatte Angst. Sie schluckte schwer.

»Mit Verlaub, die Beziehung der Königsfamilie geht das gesamte Reich etwas an«, warf Elise ein.

»Meine Frau und ich haben einen Thronerben gezeugt. Alles weitere geht das Reich nichts an.« Ben stützte sich mit beiden Händen auf dem Tisch ab und beugte sich zu Edgar und Thomas vor. »Ich denke, wir sind uns alle darüber im Klaren, dass es immer schon gewisse Indiskretionen in arrangierten Ehen gegeben hat.«

Elise stieß einen schockierten Laut aus und Thomas wich kopfschüttelnd an ihre Seite zurück. Janett wusste nicht, ob Ben seine Aussage allgemein getätigt hatte oder auf etwas anspielte, was ihr selbst nicht bekannt war. Ihre Mutter schien es allerdings persönlich zu nehmen.

»Aber solche Angelegenheiten ruinieren den Ruf jeder Frau unwiderruflich. Sie zeigt sich damit als minderwertig.« Edgar stützte seine Hände in die Hüften. Janett verspürte den Drang, ihm zu widersprechen, schluckte ihre Worte jedoch unausgesprochen hinunter. Leider hatte er Recht.

Ben richtete sich langsam wieder auf und ging um den Tisch herum. »Wenn der Ruf eines Mannes trotz seines Ehebruchs aufrechterhalten werden kann, weshalb sollte das bei einer Frau anders sein? Ich kann Euch versichern, dass die Königin eine anständige Frau ist, deren Rat mir ausgesprochen wertvoll ist.« Er lief an Janett vorbei und streifte ihre Schulter leicht. Vor der Tür blieb er stehen und drehte sich zu ihnen um. »Nun muss ich Euch bitten, Stillschweigen zu schwören, ehe Ihr diesen Raum verlasst.«

»Unerhört«, murmelte Elise.

James trat, ohne zu zögern, vor und neigte den Kopf. »Ich schwöre, Eure Hoheit, dass ich niemals ein Sterbenswort über diese Angelegenheit verlieren werde. Zu niemandem, der es nicht bereits weiß.«

Der König nickte. »Danke.«

Janett stellte sich neben ihren Bruder. »Ich schwöre es ebenfalls. Und ich versichere Euch, dass ich die Geheimnisse der Königin niemals weitertragen würde. Niemals.«

Er lächelte sie an und Janetts Herz setzte einen Schlag aus.

»Das freut mich sehr, Lady Janett. Meine Frau verdient eine ehrliche und treue Freundin.«

»Es tut mir unendlich leid. Ich wollte niemals, dass es zu ... so etwas kommt.« Hilflos schwenkte sie ihre Hand durch den Raum.

Der König nickte. Sein Blick wanderte zu Janetts Eltern und Thomas, die schweigend dastanden. »Gehe ich recht in der Annahme, dass ein wenig Bedenkzeit vonnöten ist? Die sollt Ihr haben. Ich werde Wachtposten vor der Tür positionieren und solltet Ihr zu den Mahlzeiten noch hier sein, werde ich selbstverständlich etwas zu Essen bringen lassen.« Er öffnete die Tür und ließ Janett und James hinaustreten, dann folgte er ihnen und schloss die Tür ab.

Janett starrte auf den Schlüssel, wie er im Schloss gedreht wurde und ihre Eltern und Thomas einsperrte.

»Ich weiß, dass es keine Lösung ist, aber ich hoffe, sie werden zur Vernunft kommen.« Bens Stimme zitterte leicht, was sich in Janetts Ohren ungewohnt anhörte. Sie schaute zu ihm auf und sah, dass auch die letzte Farbe aus seinem Gesicht gewichen war. Seine Schultern ließ er hängen und ein tiefer Seufzer entfuhr ihm, als er sich gegen die Wand gegenüber der abgeschlossenen Tür lehnte.

Ohne darüber nachzudenken, trat sie auf ihn zu und legte ihre Hand auf seinen Arm. »Es tut mir so leid.«

»Dich trifft keine Schuld.« Er legte seine Hand auf ihre und sie spürte die Wärme seiner Haut. Ihre Wangen begannen zu glühen. Schnell warf sie einen Blick auf James, der unweit von ihr stand und mit verengten Augen beobachtete, was geschah.

Janett wollte ihre Hand eilig wegziehen, doch dann ging sie gegen diesen Impuls an. Es war bereits so viel schiefgelaufen und Cassandras Stimme hallte in ihrem Kopf wider. »*Die Entscheidung liegt bei dir.*« Was wollte sie tun? Ihre Familie würde einer solchen Verbindung niemals zustimmen. Es würde für immer ein Geheimnis bleiben müssen, das so schnell auffliegen konnte, wie Cassandras. Die Konsequenzen würde sie tragen müssen. Auch die Gerüchte über sie, die sich unweigerlich verbreiten würden, wenn sie nicht heiratete, musste sie ertragen. War es das wert?

James räusperte sich und Ben ließ ihre Hand los. Er neigte respektvoll den Kopf. »Entschuldigt mich, ich muss mit meiner Frau sprechen.«

Janett schaute ihm nach und bemerkte kaum, dass James an ihre Seite trat. Als Ben außer Sichtweite war, fragte ihr Bruder: »Was ist zwischen dem König und dir?«

»Nichts.« Noch nicht.

James legte ihr seinen Arm um die Schulter. »Aber du wünschst es dir, nicht wahr?«

Kurz überlegte sie, zu lügen, doch welchen Zweck würde es erfüllen? Sie nickte und starrte dabei auf ihre

406

Fußspitzen, die unter dem langen Rocke ihres Kleides hervorlugten.

Ihr Bruder seufzte. »Du weißt, dass das ein Spiel mit dem Feuer ist? Er könnte dich jeden Augenblick fallenlassen und dein Ruf wäre zerstört.«

»Ich weiß, James.« Janett schloss die Augen, um die aufkommenden Tränen zu unterdrücken. »Es ist hoffnungslos, nicht wahr?«

»Das würde ich nicht sagen. Wenn du dir sicher bist, dass er es ehrlich mit dir meint und dich nicht im Stich lassen wird, wenn er dich glücklich macht, dann würde ich sagen, ist es etwas Besonderes, für dass es sich zu kämpfen lohnt.« Überrascht schaute Janett ihren Bruder an. Da lag etwas in seinem Blick, was sie erahnen ließ, dass er aus Erfahrung sprach. Sie hatte bloß keine Ahnung, welcher Art diese sein sollte. Hatte er etwa eine geheime Liebschaft? »Ich bewundere die Königin«, fügte er leiser hinzu und wandte sich von ihr ab. »Du solltest es dir dennoch gut überlegen.«

»Das werde ich. Danke, James.« Sie würde ihn noch zur Rede stellen und herausfinden müssen, welches Geheimnis er ihr hier angedeutet hatte, doch jetzt war es wichtiger, dass sie selbst herausfand, wie sie weiter vorgehen sollte. Am liebsten wäre sie zu Cassandra gegangen, doch Ben war dort und sie wollte das Gespräch der beiden auf keinen Fall stören. James verabschiedete sich von ihr und sie ging nachdenklich allein durch das große Haus und ließ dabei ihre Gedanken schweifen.

Janett verlief sich einige Male, doch schließlich fand sie den Ausgang zum Garten. Der Geruch von Rosen erfüllte die Luft, Insekten summten um sie herum und Vogelstimmen schallten vom Wald herüber. Sie schritt langsam zwischen den Blumenbeeten hindurch und spürte, wie sie ruhiger wurde. Das Gefühl, weinen zu müssen, verflog allmählich. Sie schloss die Augen und atmete tief durch. Als sich ihr Schritte näherten, öffnete sie sie rasch wieder und straffte ihre Haltung.

Mira, Cassandras Partnerin, kam ihr entgegen. In ihren schlichten, grauen Gewändern sah sie aus wie jede andere Bedienstete am Hof. Ihre Haare hatte sie nach hinten zusammengebunden. Sie trug einen kleinen Korb bei sich und hatte ein Messer in der Hand. Aus dem Korb ragten ein paar Rosen hervor. Sie blieb vor Janett stehen und knickste.

»Hallo«, sagte Janett unsicher. »Ihr müsst das nicht tun.«

Mira lächelte. »Und Ihr müsst mich nicht förmlich ansprechen.«

»Ihr verdient es.« Janett schaute unsicher zu Boden.

»Ich hätte es lieber, wenn Ihr es nicht tätet, Lady Janett.«

»In Ordnung. Aber ... dann tu du es auch nicht.«

»Einverstanden.« Mira nickte. »Zumindest solange niemand anders in der Nähe ist.«

»Ja, natürlich. Ich ... Cassandra ... die Königin hat mir ...«

Mira hob eine Hand und stoppte Janetts Stottern. »Ich weiß. Eben kam der König zu ihr. Ich bin gegangen, um den beiden ihre Privatsphäre zu lassen, aber worum es ging, habe ich mitbekommen. Deshalb bin ich jetzt hier und beschäftige mich.« Sie hob das Messer und deutete damit auf die Rosenbüsche.

»Cassandra und Ben lieben Rosen. Ich dachte, ich stelle Sträuße für unsere Zimmer zusammen.«

»Kann ich ... dir dabei helfen?« Janett spürte, wie ihre Wangen wärmer wurden.

»Aber natürlich.« Mira reicht ihr den Korb und machte sich an dem Busch neben sich zu schaffen. Er trug weiße Rosen.«Aber vermutlich möchtest du auch mit mir reden, nicht wahr?«

»Es ist ... ja.« Janett folgte Mira durch den Garten von Busch zu Busch und sah zu, wie sie rote, weiße und rosafarbene Blüten zusammensuchte. »Es kann nicht einfach für dich sein.«

»Natürlich nicht. Aber das wäre es für mich niemals gewesen. Ich habe in Cassandra jemanden gefunden, mit dem ich mein Leben verbringen möchte. Komme was wolle. Wir wären beide bereit gewesen, für unsere Liebe zu sterben. Ich bin Ben unendlich dankbar, dass er uns einen anderen Ausweg gegeben hat.«

»Aber hast du nicht immer Angst, er könnte es sich anders überlegen? Oder Cassandra? Sie sind schließlich verheiratet. Und König und Königin.« Janett schluckte und zupfte an einer Rose herum.

»Sicher, von außen mag es so aussehen, als ob ich ihnen und ihren Wünschen und Meinungsänderungen ausgesetzt bin. Im Zweifel wäre es sicher auch so, aber ich kenne die beiden. Ich vertraue ihnen. Cassandra braucht mich genauso so sehr, wie ich sie brauche. Auch wenn ich zu Beginn misstrauisch war, weiß ich nun, dass Ben mir niemals etwas Böses wollen würde. Er ist ein guter Mann und er weiß, wie viel ich Cassandra bedeute. Wir sind über die Zeit zu Freunden geworden.« Mira schaute selig in die Ferne und Janett wünschte, sie hätte genauso viel Vertrauen in ihre eigene Situation.

»Du würdest es also nicht ändern, wenn du könntest?«

Nun lachte Mira laut auf. »Und ob! Natürlich würde ich es sofort ändern, wenn es möglich wäre. Wenn es nach meinen Wünschen ginge, wären Cassie und ich verheiratet. Ben wäre ein Freund und nicht mehr. Aber so funktioniert die Welt nicht und ich liebe den kleinen Benny. Stünden die Dinge anders, wäre er niemals geboren worden, das wäre ein schmerzlicher Verlust für diese Welt.«

Janett nickte nachdenklich. Mira nahm ihr den Korb ab.

»Bitte lass die Rosen heil, sonst sind wir hier den ganzen Tag beschäftigt.« Sie zupfte zwei Blüten heraus, denen Janett bereits einige Blütenblätter ausgerissen hatte, und reichte sie ihr. »Hier. Lass deine Nervosität an denen aus.«

»Entschuldige.« Janett spielte mit den beiden Blüten zwischen ihren Fingern. »Ich wollte nicht ...«

»Ich weiß.«

»Es ist alles so … kompliziert und ich wünschte, ich wüsste, was ich tun soll.«

Mira legte Janett eine Hand in den Rücken und schob sie behutsam zu einer kleinen Steinbank. Sie setzen sich und Mira stellte den Korb neben sich ab. »Niemand wird dir das sagen können. Du musst selbst herausfinden, was für dich das Beste ist.«

»Ja«, hauchte Janett und schluckte mehrfach, um die aufkommenden Tränen zu vertreiben.

Mira strich ihr beruhigend über den Rücken. »Ich verstehe dich. Alles, was ich dir sagen kann, ist, dass es mir immer wieder wert wäre, um meine Liebe zu kämpfen. Ganz gleich, was der Rest der Welt davon hält. Obwohl es ein Geheimnis ist, das jederzeit enthüllt werden könnte. Ich weiß, dass ich mein Glück im Leben gefunden habe, und ich kann mir nichts besseres vorstellen.«

»Danke, Mira. Das hilft mir sehr.« Janett war sich noch immer nicht sicher, was sie tun sollte, aber es tat gut zu sehen, dass es nicht zwingend in einem Desaster enden musste, wenn sie ihrem Herz folgte. Impulsiv zog sie Mira in eine feste Umarmung. »Vielen Dank. Ich hoffe, dass wir Freundinnen werden können.«

»Sicher. Ich habe das Gefühl, wir werden in Zukunft viel Zeit miteinander verbringen.« Mira erhob sich und zwinkerte Janett zu, dann nahm sie ihren Korb an sich und ging zurück zum Haus.

Janett schaute ihr nach und lehnte sich dann auf der Bank zurück, um ihr Gesicht der Sonne zuzuwenden. Hinter ihren geschlossenen Lidern sah sie Lichtpunkte tanzen. Nach und nach erlaubte sie sich, die Wände einzureißen, die sie in ihrem Kopf errichtet hatte, um ihre Fantasien von einem Leben mit dem König wegzusperren. Sie gestattete sich die Vorstellung, wie es wäre, mit Ben zu leben. Mit Cassandra und Mira und dem kleinen Benny. Ihr Herz fühlte sich leicht und frei an, während sie daran dachte, dass sie Ben ganz nah sein könnte.

»Janett?«

Sie wäre vor Schreck beinahe von der Bank gefallen. Es war, als sei Ben direkt aus ihren Gedanken getreten. Nun stand er vor ihr und hielt sich ungewöhnlich steif.

»Entschuldigung, ich wollte dich nicht erschrecken. Hast du einen Augenblick Zeit?«

Janett fing sich, strich sich hektisch über ihre Haare, um sicherzugehen, dass ihre Frisur nicht verrutscht war, und nickte dann. »Aber natürlich. Setzt Euch.«

»Bitte, wir können die Förmlichkeiten lassen.«

Wieder nickte Janett. Sie wusste nicht, was sie sagen sollte.

»Ich habe mit Cassandra gesprochen. Wir ... müssen die Angelegenheit mit deinen Eltern und deinem Bruder klären. Es tut mir sehr leid, dass es überhaupt dazu gekommen ist. Cassandra ist ebenfalls untröstlich. Glaubst du ... wir können sie dazu bewegen, unser Geheimnis für sich zu behalten?«

Janett schwieg einen Augenblick. Ben klang verzweifelt, etwas, was sie von ihrem König niemals erwartet hätte. »Ich bin mir nicht sicher. Leider befürchte ich, dass sie nicht nachgeben werden.« Sie schaute auf ihre ineinander verschränkten Hände und wartete angespannt auf Bens Reaktion.

Er seufzte. »Das hatte ich bereits vermutet. Ihr seid eine stolze Familie und sie wollen sich nichts gefallen lassen. Das verstehe ich sogar. Janett, glaubst du, du könntest mit ihnen sprechen? Oder dein Bruder James?«

»Wir können es versuchen«, antwortete sie zögernd. Allerdings hatte sie wenig Hoffnungen, dass sie viel bewirken konnte. James hatte da sicher einen größeren Einfluss. Janett wollte sich von der Bank erheben. »Ich werde meinen Bruder suchen. Wir sollten es besser so schnell wie möglich tun, nicht wahr?«

Ben ergriff ihre Hand und hielt sie zurück. »Warte. Ich ... wollte ...« Er ließ ihre Hand wieder los. »Nein, geh nur, ich möchte dich nicht aufhalten.«

Janett zögerte einen Augenblick. Sie sollte James suchen und mit ihrer Familie sprechen. Es war am wichtigsten, Cassandras und Miras Geheimnis zu schützen. Und doch ... Sie atmete tief durch und kratzte all ihren Mut zusammen, um ihre Hand auf Bens zu legen. »Du hältst mich nicht auf. Ich ... verbringe sehr gern Zeit mit dir.«

Ihre Wangen glühten und sie traute sich nicht, ihm in die Augen zu schauen. Stattdessen hatte sie ihren Blick auf ihre Hände gerichtet. Sie beobachtete mit klopfendem Herzen, wie Ben seine zweite Hand auf ihre legte und behutsam über ihre Haut strich. Gänsehaut breitete sich auf Janetts Armen aus und ihr Atmen stockte. »Ich verbringe ebenfalls sehr gern Zeit mir dir, Janett. Aber du weißt, dass es nicht sein kann.«

Ihre Augen begannen zu brennen. »Ja, ich bin mir aller Schwierigkeiten bewusst. Aber macht es das tatsächlich unmöglich? Ich meine ... haben Cassandra und Mira nicht recht damit, ihr eigenes Glück zu suchen? Verdienen wir nicht dasselbe?« Sie hob den Blick und schaute entschlossen in seine braunen Augen. Sie hatte erwartete, dort Ablehnung oder zumindest Widerstand zu lesen, stattdessen lächelte er sie auf eine Weise an, die es ihr heiß und kalt den Rücke hinunterlaufen ließ. Langsam hob er seine Hand und legte sie an Janetts Wange. Dort wischte er eine Träne fort, die sie gar nicht bemerkt hatte. Sie schluckte schwer und lehnte sich in seine sanfte Berührung. Er schien zu zögern oder darauf zu warten, dass Janett etwas tat. »Küss mich«, flüsterte sie.

Kurz hatte sie Angst, er würde sich zurückziehen, doch dann kam er ihrer Aufforderung nach. Seine warmen Lippen legten sich zart auf ihre. Janett schloss die Augen und atmete seinen einzigartigen Geruch ein. Sein Atem kitzelte ihre Haut, seine Hand lag noch immer an ihrer Wange und er streichelte sie sanft mit dem Daumen. Sie legte ihre Hände auf seine Schultern und zog ihn dichter an sich. Es sollte kein Raum mehr zwischen ihnen bleiben.

Ben zog sich behutsam zurück und räusperte sich. »Ich denke, wir sollten ... Es war ...«

Janett spürte die Enttäuschung kalt über sie hereinbrechen, aber sie sah ein, dass es besser war, sich nicht weiter in einem Garten zu küssen, den jederzeit andere Menschen betreten konnten. »Es war sehr schön.« Sie schaute scheu zu Ben auf.

Er lächelte. »Ja, das war es, Janett.« Er sprach ihren Namen gedehnt und betont aus, als lasse er ihn sich auf der Zunge zergehen.

Janett schluckte schwer, nahm sich zusammen und widerstand dem Drang, sich in Bens Arme zu werfen. Sie erhob sich und strich ihre Röcke glatt. »Ich werde meinen Bruder suchen.« Ihre Beine fühlten sich weich an und sie befürchtete, sie könnten unter ihr nachgeben. Das taten sie zum Glück nicht.

Ben stand ebenfalls auf und ergriff ihre Hand, um ihr zum Abschied einen Kuss auf den Handrücken zu hauchen. »Ich hoffe, wir können uns bald wiedersehen.«

»Ich auch.« Janett entfernte sich eilig mit glühenden Wangen, bevor ihre Selbstkontrolle nachließ. Sie wusste nicht, was auf einmal in sie gefahren war. Sonst ließ sie sich nicht so schnell aus dem Konzept bringen oder war so versucht, ihren Impulsen nachzugeben. Es war, als ob etwas zwischen Ben und ihr befreit worden wäre, was sie nun stetig in seine Richtung ziehen und jegliche Vernunft vergessen lassen wollte.

Janett fand James im Flur, wo ihre Eltern und Thomas eingesperrt waren. »Ich würde nicht zu ihnen gehen. Sie sind außer sich und wollen nicht zuhören.« Er seufzte und lehnte sich mit verschränkten Armen gegen die Wand. Dann war es wohl überflüssig, James um Hilfe zu bitten.

»Ich muss es versuchen, James. Vielleicht hören sie mir ja zu.«

Ihr Bruder lachte bitter. »Ich liebe dich und deine positive Einstellung ehrt dich, aber das glaubst du doch selbst nicht.«

Janett straffte ihre Schulter. »Wie gesagt, ich muss es wenigstens versuchen. So kann es nicht enden.«

James seufzte, nickte aber. Sie trat an ihm vorbei und ließ sich von den beiden Wachmännern, die an der Tür standen, öffnen.

Die Stimmung im Raum war kühl. Ihr Vater stand schweigend am Fenster, ihre Mutter saß am Schreibtisch und hatte die Arme vor der Brust verschränkt. Thomas war direkt neben der Tür, als Janett eintrat, was sie zusammenzucken ließ.

»Haben sie dich geschickt, um uns *zur Vernunft* zu bringen?« Ihr Bruder hatte seine Augen zu Schlitzen verengt und sie hatte ihn selten so scharf zu ihr sprechen hören.

Janett räusperte sich und versuchte, ihre Unsicherheit zu überspielen. »Nein, ich wollte euch sehen.« Es war sicher besser nicht zu erwähnen, dass Ben sie in der Tat gebeten hatte, zu kommen.

»Aber du stehst nach wie vor auf der Seite eines Königs, der es für besser hält, die Sünden seiner Frau zu vertuschen?« Ihr Vater trat vom Fenster weg und auf sie zu. »Janett, wir haben dich besser erzogen.«

Ihr Herz raste, doch sie schaute ihrem Vater direkt in die Augen. »Der König und die Königin haben eine Abmachung, die für beide funktioniert und niemanden sonst etwas angeht. Sie erfüllen ihre Pflichten und es gibt einen Thronerben.«

»Aber was sie tun, ist verwerflich!« Ihre Mutter schlug mit beiden Händen auf den Tisch und stand auf.

»Es ist Liebe. Die Königin hat sich verliebt und der König weiß, wie wertvoll das ist.« Janett verschränkte die Arme vor der Brust.

»Liebe!« Ihr Vater spuckte ihr das Wort förmlich vor die Füße. »Ist es auch Liebe, die dafür sorgt, dass du dich von deiner Familie abwendest?«

»Edgar!« Elise stemmte empört ihre Hände in die Hüften. »Sag so etwas nicht.«

»Was? Dass sie sich von uns abwendet oder dass sie verliebt ist?« Die Stimme von Thomas strotze vor Gift. »Sie himmelt den König doch schon seit Monaten an. Wahrscheinlich freut sie sich darüber, dass die Königin das Bett mit ihm nicht teilen will.«

»Janett? Ist das wahr?« Elise war blass geworden und schaute ihre Tochter aus weit aufgerissenen Augen an. Ihre Brust hob und senkte sich in einem viel zu schnellen Rhythmus.

»Mama, ich ...« Janett wusste nicht, was sie sagen sollte.

»Natürlich ist es wahr. Aber wir werden nicht zulassen, dass die Königfamilie unsere Tochter in ihr sündhaftes Verhalten hineinzieht. Wir werden abreisen, sobald der König einsieht, dass er uns hier nicht ewig festhalten kann. Am Hof werde ich unverzüglich den gesamten Adel über die Zustände des Königshauses informieren.«

»Nein, das könnt ihr nicht tun!« Janett spürte, wie Verzweiflung in all ihre Glieder kroch und das Gefühl unendlichen Glückes, was sie nach dem Kuss mit Ben verspürt hatte, zu ersticken drohte. Wie hatte sie jemals annehmen können, dass ihre Wünsche in Erfüllung gehen würden? Es war naiv zu glauben, dass man sich ohne Konsequenzen über die Regeln hinwegsetzen konnte. »Bitte, wir müssen das Geheimnis bewahren. Was, wenn der Adel sich gegen euch stellt? Der König ist beliebt. Er hat Macht.«

Das schien ihren Eltern Bedenken zu geben. Mit angehaltenem Atem wartete Janett darauf, was sie sagen würden. Sie wechselten mehrere vielsagende Blicke, dann richteten sie ihre Aufmerksamkeit auf ihre Tochter.

»Wir wollten noch etwas warten, weil du jung bist, aber es gibt bereits zwei Herren, die um deine Hand angehalten haben. Beides wären sehr vorteilhafte Verbindungen für unsere Familie.« Ihre Mutter schaute sie vielsagend an.

Janett sank das Herz in die Hose. »Ihr wollt, dass ich heirate?«

»Selbstverständlich. Das haben wir immer gewollt. Du magst recht haben, dass wir gegen den König nicht ankommen und ein Risiko für unsere Familie eingehen würden, wenn wir es versuchten, aber wir werden auch nicht zulassen, dass du dich weiterhin in der Nähe solcher Menschen aufhältst.« Ihr Vater verschränkte die Arme vor der Brust und schaute auf seine Tochter hinab.

»Wir wählen einen Ehemann für dich aus, arrangieren alles so schnell wie möglich, wenn wir zurück sind, und du wirst dich unseren Wünschen fügen.«

Janett ließ den Kopf sinken und starrte auf den leicht staubigen Boden. »Und wenn ich das tue, werdet ihr niemals auch nur ein Wort über das verlieren, was wir über die Königin herausgefunden haben?«

»Ganz genau. Wir werden uns selbstverständlich vom Hof distanzieren, aber von uns wird niemals jemand etwas erfahren.« Elise legte Janett einen Arm um die Schulter. »Du musst zugeben, dass es das Beste für alle wäre.«

»Und wenn ich mich euren Wünschen nicht füge?« Janetts Stimme versagte ihr beinahe, aber sie musste es wissen. Verzweifelt klammerte sie sich an den letzten Funken Hoffnung. Ben würde sie beschützen, das wusste sie, aber was würde geschehen, wenn alle erfuhren, dass die Königin eine Liebhaberin hatte?

»Nun, dann werden wir unser Wort nicht halten. Das Geheimnis der Königin wird offenbart und die Familie Wertholdt verliert eine Tochter.« Edgars Stimme war hart und kalt. Janett schaute ihn schockiert an.

»Ihr würdet mich verstoßen?«, flüsterte sie.

»Nun, gehe ich recht in der Annahme, dass du dich bei der nächstbesten Gelegenheit dem König an den Hals werfen und deinen Ruf ruinieren würdest? Dann hätten wir wohl keine andere Wahl.«

Janett schluckte, doch der Kloß in ihrem Hals wollte nicht verschwinden. Sie konnte es nicht wagen. Zu viel wäre verloren, wenn sie ihrem Herzen folgte. Sie sah keinen anderen Ausweg, als darauf zu vertrauen, dass ihre Eltern ihr Wort halten würden. Sie musste Cassandra, Ben und ihrer Liebe für immer den Rücken kehren.

Verstohlen wischte sie sich über die Augen und versuchte, all die Bilder ihrer Träume zu ignorieren, die vor ihrem inneren Auge zu Scherben zerfielen. »Fein. Ich gebe dem König Bescheid und ihr werdet ihm schwören, nichts zu sagen.«

Janetts Vater nickte grimmig. »Einverstanden.«

Elise klatschte in die Hände. »Und anschließend werden wir uns unverzüglich auf den Weg nach Hause begeben.«

Janett nickte und wandte sich von ihrer Familie ab. Sie verließ den Raum und eilte den Flur entlang. Ihre Tränen blinzelte sie fort und die Erinnerungen an ihren Kuss mit Ben versuchte sie unter der Gewissheit zu begraben, dass sie das einzig Richtige tat.

Sie traf am Ende des Flures auf James und als ihr Bruder ihr entgegentrat, konnte sie nicht mehr an sich halten. Sie warf sich in seine Arme und schluchzte. Er hielt sie fest und streichelte ihr über den Rücken. »Was ist geschehen? Wollten sie dir nicht zuhören? Janett, es wird alles gut werden. Wir finden einen Weg.«

Sie löste sich aus seiner Umarmung und schüttelte den Kopf. »Nein. Oh, James, ich ... wir haben eine Einigung gefunden.«

»Weshalb freust du dich dann nicht?« James schaute sie besorgt an.

»Sie werden nichts sagen und dem König schwören, dass sie es niemals tun werden. Dafür werde ich ... heiraten, sobald wir zurück am Hof sind. Und meinen Abstand zum Königspaar halten.« Den letzten Satz hatte sie geflüstert und James zog sie erneut in seine Arme. Sie vergoss keine weiteren Tränen. Ihr Schicksal laut auszusprechen hatte in Janett eine Ruhe ausgelöst, die ihren Schmerz ein wenig betäubte.

»Nein, das geht nicht!«

Die Geschwister fuhren auseinander und erblickten Cassandra und Ben hinter sich auf der Treppe. Die Königin eilte auf sie zu und schüttelte dabei immer wieder den Kopf. Ben hielt sich im Hintergrund. Sein Gesicht war unleserlich, seine Lippen presste er zu einer dünnen Linie zusammen.

»Du kannst nicht dein Glück aufgeben, um Miras und mein Geheimnis zu schützen. Das ist nicht fair!«

»Es gibt keinen anderen Weg.« Janett konnte Cassandra nicht in die Augen schauen.

»Nein, Ben, wir finden eine andere Lösung, nicht wahr?« Sie wandte sich an ihren Ehemann, der schweigend neben sie getreten war.

Janett hob den Kopf und sah, wie der König sie anschaute und schnell den Blick abwandte, als er ihren bemerkte. »Leider sehe ich keinen Ausweg.« Seine Stimme war leise und klang rauer als sonst.

Cassandra wollte weiter protestieren, doch Janett konnte es nicht ertragen. Sie unterbrach die Königin. »Bitte, lasst es uns hinter uns bringen. Euer Geheimnis muss gewahrt werden. Das ist das Wichtigste für Ileandors Zukunft.«

Ben nickte und trat schweigend auf die bewachte Tür zu. Cassandra folgte ihm und James schaute Janett fragend an. Sollten sie ebenfalls mitgehen?

Am liebsten wollte Janett weit fort von allem, aber sie war entschlossen, es bis zum Ende durchzustehen. Sie hob ihr Kinn an und trat gefolgt von James ebenfalls zurück in den Raum.

Allerdings blieb sie an der Tür stehen, um sich das letzte bisschen Sicherheit einer Fluchtmöglichkeit zu geben, obwohl sie wusste, dass sie sie nicht wahrnehmen würde. James blieb an ihrer Seite und Cassandra gesellte sich ebenfalls zu ihnen.

Edgar war der erste, der vor Ben trat und den Kopf neigte. Elise tat es ihm gleich und auch Thomas schwor, das Geheimnis der Königin für sich zu behalten.

»Danke sehr. Ihr könnt nun gehen.« Eine schwere Stille legte sich über sie alle. Ben nickte ihrer Familie und Janett zu, dann verließ er eiligen Schrittes den Raum.

Cassandra machte Anstalten, ihm zu folgen, blieb jedoch in der Tür stehen. Sie drehte sich noch einmal um und schien vor allem Elise anzusprechen. »Ich muss sagen, nach meinen Gesprächen mit Anette Grünthal habe ich mehr von der ehrwürdigen Familie Wertholdt erwartet. Sollte es nicht das oberste Ziel sein, unseren Kindern alles Glück der Welt zu bescheren?«

»Das tun wir«, antwortete Edgar steif. »Janett wird eine gute, rechtmäßige Ehe eingehen.«

»Eine lieblose Ehe.« Cassandra schüttelte betrübt den Kopf.

»Das wissen wir nicht. Mit der Zeit hat Liebe die Chance zu wachsen.« Elise warf Janett einen Seitenblick zu, den diese nicht zu deuten wusste.

»Und was wäre die Alternative? Eine Liebe, die ihre Ehre ruiniert und keine Aussicht auf eine feste Bindung hat?« Thomas rümpfte die Nase.

Cassandras Aufmerksamkeit richtete sich auf ihn und Janett beobachtete mit Erstaunen, wie ihr vorlauter Bruder unter dem strengen Blick der Königin den Kopf einzog. »Nur weil eine Verbindung nicht vor dem Gesetz niedergeschrieben ist, macht es sie nicht weniger ehrlich und bedeutsam.«

»Aber eine Ehe bringt Sicherheit, die ein einfaches Versprechen niemals bieten könnte.« Elise trat auf Janett zu und ergriff ihre Hände.

»Es ist überflüssig, noch weiter darüber zu verhandeln. Meine Familie und ich werden unverzüglich abreisen.« Edgar schritt an ihnen vorbei und verließ den

Raum. Thomas folgte ihm auf den Fuß und Elise schob Janett ebenfalls hinterher.

Als sie an Cassandra vorbeiliefen, streckte die junge Königin ihre Hand aus und berührte Janett am Arm. »Es tut mir unendlich leid, Janett. Ich dachte wirklich ... ich wollte nur das Beste für dich, das musst du mir glauben.«

Das Beste für dich. Janett nickte und schwieg. Vermutlich würde es das letzte Mal sein, dass sie der Königin gegenüberstand, doch sie wusste nichts zu sagen.

Wie ferngesteuert ließ sie sich von ihrer Mutter durch das große Haus führen. Sie half, ihr Gepäck zusammenzusuchen, und ehe sie es sich versah, standen sie auf dem Hof und warteten auf die Kutsche.

Es war das Ende ihrer Liebesgeschichte. Janett schaute auf das große Anwesen zurück, das mitten im Wald stand. Rosenbüsche blühten um sie herum und füllten die Sommerluft mit ihrem Duft. Sie würde niemals wieder einen Rosengarten betreten können, ohne an Ben und den Kuss zu denken. Rosenduft würde sie immer wieder an den Schmerz erinnern, den sie jetzt verspürte.

Wie ein glühendes Eisen bohrte er sich tief in ihr Herz und trieb ihr die Tränen in die Augen. Verzweifelt warf sie einen Blick auf ihre Familie. Ihre Brüder luden die Koffer und Taschen auf, ihre Mutter wies sie dabei an. Ihr Vater besprach etwas mit dem Kutscher.

Niemand schenkte ihr Beachtung. Sie könnte auf dem Absatz kehrtmachen und zum Haus laufen. Sie stellte sich vor, wie sie die große Tür aufstieß und Ben auf der anderen Seite auf sie wartete. Er würde sie in seine Arme schließen und küssen. Oh, was sie für einen letzten Kuss geben würde.

»Tu es.« James stand vor ihr und reichte ihr eine weiße Rose. »Geh zu ihm. Du wirst es bereuen, wenn du es nicht tust.«

Zögernd griff sie nach der Rose und schaute ihren Bruder an. »Aber Mama und Papa?«

»Ich lenke sie ab.«

Janett nickte James zu, dann raffte sie ihre Röcke und stürmte über die Wiese auf den Eingang des Anwesens zu. Als sie ein Drittel der Strecke zurückgelegt hatte, öffneten sich die großen Flügeltüren und jemand sprang die breiten Stufen hinab. Ihr Herz machte einen Hüpfer. Es war Ben! Er lief auf sie zu. Janett rannte so schnell sie konnte und als sie einander erreichten, streckte er die Arme aus und sie warf sich ihm entgegen. Die Wucht ihres Aufpralls brachte sie aus dem Gleichgewicht, doch gemeinsam fingen sie sich, ohne einander dabei loszulassen. Janett klammerte sich an Ben fest.

»Janett.« Er atmete schwer.

»Ben, ich -« Sie stellte sich auf ihre Zehenspitzen und küsste ihn.

Er beugte sich zu ihr hinunter und legte seine Hand in ihren Nacken. Janett schloss die Augen und nahm für einen Augenblick nichts außer seinen Lippen auf ihren wahr. Der Kloß in ihrem Hals wurde kleiner, der Knoten in ihrem Magen löste sich auf. Es zählen nur Ben und sie und das Glück, was jede Faser ihres Körpers durchfuhr, weil sie beide zusammen waren.

Der Augenblick währte jedoch nur kurz. Laute Stimmen brachten sie unsanft zurück in die Realität. Ben beendete den Kuss und nahm seine Hand aus ihrem Haar. Sie wandte sich um und sah, dass ihre Familie sie umzingelt hatte. Abgesehen von James sahen alle wütend aus.

»Unmöglich! Wie kannst du es wagen!« Ihr Vater war hochrot im Gesicht und atmete so schwer, dass er immer wieder kleine Pausen zwischen seinen Ausrufen machen musste.

»Janett, komm augenblicklich her!« Ihre Mutter streckte ihre Hände nach ihr aus. Sie spürte, wie Bens Arm sich um sie legte und sie lehnte sich dankbar an ihn. Offensichtlich war auch er nicht gewillt, die Nähe zwischen ihnen aufzugeben.

Sie sah Mira und Cassandra aus dem Haus treten und zu ihnen eilen. Cassandra strahlte über das ganze Gesicht, während Mira eine tiefe Falte auf der Stirn hatte.

»Janett!« Die Stimme ihres Vaters ließ sie zusammenzucken, doch sie bewegte sich nicht von Ben fort.

»Vater, ich weiß, dass ihr das Beste für mich und unsere Familie wollt, aber ich liebe ihn!« Ihre Stimme zitterte zwar, doch sie schockierte sich selbst mit ihrem Mut.

Alle anderen sahen sie ebenfalls überrascht an. Bens Arm legte sich enger um sie und Cassandra schlug beide Hände vor den Mund, um einen Ausruf zu unterdrücken. James nickte ihr lächelnd zu und ihre Mutter schüttelte immerzu den Kopf.

»Janett, du weißt, was geschieht, wenn du nicht mit uns kommst.«

»Ja.« Sie atmete tief durch und warf Ben einen schnellen Blick zu. »Ihr verstoßt mich aus der Familie und werdet euer Versprechen brechen, das Geheimnis der Königin für euch zu behalten.«

Cassandra legte einen Arm um Mira und beide Frauen traten näher. »Dann ist es so. Janett, du bist als Teil dieser Familie herzlich willkommen. Wir werden immer für dich sorgen. Und was unsere Beziehung angeht -« Cassandra schaute auf Mira hinab, die eindringlich den Boden musterte. »Es wäre wohl früher oder später bekannt geworden. Wir werden es überstehen.«

»Seid Ihr Euch da sicher, Eure Hoheit?«

Cassandra fixierte Edgar mit ihrem Blick und als sie sprach, sah Janett die Königin in ihr, die einst den gesamten Hof vor einem Angriff der Feen gerettet hatte. Macht sprach aus jedem ihrer Worte. »Ich weiß, dass ich für mein Glück kämpfen werde.«

»Wer wird Euch noch den Rücken stärken, wenn die Zustände Eurer Ehe bekannt werden?« Elise sprach Ben an, der sich anspannte. Sein Arm ruhte nach wie vor um Janetts Schultern und gab ihr Kraft.

»Wir werden es sehen, nicht wahr?« Bens Stimme klang freundlich, doch Janett entging der scharfe Unterton darin nicht.

»Ich frage mich, ob es nicht genug einflussreiche Adelsmitglieder gibt, die gern über diese Dinge hinwegsehen, weil sie dem König gegenüber loyal sind und mehr Wert auf seine Taten als sein Eheleben legen.«

Überrascht schaute Janett zu Mira, die einen Schritt vor Cassandra getreten war. Janett sah ihrer Mutter an, dass sie so empört darüber war, von einem Dienstmädchen auf diese Weise angesprochen zu werden, dass ihr die Worte fehlten.

»Ich habe Freunde unter den Bediensteten im Palast. Sie hören viel von dem, was hinter verschlossenen Türen gesagt wird. Gerüchte über den König und die Königin gibt es viele – die meisten absurd, einige sehr nahe an der Wahrheit. Es wird sicher viel Aufsehen erregen, wenn unsere Beziehung ans Licht kommt, aber ich bin mir sicher, dass viele bereit sind, darüber hinwegzusehen, anstatt einen Krieg um den Thron zu riskieren.«

»Ich denke, da hat sie recht.« James stellte sich an Cassandras Seite und nickte Ben leicht zu. »Ich weiß, wie die jungen Adeligen denken. Sie freuen sich über den frischen Wind, den unser Königspaar mit sich bringt. Sie vertrauen auf die magischen Kräfte der Königin, die uns bereits einmal vor den Feen gerettet haben, und alle sind gespannt, zu was der junge Prinz einmal fähig sein wird. Das alles ist mir persönlich wichtiger als die Tatsache, dass eine arrangierte Ehe keine Liebesverbindung gewesen ist.«

Janett spürte die bohrenden Blicke ihrer Eltern und Thomas, die schweigend dastanden.

Ben räusperte sich und trat mit Janett im Arm weiter auf sie zu. »Ich bedaure es sehr, dass Janett kein Teil der Familie Wertholdt sein darf, aber ich versichere Euch dennoch, dass ich stets dafür sorgen werde, dass es ihr an nichts fehlt. Sie wird immer einen Platz am Hof haben und ich werde sie in Ehren halten, ganz gleich, was ihre Familie darüber denken mag.«

Janett spürte, wie ihr erneut Tränen in die Augen traten. Dieses Mal nicht aus Trauer, sondern vor Rührung.

Dennoch löste sie sich behutsam aus seiner Umarmung und trat auf ihre Mutter zu.»Was denkst du, Mutter, werden die anderen Familien sagen, wenn ihr eure Tochter verstoßt, und der beliebte König sie aufnehmen muss? Auf wessen Seite werden sie sich stellen?« Ihr Herz raste. Sie hatte ihren Eltern noch nie die Stirn geboten.»Ihr seid immer gut zu mir gewesen, aber ich denke, ihr solltet nun gehen. Vater, Mutter, Thomas, ich habe meine Entscheidung getroffen.«

James tauchte neben ihr auf und legte seine Hand auf ihre Schulter.»Und ich meine. Ich denke, ich werde ebenfalls noch ein wenig hierbleiben.«

Edgar Wertholdt öffnete den Mund und schloss ihn wieder. Dabei sah er aus wie ein Fisch. Schließlich packte er Elise am Arm und zog sie mit sich zur Kutsche. Ihre Mutter folgte ihm, ohne noch einmal zu ihren Kindern zurückzuschauen. Thomas musterte James und Janett einen Augenblick nachdenklich, ehe er eilig seinen Eltern folgte.

Janett schaute zu, wie der Großteil ihrer Familie sich von ihnen entfernte und im Wald verschwand. Es wurde ihr schwer ums Herz und sie schloss die Augen. Erst einige Augenblicke später wurde sie darauf aufmerksam, dass alle anderen sich um sie geschart hatten.

Ihre neue Familie war bei ihr. Eine Familie, die auf den ersten Blick nicht als solche erkennbar war, die vielleicht nicht so zusammengesetzt war, wie man es erwartete. Es gab aber einen Platz für sie und das fühlte sich richtig an.

Janett hob die weiße Rose, die sie noch immer in der Hand hielt. Sie war ein wenig zerdrückt worden, duftete aber weiterhin betörend. Sie reichte sie Ben, der die Blume mit einem breiten Lächeln entgegennahm.

»Ich bin froh, dass du geblieben bist, Janett. Ich werde alles dafür tun, dass du diese Entscheidung niemals bereuen wirst.«

Cassandra winkte Mira und James, mit ihr zu kommen. Sie ließen Janett und Ben allein zurück.

»Ich bin mir sicher, dass es dafür niemals einen Grund geben wird, Ben.« Es fühlte sich so befreiend an, an eine gemeinsame Zukunft zu denken und all das Glück, das nun Teil ihres Lebens sein konnte.

Janett lachte laut auf und legte ihre Hände an Bens Gesicht, um ihn zu küssen. Er zog sie lächelnd fester an sich. Der Kuss raubte Janett den Atem und hätte sie von den Füßen gerissen, wenn Ben sie nicht gehalten hätte.

Dir hat dieses Buch gefallen?

Lass mir gern eine Rezension da und schreibe mir auf Instagram oder Facebook. Ich freue mich immer über Rückmeldungen. Sie helfen mir und meinen Büchern dabei, besser und sichtbarer zu werden =)

Als Indie-Autorin habe ich keinen Verlag, der mich beim Marketing unterstützt. Du würdest mir also sehr dabei helfen, wenn du mein Buch weiterempfiehlst.

Sensible Themen in diesem Buch:
grafische Darstellungen von Gewalt
sexuelle Beziehung ohne Konsent

Danksagung

Ich möchte mich hier insbesondere bei Hannah Schneider bedanken, die mich dazu ermutigt hat, den Schritt zum Selfpublishing zu wagen. Ohne sie würde es das Buch in dieser Form nicht geben. Ihre Freundschaft und Erfahrung waren auf meinem Weg hierher unglaublich wertvoll und ihre zahlreichen Anmerkungen haben diese Geschichte auch nur noch verbessert. Ein weiterer Dank gilt Hannah Arbeit, meiner treuen Leserin. Ihr Enthusiasmus motiviert mich jeden Tag aufs Neue und ihr Feedback hat diese Geschichte weitergebracht. Sie ist nicht nur mein größter Fan, sondern auch eine Freundin, auf die ich im Leben nicht mehr verzichten möchte. Ganz besonders gebührt natürlich meiner Schwester Emily Dank dafür, dass sie mir für das Cover ein wunderschönes Bild gemalt hat. Auch meinen Eltern und meinen Freunden möchte ich an dieser Stelle danken. Sie unterstützen mich in jeder Lebenslage und ermutigen mich jeden Tag aufs Neue, mich meinen Träumen anzunähern. Es tut gut zu wissen, dass es Menschen gibt, die an mich glauben, selbst wenn es mir einmal schwerfällt.

Auch meinen Eltern und meinen Freunden möchte ich an dieser Stelle danken. Sie unterstützen mich in jeder Lebenslage und ermutigen mich jeden Tag aufs Neue, mich meinen Träumen anzunähern. Es tut gut zu wissen, dass es Menschen gibt, die an mich glauben, selbst wenn es mir einmal schwerfällt.

Die Kurzgeschichte am Ende dieses Buches war etwas, das mir schon lange im Kopf herumspukte. Umso glücklicher bin ich, dass ich sie jetzt mit der zweiten Ausgabe dieses Buches veröffentlichen kann.

Vielen, vielen Dank auch an jeden Leser, der bis hierhergekommen ist! Es bedeutet mir unendlich viel, dass ihr Vertrauen in mich und mein Buch gesteckt habt, und ich hoffe, diese Reise hat euch gefallen.

Über die Autorin

Manchmal kommt man auf Umwegen ans Ziel. Johanna hat fantasievolle Geschichten schon immer geliebt und sich immer wieder neue ausgedacht. Obwohl Schriftstellerin einer ihrer ersten Berufswünsche war, ist sie diesem Traum lange nicht aktiv nachgegangen.

Im Januar 2019 erschien aber die erste Ausgabe ihres Debütromans Die Magie der Steinblüte. Die Neuauflage erschien im April 2021. Ihr zweites Buch Von den Feen geküsst hat sie im September 2020 veröffentlicht. Regenbogengefühle, ihr drittes Buch, erschien im Juni 2021. Im Februar folgte endlich die Fortsetzung ihrer Steinblüten-Trilogie, Die Hüterin des Geisteramuletts, die mit Der Fluch des Diamantdolchs 2023 abgeschlossen wurde.

Weitere Bücher in bekannten und unbekannten Welten sind bereits in Arbeit. Informationen darüber gibt es hier:

https://www.johannatiefenbacher.com/

www.instagram.com/johannatiefenbacher

www.facebook.com/JohannaTiefenbacherAutorin

Printed in Poland
by Amazon Fulfillment
Poland Sp. z o.o., Wrocław

30973180R00251